U0075914

古龍武俠小說 領先時代半世紀

【記者賴素鈴／報導】江湖代有才人出，這廂古龍凋零二十載，那廂今朝懸賞百萬獎新秀，浪淘不盡，唯有武俠熱愛，不隨時間變易，在學術研討會上更見分明。以「一代鬼才：古龍與武俠小說」為主題，淡江大學第九屆文學與美學國際學術研討會昨在國家圖書館，展開為期兩天的議程，紀念武俠小說家古龍逝世二十周年，新生代學者與古龍故舊齊聚一堂，以文論劍話武俠。

日前與淡大中文系教授林保淳共同發表《台灣武俠小說發展史》，武俠小說評論家葉洪生昨天在專題演講中，直批胡適1959年底發表「武俠小說下流論」是「胡說」，學界泰斗的不當發言以及隨即展開的「暴雨專案」，反而促成1960年起台灣武俠新秀的繁興，「武俠小說迷人的地方，恰恰在門道之上。」葉洪生認定，武俠小說審美四原則在文筆、意構、雜學、原創性，他強調：「武俠小說，是一種『上流美』。」

集多年心血完成《台灣武俠小說發展史》，葉洪生認為他已為從十歲起迷上武俠小說的半世紀畫上完美句點，並且宣布他「以後決心退出武俠論壇，封劍退隱江湖」。

雖然葉洪生回顧武俠小說名家此起彼落，套太史公名言「固一世之雄也，而今安在哉？」，認為這是值得深思的嚴肅課題，昨天意外現身研討會而備受矚目的溫世禮，則為了紀念同是武俠迷的哥哥溫世仁，推出第一屆「溫世仁武俠小說百萬大賞」，即日起至今年10月3日截止收件，經兩階段評選後於明年12月7日公布首獎得主，預料將會是一場武林新秀的龍虎爭霸戰。

看明日誰領風騷？風雲時代出版社發行人陳曉林眼中的古龍，其實領先他的時代半世紀，以致如今雖然古龍逝世20年，陳曉林認為大家對古龍的了解仍然有限，預言未來世代更能和古龍的後設風格共鳴。

昨天這場研討會，也凸顯武俠小說作為一項文學研究門類，仍有待開發學習空間。多位與會者都指出，武俠小說的發表、出版方式和管道具考證難度，學術理論與論文格式的建立待加強。而武俠名家的版權之爭、市場競爭力，也增加出版推廣困難，古龍武俠小說的版權糾紛、司馬翎作品的版權官司也成為研討會的場外話題。

第九屆文學與美

古龍兄為人慷慨豪邁、跌宕

自如，变化多端，文如其人，且綫多

奇氣，惜英年早逝，余與古龍兄書

年交好，且喜讀其書，今聞不見其

人，又无新作了讀，深且悼惜。

金庸

一九九六．十．十二香港

蕭十一郎

（上）

附《劍·花·煙雨江南》

古龍精品集 46

蕭十一郎（上）

目·錄

【導讀推薦】

求新求變話古龍

—— 論《蕭十一郎》兼及《火併蕭十一郎》之得失

著名武俠評論家

葉洪生

許多談武論俠的朋友都知道，某平生嗜讀古今名著，卻不甚喜歡古龍小說。這或許是因個人的審美經驗及習性使然，總覺得他創作手法太新潮，故事變化太突兀，人物描寫太現代！而他對於若干事物的看法及其處理方式，又多半流於絕對化、簡單化——如人性衝突論、社會價值觀、快刀斬亂麻之武打招式等等，皆過猶不及；進而乃形成推理、敘事上的某種固定模式。

特別是古龍喜用敘事詩體或散文詩體分行、分段，其文情跌宕，固美不勝收；但割裂文句，卻多不合文法之則。因而毀譽參半，頗遭時人詬病。

儘管如此，但我們不能不承認：他這位改革傳統武俠小說的急先鋒、「新派」掌門人卓爾不群，獨樹一幟，確有非凡的藝術成就；是當代武俠王國中唯一能跟金庸分庭抗禮的巨擘，是一條破壁飛天、求新求變的神龍！這樣論定，乍看似與上述說法互相矛盾，實則不然。因為每一位小說家都有屬於他自己的特殊風格，即使你「不喜歡」，亦無礙其生龍活虎、風靡世人的存在事實。況且分段問題亦不難解決，只要出版商肯做，找一能文之士略加調整段落，將其不

當割裂的複合句或條件子句予以整合即可。而更重要的論據是：古龍傾力創作的《楚留香》系列等武俠名著，大放異彩，已奠定了他在中國武俠小說發展史上的不朽地位，絕不讓金庸專美於前！

試看他那流暢的文筆、生活化的小說語言；他那飛躍似的思想、高遠的人生意境；他那奇詭的故事情節、變化無方的人物關係；他那講求速度與力道的武打藝術，一心擺脫「過招」窠臼；以及彰顯江湖兒女的友情與愛情，生死不悔，一往無前等，終構成其作品的四大特色，卒能獨步一時。

就個人淺見，古龍小說中《多情劍客無情劍》與《蕭十一郎》統稱雙璧，相互輝映，秋色平分！而後者由劇本「還原」成小說，更是一部糅合新舊思想、反諷社會現實、謳歌至情至性、鼓舞生命意志的超卓傑作，具有永恒的文學價值。因此樂於為文評介，作一導讀，供傳閱者玩索參考。

在劇本與小說之間

誠如西諺所云：「羅馬不是一天造成的」。而《蕭十一郎》這部武俠奇書亦非僅僅由劇本「還原」成小說這麼簡單。它也有一個披荊斬棘的發展過程。

據古龍在一九七三年春秋版原刊本《蕭十一郎》扉頁所作「寫在《蕭十一郎》之前」一文的說法：寫劇本和寫小說，在基本上的原則是相同的，但在技巧上卻不一樣。小說可以用文字來表達思想，劇本的表達卻只能限於言語、動作和畫面，一定會受到很多限制。通常都是先有

小說，然後再改編爲劇本；但《蕭十一郎》卻是一個特例——是先有劇本，在電影開拍後才有小說。

古龍指出：「寫武俠小說最大的通病就是：廢話太多，枝節太多，人物太多，情節太多。……就因爲先有了劇本，所以在寫《蕭十一郎》這部小說的時候，多多少少總難免要受些影響；所以這部小說我相信不會有太多的枝節、太多的廢話。」

其實從一九六四年古龍寫《浣花洗劍錄》的後半部起，他就已開始嘗試以簡潔的語句創作小說。我們只要隨意流覽一下其全盛期走紅的名著如《鐵血傳奇》（一九六七年）、《多情劍客無情劍》（一九六九年）、《流星·蝴蝶·劍》（一九七三年）等寫在《蕭十一郎》之前或同時期的作品，便可發現：這些小說幾乎很少有超過三行的段落；這些小說強調「肢體語言」（動作）和場景，更具有劇本明快的特性，至於其後諸作受此書「敘事詩體」的分段影響，更毋論矣。

關於古龍有志革新武俠小說的看法，最早見之於一九七一年春秋版《歡樂英雄》卷首的「說說武俠小說」一文。重溫他在廿多年前寫的這番「求變」論，對我們理解其同一時期作品《蕭十一郎》的優劣得失，頗多可予印證之處。他說：

在很多人心目中，武俠小說非但不是文學，甚至也不能算是小說；正如蚯蚓雖然也會動，卻很少有人將它當作動物。造成這種看法的固然是因爲某些人的偏見，但我們自己也不能完全推卸責任。武俠小說有時的確寫得太荒唐無稽、太鮮血淋漓；卻忘了只有「人性」才是每本小

說中都不能缺少的。人性並不僅是憤怒、仇恨、悲哀、恐懼，其中也包括了愛與友情，慷慨與俠義，幽默與同情的。我們為什麼要特別看重其中醜惡的一面呢？……

所以，武俠小說若想提高自己的地位，就得變；若想提高讀者的興趣，也得變！不但應該變，而且是非變不可！怎麼變呢？有人說，應該從「武」變到「俠」，若將這句話說得更明白些，也就是武俠小說中應該多寫些光明，少寫些黑暗；多寫些人性，少寫些血！也有人說，這樣一變，武俠小說就根本變了質，就不是正宗的武俠小說了。有的讀者根本就不願接受、不能接受。這兩種說法也許都不錯，所以我們只有嘗試，不斷的嘗試。我們不敢奢望別人將我們的武俠小說看成文學，至少，總希望別人能將它看成「小說」；也和別的小說有同等的地位，同樣能振奮人心，同樣能激起人心的共鳴。

對照《蕭十一郎》來看，此書寫蕭十一郎與沈璧君的愛情衝突，寫蕭十一郎與風四娘的真摯友情，在在煥發出人性光輝。全篇故事固極盡曲折離奇之能事，但前後照應，環環相扣，皆在「情理之中，意料之外」！絕不「荒唐無稽」，也不「鮮血淋漓」。書中雖有小公子、連城璧這些「反面教員」存在，但黑暗永不能戰勝光明！

最妙的是，一個原係「邪不勝正」的主題卻偏偏是由一個「聲名狼藉」而被眾口鑠金成「大盜」的蕭十一郎來執行，這不是奇絕武林？

《蕭十一郎》的故事人物雙絕

《蕭十一郎》主要是敘述江湖浪子蕭十一郎因特立獨行不苟合於當世，乃爲一大陰謀家逍遙侯設計成爲武林公敵，人人得而誅之。唯有奇女子風四娘與他交厚，亦友亦姊，還雜有一絲男女之情。不意蕭十一郎寂寞半生，卻因仗義救助有夫之婦沈璧君，而與沈女產生了奇妙的愛情。其間幾經周折，沈女始認清其夫連城璧「僞君子」的真面目，而蕭十一郎才是一條鐵錚錚的好漢，值得傾心相愛。然蕭十一郎卻已爲了替沈女報仇並剷除武林公害，決計與萬惡的逍遙侯決一死戰而走上茫茫不歸路……故事沒有結局，餘意不盡，予人以無窮想像的空間。但因其後傳《火併》（原著書名，今本改爲《火併蕭十一郎》）在相隔三年才出版，吾人方知蕭十一郎不但沒死，而連城璧更已取代了逍遙侯的地位，成爲「天宗」接班人；然後是一連串的鬥智、鬥力。終場沒見血，卻將「俠義無雙」四字反諷無遺。

初步比較《蕭十一郎》的本傳與後傳可知，本傳是有奇有正，曲盡名實之辨，合情合理；而後傳則奇中逞奇，險中見險，難以自圓其說。故本文只重談《蕭十一郎》本傳的故事與人物。

作者先以風四娘「美人出浴」弄引（出手便奇），輾轉將「聲名狼藉」、「無惡不作」（皆江湖傳言）的「大盜」蕭十一郎引出來，目的是聯手劫奪天下第一利器「割鹿刀」。於焉展開一連串曲折離奇卻又肌理綿密的故事情節。全書文情跌宕起伏，張馳不定。特別是寫小公子（逍遙侯弟子兼姬妾）的連環毒計，層出不窮；寫蕭十一郎重傷後，分別用聲東擊西計、苦肉計、空城計與美人計將來犯高手一一殲滅或驚退；以及寫逍遙侯「玩偶山莊」的玄妙佈置，

奇幻人間！均匪夷所思，但卻入情入理，令人叫絕！

本傳人物依出場序來看，計有風四娘、蕭十一郎、獨臂鷹王司空曙、楊開泰、小公子、沈璧君、連城璧等人，個個表現精彩，栩栩如生，值得擇要細論。

先看風四娘。書中說此女江湖人稱「女妖怪」，其實卻是個爽朗明快、敢愛敢恨、如行雲流水般的女中豪傑。她善飲，好說大話，口頭禪是：「放你的屁！」平生眼高於頂，唯一看上的男人就是蕭十一郎。但因芳華蹉跎，已成為卅三歲的「女光棍」，是故自傷老大，不願向蕭十一郎剖心示愛，也最怕別人說她「老」。表面上，她「從來沒有將自己當作女人」，浪蕩江湖，潑辣任性，似乎快意恩仇，無掛無礙；實則芳心寂寞，強顏歡笑，只有把蕭十一郎當「弟弟」或知交好友看待，慰情聊勝於無！

這位小說裡的「主中之賓」，最精彩的表現不是「美人出浴」時光著屁股發暗器打窺浴者，而是在答應下嫁「鐵君子」楊開泰的迎親途中，忽然從花轎裡「飛」出來和蕭十一郎「打招呼」！其對白聲口之佳，不作第二人想。

小公子也是天下一絕，無名無姓，卻是蓋世魔頭逍遙侯的愛妾；武功既高，心計手段更毒。

一出場她就割下獨臂鷹王的腦袋，以「證明」人確實死了；同時嫁禍到蕭十一郎頭上，並「指鹿為馬」，誘導左右賣身投靠的武林高手皆欽服其妙計之高。作者曲曲寫來，令人膽戰心寒，目瞪口呆！及其扮闊少爺攔截沈璧君，詭謀層出不窮；對蕭十一郎則「口蜜腹劍」，翻臉如翻書！更是精彩絕倫，歎為觀止。

這位小說裡的「主中之賓」，堪稱是連城璧的「知己」。她會對左右說：「像連城璧這種人若是爲聲名地位，連自己性命都可以不要，妻子更早就被放到一邊了。」（見第八章）果然看得不差！後來連城璧爲了維護虛名面子，竟在「醉」中閃電出手，將狡毒無比的小公子刺於「袖中劍」下（見第廿五章）。作者此一神來之筆，實有旋乾轉坤之妙。若非如此，沈璧君與風四娘只有眼睜睜任人宰割了。

連城璧在書中是江南第一世家「無垢山莊」主人，才貌雙全，已娶得武林第一美人沈璧君爲妻，理應滿足。但因名心作祟，忙於開展「人脈」，以致冷落嬌妻——不！他對沈璧君毫無真情，娶的只是「武林第一美人」六個字！作者從頭到尾都沒有正面說過連城璧一句壞話，但論其心機之深，用意之惡，則較金庸《笑傲江湖》之寫「君子劍」岳不群實有過之而無不及。

這位小說裡的「主中之賓」，爲了保持名門正派形象，曾多次「借刀殺人」；只有兩回例外：一是殺「穩如泰山」司徒中平，二是殺小公子。皆因其「僞君子」的真面目被人揭穿，非親自下手泄憤不可。當他殺死老狐狸司徒中平的時候，還留下一句耐人咀嚼的話：「沒有人真能『穩如泰山』的，也許只有死人！」（見第十八章）作者此書窮「名實之辨」，對連城璧全用「背面敷粉法」，極爲高明！

至於本書另外幾位「賓中之主」，如寫獨臂鷹王司空曙之出場氣派奇大，其造型、癖性彷彿是還珠《蜀山》中的綠袍老祖；又如寫「鐵君子」楊開泰之老實巴交，情有獨鍾，卻反遭風四娘戲弄；再如寫「見色不亂真君子」厲剛之無人則「亂」，寫「關東大俠」屠嘯天之甘爲虎倀等等，均有可觀。

「患難見真情」的生死愛侶

《蕭十一郎》的「主中之主」，自然是蕭十一郎本人與沈璧君了。作者寫這兩名男女主角，全從「患難見真情」著眼，層層轉進，頗費匠心。而連用虛、實、伏、映對比之妙，亦為古龍其他作品所罕見，寫情堪稱第一！

書中說，蕭十一郎浪蕩江湖，瀟灑自如，原是「什麼都不在乎」的鐵漢，「永遠是個局外人」（第七章）。他初見沈璧君時，並未愛其美色，完全是急人之難，義所當為！然而三番兩次的援手，不禁使蕭十一郎對這朵溫室裡的嬌花心生憐惜，遂日久生情。但蕭知沈已是有夫之婦，只能暗戀在心，不能表白。無如沈女涉世未深，一次又一次地對他表示「不信任」；蕭十一郎痛苦之餘，只好借酒澆愁，「覺得自己好像已變了一個人⋯⋯變得有些婆婆媽媽，彆彆扭扭，變得很可笑」（第十三章）。

嗣後，逍遙侯派小公子等毀滅沈家莊，又栽到蕭十一郎頭上；沈璧君誤信奸人之言，竟不由分說，一刀刺向蕭十一郎。他一動不動，任刀刺入——「這一刀就像是刺進了他的心」（第十四章）！直到沈女發覺事有蹊蹺，在群匪圍殺中替他擋了一刀，他才由「絕望」中恢復生機。

當蕭十一郎為救沈璧君二進「玩偶山莊」，小公子以沈的下落要脅他磕個頭，他二話不說，立刻就下跪磕頭；當面對武功絕世的逍遙侯時，他明知不敵，也要為保護沈女而與逍遙侯決一死戰。

──蕭十一郎就是這樣一個為其所愛而寧捨生命、尊嚴的至性中人。

相對來看沈璧君，作者描寫她那種柔弱無力而掙扎在一處（連城璧）、一實（蕭十一郎）兩個男人感情之間的心理狀態，更是刻畫入微，曲盡其致。沈初見蕭時，只覺得他「全身都充滿了野獸般的活力」。蕭要給她治腳傷，她卻又羞又怒，因為「她的腳就連她的丈夫都沒有真正看到過」（第十一章），實已暗透其中消息。

由於蕭十一郎起並未說明來歷，又一再引起她的誤會，於是在返家途中「她夢見那眼睛大大的年輕人正在對著她哭，又對著她笑；笑得那麼可恨，她恨透了！恨不得一刀刺入他的胸膛。等她一刀刺進去之後，這人竟忽然變成了連城璧」（第十三章）待誤會冰釋，真相大白，沈璧君想到蕭十一郎對她的種種好處──「只恨不得半空中忽然打下個霹靂，將她打成粉碎」（第十五章）……像這樣細入毫芒般描寫沈璧君潛意識活動的動人筆墨，散見全篇，不一而足。

持平而論，作者一層一層地打開沈璧君的感情之門，讓蕭十一郎一寸一寸地蹭進，又讓連城璧這個「太虛假人」十丈百丈地退出。雖然蕭、沈的生死之態宛如「神龍見首不見尾」，在本傳中沒有結局，但其寫情之深，足可與王度盧媲美而無愧。

值得特別留意的是，在本傳第十五章有一段人、狼對比的奇文，是透過「正、反、合」的辯證法說明「善良的人∕永遠比惡人多」，為古龍小說絕無僅有之作。正是：

暮春三月，羊歡草長；天寒地凍，問誰飼狼？

人心憐羊，狼心獨愴；天心難測，世情如霜！

蕭十一郎的身世如謎，莫非是劫後孑遺的狼孩子？

此外，必須指出，本書第十八章寫雷雨之夜眾人在酒店中摸黑打鬥；電光六閃，就產生六種人、時、地的互動變化，堪稱「新派武俠」分段樣板，妙不可言！因為作者唯有如此處理，方能營造出特殊效果，方能充分表現出文字的力道。故值得高度評價，大書特書！

（按：電光六閃奇文起自「霹靂一聲，暴雨傾盆」，止於「電光再閃，正好映在屬剛臉上」。因受篇幅所限，引文從略。）

【自　序】
寫在蕭十一郎之前

古龍

寫劇本和寫小說，在基本上的原則是相同的，但在技巧上卻不一樣，小說可以用文字來表達思想，劇本的表達卻只能限於言語、動作和畫面，一定要受到很多限制。

一個具有相當水準的劇本，也應具有相當的「可讀性」，所以蕭伯納、易卜生、莎士比亞這些名家的劇本，不但是「名劇」也是「名著」。

但在通常的情況下，都是先有「小說」，然後再有「劇本」，由小說而改編的電影很多，由「飄」而有「亂世佳人」，是個最成功的例子，除此之外，還有「簡愛」、「咆哮山莊」、「基度山恩仇記」、「傲慢與偏見」、「愚人船」以及「雲泥」、「鐵手無情」、「窗外」等。

「蕭十一郎」卻是一個很特殊的例子，「蕭十一郎」是先有劇本，在電影開拍之後，才有小說的，但「蕭十一郎」卻又明明是由「小說」而改編成的劇本，因為這故事在我心裡已醞釀了很久，我要寫的本來是「小說」，不是「劇本」。小說和劇本並不完全相同，但意念卻是相同的。

寫武俠小說最大的通病就是：廢話太多，枝節太多，人物太多，情節也太多。在這種情況

下，將武俠小說改編成電影劇本，就變成是一種很吃力不討好的事，誰都無法將「絕代雙驕」改編成「一部」電影，誰也無法將「獨臂刀王」寫成「一部」很成功的小說。

就因為先有了劇本，所以在寫「蕭十一郎」這部小說的時候，多多少少總難免要受些影響，所以這本小說我相信不會有太多的枝節，太多的廢話，但因此是否會減少了「武俠小說」的趣味呢？我不敢否定，也不敢預測。

我只願作一個嘗試。

我不敢盼望這嘗試能成功，但無論如何，「成功」總是因「嘗試」而產生的。

一　情人的手

初秋，艷陽天。

陽光透過那層薄薄的窗紙照進來，照在她光滑得如同緞子般的皮膚上，水的溫度恰好比陽光暖一點，她懶洋洋地躺在水裡，將一雙纖秀的腳高高地蹺在盆上，讓腳心去接受陽光的輕撫——

輕得就像是情人的手。

她心裡覺得愉快極了。

經過了半個多月的奔馳之後，世上還有什麼比洗個熱水澡更令人愉快的事呢？她整個人似已溶化在水裡，只是半睜著眼睛，欣賞著自己的一雙腳。

這雙腳爬過山、涉過水，在灼熱得有如熱鍋般的沙漠上走過三天三夜，也曾在嚴冬中橫渡過千里冰封的遼河。

這雙腳踢死過三隻餓狼、一隻山貓、踩死過無數條毒蛇，還曾經將盤據祁連山多年的大盜「滿天雲」一腳踢下萬丈絕崖。

但現在這雙腳看來仍是那麼纖巧、那麼秀氣，連一個疤都找不出來，就算是足跡從未出過閨房的千金小姐，也未必會有這麼完美的一雙腳。

她心裡覺得滿意極了。

爐子上還在燒著水，她又加了些熱水在盆裡；水雖然已夠熱了，但她還要再熱些，她喜歡這種「熱」的刺激。

她喜歡各式各樣的刺激。

她喜歡騎最快的馬，爬最高的山，吃最辣的菜，喝最烈的酒，玩最利的刀，殺最狠的人！

別人常說：「刺激最容易令人衰老。」但這句話在她身上並沒有見效，她的胸還是挺得很，腰還是細得很，小腹還是很平坦，一雙修長的腿還是很堅實，全身上下的皮膚都沒有絲毫皺紋。

她的眼睛還是很明亮，笑起來還是很令人心動，見到她的人，誰也不相信她已是三十三歲的女人。

這三十三年來，風四娘的確從沒有虧待過自己，她懂得在什麼樣的場合中穿什麼樣的衣服，懂得對什麼樣的人說什麼樣的話，懂得吃什麼樣的菜時喝什麼樣的酒，也懂得用什麼樣的招式殺什麼樣的人！

她懂得生活，也懂得享受。

像她這樣的人，世上並不多，有人羨慕她，有人妒忌她，她自己對自己也幾乎完全滿意了

──只除了一樣。

那就是寂寞。

無論什麼樣的刺激也填不滿這份寂寞。

現在，連最後一絲疲勞也消失在水裡了，她這才用一塊雪白的絲巾，洗擦自己的身子。

柔滑的絲巾摩擦到皮膚時，總會令人感覺到一種說不出的愉快，但她卻不知多麼希望這是一隻男人的手。

她所喜歡的男人的手。

無論多麼柔軟的男人的手！

手！

……

她癡癡的望著自己光滑、晶瑩、幾乎毫無瑕疵的胴體，心裡忽然升起了一陣說不出的憂鬱——

世上永遠沒有任何一樣事能代替情人的手，也比不上一隻情人的手，

突然，窗子、門、木板牆壁，同時被撞破了七八個洞，每個洞裡都有個腦袋伸了進來，每張臉上都有雙貪婪的眼睛。

有人在格格的怪笑著，有人已看得眼睛發直，連笑都笑不出了；大多數男人在看到赤裸裸的美女時，都會變得像條狗——餓狗！

窗子上的那個洞位置最好，距離最近，看得最清楚，這人滿臉橫肉，頭上還長著個大肉瘤，看來就像是有兩個頭疊在一起似的，那模樣實在令人作嘔。

其餘的人也並不比這人好看多少，就算是個男人在洗澡時，驟然見到這許多人闖進來，只怕也要被嚇得半死。

但風四娘卻連臉色都沒有變，還是舒舒服服的半躺半坐在盆裡，用那塊絲巾輕輕的洗著自己的手。

她甚至連眼皮都沒有抬起來，只是凝注著自己春蔥般的手指，慢慢的將這隻手洗乾淨了，才淡淡的笑了笑，道：「各位難道從來沒有看過女人洗澡嗎？」

七八個人同時大笑了起來，一個滿臉青春痘的小伙子眼睛瞪得最大，笑得最起勁，搶著大聲笑道：「我不但看過女人洗澡，替女人洗澡更是我的拿手本事，你要不要我替你擦擦背？包你滿意。」

風四娘也笑了，媚笑著道：「我背上正癢得很呢！你既然願意，就快進來吧！」

小伙子的眼睛已瞇成了一條線，大笑著「砰」的闖開了窗子，就想跳進來，但身子剛跳起，已被那長著肉瘤的大漢一把拉住；小伙子臉上的笑容立刻僵住了，鐵青著臉，瞪著那大漢道：「解老二，你已經有好幾個老婆了，何必再跟我搶這趟生意？」

解老二沒等他話說完，反手一巴掌，將他整個人都摑著飛了出去。

風四娘嫣然道：「你擦背若也像打人這麼重，我可受不了。」

解老二瞪著她，目光忽然變得又陰又毒，就像是一條蛇，他的聲音卻比響尾蛇還難聽，一字字道：「你知道這是什麼地方？」

風四娘道：「我若不知道，怎麼會來的？」

她又笑了笑，才接著道：「這裡是亂石山，又叫做強盜山，因為住在山上的人都是強盜，就連這小客棧的老闆看來雖很老實，其實也是強盜。」

解老二厲聲道：「你既然知道這是什麼地方，居然還敢來？」

風四娘道：「我又不是來惹你們的，只不過想來洗個澡而已，有什麼關係呢？」

解老二獰笑道：「你什麼地方不好洗，偏偏要到這裡來洗？」

風四娘眼波流動，柔聲道：「也許我就喜歡強盜看我洗澡呢，這豈非很刺激？」

解老二突然又反手一掌，拍在窗台上，成塊的木頭竟被他一掌拍得粉碎，顯見鐵砂掌的功夫已練得很不差了。

風四娘卻似乎根本沒瞧見，只是輕輕嘆了口氣，喃喃道：「幸好我沒叫這人來替我擦背，粗手粗腳的……」

解老二怒喝道：「光棍眼裡不揉沙子，你究竟是為什麼來的？還不老實說出來？」

風四娘又笑了，道：「你倒真沒有猜錯，我千里迢迢趕到這裡來，自然不會只為了要洗個澡。」

解老二目光閃動，道：「是不是有人派你來刺探這裡的消息？」

風四娘道：「那倒沒有，我只不過想來看個老朋友而已。」

解老二道：「但這裡並沒有你的朋友！」

風四娘笑道：「你怎麼知道沒有，難道我就不能跟強盜交朋友？說不定我也是強盜呢？」

解老二一臉色變了變，道：「你的朋友是誰？」

風四娘悠然道：「我也有很久沒見過他了，聽說他這幾年混得很不錯，已當了關中群盜的老大哥，不知你認不認得他？」

解老二一臉色又變了變，道：「關中黑道上的朋友有十三幫，每幫都有個老大哥，不知你說的是誰？」

風四娘淡淡道：「他好像已當了你們十三幫強盜的總瓢把子。」

解老二怔住了，怔了半天，突然又大笑起來，指著風四娘笑道：「就憑你這女人，也配跟我們的總瓢把子交朋友？」

風四娘嫣然道：「我為什麼不能跟他交朋友？你可知道我是誰麼？」

解老二的笑聲停住了，眼睛在風四娘身上打了幾個轉，冷冷地道：「你是誰？你難道還會是風四娘那個女妖怪不成？」

風四娘沒有回答這句話，卻反問道：「你是不是『兩頭蛇』解不得？」

解老二臉上露出得意之色，獰笑道：「不錯，無論誰見到我這兩頭蛇都得死，誰也解不得！」

風四娘道：「你既然是兩頭蛇，我就只好是風四娘了。」

兩頭蛇的頭像是突然裂開了，裂成了四五個。

坐在洗澡盆裡的，這赤條條的女人就是名滿天下的風四娘？就是人人見著都頭疼的女妖怪？

他簡直不能相信，卻又不敢不信。

他的腳已開始往後退，別人自然退得更快。

突聽到風四娘一聲輕叱，道：「站住！」

等別人真的全都站住了，她臉上才又露出一絲微笑，笑得仍然是那麼溫柔，那麼迷人。

她柔聲地笑道：「你們偷看了女人洗澡，難道就想這樣隨隨便便的走了嗎？」

兩頭蛇道：「你……你想怎樣？」

他聲音雖已有些發抖，但眼睛還是瞪得很大，看到風四娘赤裸裸的胸膛時，他的膽子突又壯了，冷笑道：「你難道還想讓我們看得更清楚些不成？」

風四娘笑道：「哦——原來你是欺負我沒有穿衣服，不敢跳起來追你們？」

兩頭蛇怪笑道：「不錯，除非你洗澡時也帶著傢伙，坐在洗澡盆裡也能殺人。」

風四娘嘆了口氣，抬起了手道：「你們看，我這隻手像是殺人的手嗎？」

這雙手十指纖纖，柔若無骨，就像是蘭花。

兩頭蛇道：「不像。」

風四娘道：「我看也不像，奇怪的是，有時它偏偏會殺人！」

她兩隻手輕輕一拂，指縫間突然飛出了十餘道銀光。

接著，就是一連串的慘呼，每個人的眼睛都插上了一根銀針，誰也沒看到這些銀針是從哪裡飛出來的，就也沒有躲開。

風四娘又嘆了口氣，喃喃道：「偷看女人洗澡，會長『針眼』的。這句話你們難道沒聽見過？」

七八個人都用手蒙著眼睛，疼得滿地打滾。

七八個人的慘呼聲加在一起，居然還沒有讓風四娘掩上耳朵，因為她還是在看著自己的這雙手。

看了很久，她才閉上眼睛，嘆息著道：「好好的一雙手，不用來繡花，卻用來殺人，真是

可惜得很……」

突然間，慘呼一齊停止了，簡直就像是在同一刹那間停止的。

風四娘皺了皺眉，輕喚道：「花平？」

外面沒有聲音，只有風吹著木葉，簌簌的響。

過了很久，才聽得「擦」的一聲，是刀入鞘的聲音。

風四娘嘴角慢慢的泛起一絲微笑，道：「我就知道是你來了！除了你之外，還有誰能在一瞬間就殺死七個人！還有誰能使這麼快的刀！」

外面還是沒有人回答。

風四娘道：「我知道你殺他們，是為了要讓他們少受痛苦，卻不知你的心幾時也變得如此軟了。」

過了半晌，外面才有一人緩緩道：「是風四娘？」

風四娘笑道：「難得你還聽得出我的聲音，還沒有忘了我。」

花平道：「除了風四娘外，世上還有誰在洗澡時也帶著暗青子！」

風四娘吃吃笑道：「原來你也在偷看我洗澡，否則你怎會知道我在洗澡的？」

花平像是沒有聽到她的話。

風四娘道：「你要看，為什麼不大大方方的進來看呢？」

花平似乎長長嘆了口氣，道：「你出關六七年，大家都覺得很太平，你為什麼又回來了

呢?」

風四娘笑道:「因為我想你。」

花平的嘴又閉上了。

風四娘道:「你不相信我想你?我若不想你,為什麼來找你?」

花平又在嘆氣。

風四娘道:「你為什麼要嘆氣?你以為我來找你一定沒有好事?一個人發達了,連老朋友的面都不想見了麼?」

花平道:「你穿上衣裳,我等會見你。」

風四娘道:「我已經穿上衣服了,你進來吧。」

花平的人終於在門口出現了,他的臉本來就很白,看到風四娘還是赤裸著坐在澡盆裡,他的臉就像是突然又白了一倍。

風四娘格格笑道:「有人存心想來偷看我洗澡,我就要殺了他,你存心不想看,我倒反而偏要讓你瞧瞧。」

花平其實很矮,但任何人都不會認為他是矮子,因為他看來全身都充滿了一股勁,一股懾人之力!

他穿著件很長的黑披風,卻露出了刀柄上的紅刀衣。

花平能為關中群盜之首,就因為這把刀!

風四娘道：「聽說你前幾年殺了『太原一劍』高飛，是嗎？」

花平道：「嗯。」

風四娘道：「聽說『太行雙刀』丁家兄弟也是敗在你刀下的，是嗎？」

花平道：「嗯。」

他非但不敢看風四娘，甚至不願多說一個字。

風四娘笑道：「高飛和丁家兄弟都是武林中一等一的高手，你居然能將他們殺了，可見你的刀法已愈來愈快了。」

花平這次連一個字都不說了。

風四娘道：「我這次入關，就為的是要看看你的快刀！」

花平的面色驟然變了，嘎聲道：「你真的要看？」

風四娘嫣然道：「你也用不著緊張，我不是來找你比劃的，因為我既不願死在你的刀下，也捨不得殺你。」

花平的臉色過了很久才復原，冷冷的道：「那你就不必看了。」

風四娘道：「為什麼？」

花平道：「因為我的刀只是用來殺人的，不是給人看的！」

風四娘眼波流動，帶著笑道：「我若偏偏要看看呢？」

花平沉默了很久，突然道：「好，你就看吧！」

花平話雖說得很慢，但一共才不過說了五個字，無論誰說五個字，都用不了很久，可是等

他這五個字說完，他的刀已出鞘，又入鞘，刀光一閃間，擺在門口的一張木板凳已被劈成兩半了。

花平的快刀果然驚人。

風四娘卻吃吃的笑了起來，搖著頭笑道：「我想看的是你殺人的刀法，不是劈柴的刀法，在老朋友面前，你又何苦還要藏私呢？」

花平道：「藏私？」

風四娘道：「你的刀法雖然是左右開弓，出手雙飛，但江湖中誰不知道你用的是左手刀？你的左手至少比右手快一倍。」

花平臉色又變了變，沉默了很久才沉聲道：「你一定要看我的左手刀？」

風四娘道：「看定了。」

花平苦苦嘆了口氣，道：「好，你看吧！」

突然用力扯下了身上的披風！

風四娘正在笑，笑音突然僵住，再也笑不出。

以「左手神刀」名動江湖，號稱中原第一快刀的花平，他一條左臂竟已被人齊肩砍斷了！

過了很久，風四娘長長吐出了口氣，驚駭道：「這……這難道是被人砍斷的？」

花平道：「嗯。」

風四娘道：「對方用的是劍？還是斧？」

花平道：「是刀！」

風四娘動容道：「刀？還有誰的刀比你更快？」

花平閉上眼道：「只有一個人！」

他的神色雖然淒涼，但並沒有悲憤不平之意，顯然對這人的刀法已心服，覺得自己傷在這人的刀下並不冤枉似的。

風四娘忍不住問：「這人是誰？」

花平目光遙注著遠方，一字字道：「蕭十一郎！」

蕭十一郎！

這四個字說出來，風四娘面上立刻就起了一種極奇異的變化，也分不出究竟是憤怒？是歡喜？還是悲傷？

花平喃喃道：「蕭十一郎，蕭十一郎……你總該認得他的。」

風四娘慢慢的點了點頭，道：「不錯，我認得他……我當然認得他！」

花平的目光自遠方收回，凝注著她的眼睛，道：「你想不想找他？」

風四娘的眼睛突然瞪了起來，大聲說道：「誰說我要找他？我為什麼要找他？」

花平嘆了口氣，道：「你遲早總是要找他的。」

風四娘怒道：「放你的屁。」

花平道：「其實用不著騙我，我早知道你這次入關是為了要做一件事。」

風四娘瞪眼道：「誰說的？」

花平道：「我雖不知道你要做的是什麼事，但卻知道那必定是一件大事，你生怕自己一個人的力量不夠，想找個幫手。」

他很淒涼的笑了，接道：「所以你才會來找我，只可惜你找錯人了。」

風四娘冷笑道：「就算你猜的不錯，我還是可以去找別人，為什麼一定要找蕭十一郎？武林中的高手難道都死光了嗎？」

花平道：「但除了他之外，還有誰能幫你的忙？」

風四娘赤裸裸的就從盆裡跳了起來，大聲道：「誰說沒有，我現在就去找個人給你瞧瞧。」

花平的眼睛立刻又閉上了，緩緩道：「你想去找誰？莫非是飛大夫？」

風四娘道：「不錯，我正是找他！」

她眼睛發著光，道：「飛大夫有哪點比不上蕭十一郎？他不但輕功高絕，指上的那份功夫，十個蕭十一郎加起來只怕也比不上。」

江湖傳言，據說「飛大夫」公孫鈴只用一根手指的力量，就可以力挽奔馬，那手「燕子三抄水」的獨到輕功，更可說是冠絕天下，再加上醫道高絕，著手回春，武林中有很多人都尊之為「公孫三絕」！

公孫三絕住的地方也絕得很，他住的屋子是個用石塊砌成的墳墓，睡的床就是口棺材。

他覺得這樣子最方便，死活都不必再換地方。

他家裡也沒有別的，只有個應門的童子，長得也是怪模怪樣的。風四娘問他：「公孫先生在不在？」又問他：「公孫先生哪裡去了？」再問他：「公孫先生今天回不回來？什麼時候回來？」

風四娘問了五六句，這孩子一共才說了一句話。

這句話一共才兩個字：「不在。」

風四娘氣得真恨不得給他兩巴掌。

其實她也知道飛大夫出門只有一件事：替人看病。

飛大夫的脾氣雖然怪，但心腸卻不壞。

她也知道飛大夫晚上絕不會睡在別的地方，一定要睡在棺材裡，那麼就算這一覺睡著就不好受。

風四娘本可坐著等他回來的，但要一個活生生的人坐在墳墓裡，坐在棺材上，那滋味總不

再醒，也不必費事再搬地方了。

她寧可坐在路口等。

暮色沉沉，秋風中已有寒意。

風四娘在路旁的山崖上，找了個最舒服的地方躺下來，望著黯淡的穹蒼，等著第一顆星升起。

很少有人看到第一顆星是如何升起來的。

風四娘就是這樣的人，無論在什麼情況下，她都能找到件有趣的事來做，她絕不浪費她的

生命。

唉，世上又有幾個人懂得這種生活的情趣？

夜已深了，星已升起。

暮色中終於傳來了一陣沉重的腳步聲，兩個人抬著頂軟兜小轎沿著山路碎步跑過來，上邊坐著個大布青袍的枯瘦老人。

老人的神情很蕭索，很疲倦，正閉著眼在養神。

抬轎子的兩個人更似累極了，牛一般的喘著氣，走到山坡前，前面的轎伕就扭轉頭，道：

「前面好長的一段山路，咱們在這裡歇歇腳再往上爬吧。」

後面的轎伕道：

「這兩天我精神不繼，上山時咱們換個邊吧。」上山時在後面的人自然要吃力得多。

前面的轎伕笑罵道：

「好小子，又想偷懶，莫非昨晚上又去報效了小甜瓜兩次，我看你遲早總有一天死在她肚子上。」

兩個人說說笑笑，腳步已放緩了下來，那老人也不知是真的睡著了，還是假裝沒有聽到，連眼睛都沒有睜開。

到了山坡前，轎伕就停住了腳，慢慢的放下轎子。

突然間，兩人同時自轎槓中各抽出了兩柄又細又長的劍，兩柄劍刺向老人的前心，兩柄劍刺向老人的後背！

二　飛大夫的腳

這老人正是飛大夫。

兩個轎伕竟是深藏不露的武林高手，出手之快，如電光石火，四柄劍一上一下，一前一後，剎那間已將飛大夫所有的退路全都封死，無論怎樣閃避，身上都難免被刺上兩個洞。

風四娘雖然是老江湖了，卻也未料到有此一著，再想趕去阻攔也來不及了，只道這次飛大夫只怕就要變成死郎中。

誰知就在這剎那之間，飛大夫的身子突然一偏，兩柄劍已貼著他身子擦過，另兩柄劍堪堪已刺入他衣服，卻又被他以兩根手指夾住；這兩根手指就像是鐵鑄的，兩個「轎伕」用盡全力也扳不動。

只聽就「格」的一聲，兩柄劍竟被他手指生生拗斷。

轎伕大驚之下，凌空一個翻身，倒掠兩丈。

飛大夫連眼都沒有張開，雙手輕輕一揮，手裡的兩截斷劍已化做了兩道青光飛虹。

然後就是兩聲慘呼！

鮮血箭一般射了出來，轎伕人雖已死了，但去勢未遏，身子還在往前衝，鮮血在地上畫出兩行血花。

慘呼之聲一停，天地間立刻變得死一般靜寂。

只聽一陣清脆的掌聲疏疏落落的響了起來。

飛大夫厲聲道：「誰？」

他眼睛一張開，目光如閃電，閃電般向風四娘藏身的山崖上射了過去，就瞧見了風四娘動人的笑臉。

飛大夫皺了皺眉，道：「原來是你！」

風四娘嫣然道：「一別多年，想不到公孫先生風采依然如昔，武功卻更精進了。」

飛大夫眉頭皺得更緊，道：「四娘對老朽如此客氣，莫非是有求而來？」

風四娘嘆了口氣，喃喃道：「我若對人客氣，人家就說我是有求而來的，我若對人不客氣，人家就說我無禮，唉，這年頭做人可真不容易。」

飛大夫靜靜的聽著，臉上一點表情也沒有。

風四娘道：「其實我只不過是經過此地，忽然想到來看看你，無論如何，我們總算是老朋友了，是不是？」

飛大夫還是靜靜的聽著，毫無反應。

風四娘一掠而下，拍了拍衣裳，道：「你看，我既沒有生氣，也沒有受傷，為何要來求你？」

飛大夫道：「現在你已看過了我麼？」

風四娘道：「看過了。」

飛大夫道：「很好，再見。」

風四娘眨了眨眼，忽然銀鈴般嬌笑起來，道：「果然是條老狐狸，誰也騙不了你。」

飛大夫這才笑了笑，道：「遇著你這女妖怪，我也只好做做老狐狸。」

風四娘眼珠子轉了轉，指著地上的屍體，道：「你可知道這兩人是誰？為何要殺你？」

飛大夫淡淡道：「老夫一生縱橫天下，殺人無算，別人要來殺我，也是天經地義的事，我又何苦要去追問他們的來歷。」

風四娘也笑了，道：「我早就知道你不怕死，但你若被一些後生小子不明不白的殺了，豈非冤枉得很，你難道不怕一世英名掃地？」

飛大夫目光閃動，盯著風四娘，良久良久，才沉聲道：「你究竟想要我怎樣？」

風四娘背負著手，悠然道：「你若肯幫我一個忙，我就幫你將仇家打聽出來，你總該知道打聽消息是我的拿手本事。」

飛大夫嘆了口氣，苦笑道：「我早就知道你找我絕不會有什麼好事。」

風四娘正色道：「但這次卻是件好事。」

她在飛大夫的轎前蹲了下來，接著道：「不但是好事，而且還是件大事，事成之後，你我都有好處。」

飛大夫沉默了半晌，面上忽然露出一絲慘淡的微笑，緩緩道：「我本來也很願意助你一臂之力，只可惜你來遲了一步。」

風四娘皺眉道：「來遲了一步？為什麼？」

飛大夫沒有回答，卻將置在他腿上的一條毛氈掀了起來，風四娘就像是突然被冷水淋頭，整個人都僵住。

飛大夫的一雙腿竟已被人齊膝砍斷了！

飛大夫輕功高絕，「燕子三抄水」施展開來，當真可以手擒飛鳥，但現在他的一雙腿卻被人砍斷了。

風四娘簡直比看到花平的斷臂還要吃驚，嘎聲道：「這是怎麼回事？」

飛大夫黯然一笑，道：「自然是被人砍斷的。」

風四娘道：「是誰下的毒手？」

飛大夫一字字的道：「蕭十一郎！」

蕭十一郎！又是蕭十一郎。

風四娘的呼吸都似已停頓，過了很久，突然跳了起來，蹓腳道：「我不想找他，你們為何偏偏要我去找他？」

飛大夫道：「你本該去找他的，只要有他相助，何愁大事不成？」

風四娘道：「你呢？你不想找他復仇？」

飛大夫搖了搖頭，道：「他雖然傷了我，我卻並不怨他。」

風四娘道：「為什麼？」

飛大夫闔起眼睛，再也不說話了。

風四娘沉默了很久，才長長嘆息了一聲，道：「好，你既不肯說，我就送你回去吧。」

飛大夫道：「不必。」

飛大夫道：「誰說不必，你這樣子怎麼能上得了山？」

風四娘道：「男女授受不親，不敢勞動大駕，四娘你請便吧。」

飛大夫道：「男女授受不親？」

風四娘瞪眼道：「什麼男女授受不親，我從來也沒有將自己當做女人，從來也不管這一套。」

她也不管飛大夫答不答應，就將他抱了起來。

飛大夫只有苦笑。

遇著這樣的女人，他也沒法子了。

夜色淒迷，那石墓看來更有些鬼氣森森的，詭秘可怖，墓中雖有燈光透出，看來卻宛如鬼火。

風四娘道：「我真不懂你為什麼一定要住在這種地方，你真不怕鬼嗎？」

飛大夫道：「與鬼為鄰，有時比和人結伴還太平些。」

風四娘冷冷道：「不錯，鬼至少不會砍斷你的兩條腿。」

墓室中雖然有燈，但卻沒有人，那陰陽怪氣的應門童子也不知走到哪裡去了，最怪的是，那口棺材也不見了。

這種地方難道也會有小偷來光顧？

風四娘忍不住笑了起來，道：「這小偷倒也妙得很，什麼不好偷，卻來偷棺材，就算他家

裡死了人，也不必到這裡來……」

她沒有說完這句話，因為她突然發現飛大夫的身子在發抖，再看他的臉，竟已沁出了冷汗。

風四娘立刻覺得事情有些不對了，皺眉問道：「你那口棺材裡莫非有什麼秘密？」

飛大夫點了點頭。

風四娘道：「你絕不會是守財奴，自然不會把錢藏在棺材裡，那麼……」

她眼睛突然亮了，道：「我知道了，你認為世上絕不會有人來偷你的棺材，所以就將你的醫術和武功心法全都刻在棺材上，將來好陪你的葬。」

飛大夫又點了點頭，他似乎什麼話都說不出了。

風四娘嘆了口氣，道：「我真不明白，你們這些人為什麼要這樣自私，為什麼不肯把自己學來的東西傳授給別人……」

話未說完，突然一陣喘息聲響了起來，那陰陽怪氣的應門童子已回來了，正站在門口。

可是他全身上下都已被鮮血染紅，右臂也已被砍斷，兩眼發直，瞪著飛大夫，以嘶啞的聲音說出了四個字。

他一字字道：「蕭十一郎！」

說完了這句話，他人已倒下，左手裡還緊緊抓住一隻靴子，他抓得那麼緊，竟連死也不肯放鬆。

蕭十一郎，又是蕭十一郎。

風四娘跺了跺腳，恨恨道：「想不到他……他竟變成了這麼樣一個人，我從來也想不到他會做出這樣的事來。」

飛大夫道：「這絕不是他做的事。」

風四娘目光落在那隻靴子上。

靴子是用硝過的小牛皮製成的，手工很精細，還鑲著珠花，非但規矩人絕不會穿這種靴子，江湖豪傑穿這種靴子的也不多。

風四娘長長吐出口氣，道：「他本來的確不穿這種靴子的，但鬼知道他現在已變成什麼樣子了。」

飛大夫道：「蕭十一郎永遠不會變的。」

風四娘雖然板著臉，目中卻忍不住有了笑意，道：「這倒真是怪事，他砍斷了你的兩條腿，你反而幫他說好話。」

飛大夫道：「他堂堂正正的來找我，堂堂正正的傷了我，我知道他是個堂堂正正的人，絕不做鬼鬼祟祟的事。」

風四娘輕輕嘆了口氣，道：「這麼樣說來，你好像比我還了解他了。可是，這孩子臨死前爲什麼要說出他的名字來呢？」

飛大夫目光閃動，道：「這孩子不認得蕭十一郎，但你卻認得他的，你若追著那兇手，就可查出他是誰了。」

風四娘失笑道：「說來說去，原來你是想要我去替你追賊。」

飛大夫黯然垂下頭，望著自己的腿。

風大夫眼中露出同情之色，道：「好，我就替你去追，但追不追得上，我就不敢說了，你總該知道我的輕功並不太高明。」

飛大夫道：「那人揹著口棺材，必定走不快的，否則這孩子就不至於死了。」

這孩子想必已追上了那人，而且還抱住了他的腿。

風四娘咬著嘴唇，喃喃道：「他爲何要冒十一郎的名？爲何要殺這孩子？否則就算偷了八百口棺材，我也絕不會去追他的。」

冷月，荒山，風很急。

風四娘是一向不願迎著急風施展輕功，因爲她怕風吹在臉上，會吹皺了她臉上的皮膚。

現在她卻在迎風飛掠，這倒不是因爲她想快些追上兇手，而是想藉這撲面的冷風吹散她心上的人影。

她第一次見到蕭十一郎的時候，他還是個大孩子，正精光赤著上身，想迎著勢如雷霆的急流，衝上龍湫瀑布。

他試了一次又一次，有一次他幾乎已成功，卻又被瀑布打了下來，撞在石頭上，撞得頭破血流。

他連傷口都沒有包紮，咬著牙又往上衝，這一次他終於爬上了巔峰，站在峰頭拍手大笑。

從那一次起，風四娘的心頭就有了蕭十一郎的影子。

無論多麼急的風，也吹不散這影子。

風四娘咬著嘴唇，咬得很疼；她從不願想他，但人類的悲哀就是每個人都會常常想到自己最不願想到的事。

風四娘滿腹心事，正在隨風搖蕩。

地上有個人的影子，正在隨風搖蕩。

風四娘滿腹心事，根本什麼也沒瞧見，她垂首急行，忽然間看到了一張臉，這張臉頭朝下，顎朝上，一雙滿佈血絲的眼睛幾乎已凸了出來，正瞬也不瞬的瞪著風四娘，那模樣真是說不出的可怕。

無論膽子多麼大的人，驟然見到這張臉，也難免要嚇一跳；風四娘大駭之下，退後三步，抬起頭。

只見這人被倒吊在樹上，也不知是死是活。

風四娘剛想用手探探他的鼻息，這人的眼珠子已轉動起來，喉嚨裡「格格」的直響，像是想說話。

風四娘道：「你是不是中了別人的暗算？」

那人想點頭也沒法子，只有眨了眨眼睛，嘎聲道：「是強盜……強盜……」

風四娘道：「你遇著了強盜？」

那人又眨眨眼睛。

他年紀並不大，臉上長滿了青滲滲的鬍碴子，身上穿的衣服雖很華麗，但看起來還是滿臉兇像。

風四娘笑道：「我看你自己倒有些像強盜，我若救了你，說不定反被你搶上一票。」

那人目中露出了兇光，卻還是陪著笑道：「只要姑娘肯出手相救，我必有重謝。」

風四娘道：「你既已被強盜搶了，還能用什麼來謝我？」

那人說不出話了，頭上直冒冷汗。

風四娘笑了笑，道：「我怎麼看你這人都不像好東西，但我卻也不能見死不救。」

那人大喜道：「謝謝……謝謝……」

風四娘笑道：「我也不要你謝我，只要我救了你之後，你莫要在我身上打歪主意就好了。」

那人還是不停的謝謝，但一雙眼睛已盯在風四娘高聳的胸膛上。風四娘倒也並不太生氣，因為她知道男人大多數都是這種輕骨頭。

她掠上樹，正想解開繩索，忽然發現這人被繩索套住的一隻腳只穿著布襪，沒有穿鞋子，上面還染著斑斑血漬。

再看他另一隻腳，卻穿著隻皮靴。

小牛皮的靴子上，鑲著很精緻的珠花！

風四娘眼珠一轉，道：「我想來想去，還是覺得有些不妥。」

風四娘眼珠一轉，道：「我想來想去，還是覺得有些不妥。」

只聽那人道：「姑娘既已答應相救，為什麼還不動手？」

風四娘呆住了。

那人道：「有什麼不妥？」

風四娘道：「我一個婦道人家，做事不能不分外仔細，現在半夜三更的，四下又沒有人，我救了你之後，你萬一要是……要是起了惡心，我怎麼辦？」

那人勉強笑道：「姑娘請放心，我絕不是個壞人，何況，瞧姑娘所施展上樹的身法，也絕不是好欺負的。」

風四娘道：「但我還是小心些好，總得先問你幾件事。」

那人顯然已有些不耐，嘎聲道：「你要問什麼？」

風四娘道：「不知道你貴姓呀，是從哪裡來的？」

那人遲疑著道：「我姓蕭，從口北來的。」

風四娘道：「害你的那強盜，是個怎麼樣的人？」

那人道：「不瞞姑娘說，我連他的人影都沒有看見，就已被他吊了起來。」

風四娘皺了皺眉，道：「你偷來的那口棺材呢？也被他黑吃黑了麼？」

風四娘嘆了口氣，道：「你偷來的那口棺材呢？也被他黑吃黑了麼？」

那人面色驟然大變，卻勉強笑道：「什麼棺材？姑娘說的話，我完全不懂。」

風四娘忽然跳下去，「噼噼啪啪」給他七八個耳刮子，打得他臉也腫了，牙齒也掉了，順著嘴角直流血，大怒道：「你究竟是什麼人？為何要打我？」

風四娘淡淡一笑，道：「我正要問你，你究竟是什麼人？為何要偷飛大夫的棺材？是誰主使你來的？假冒十一郎的名是何用心？」

那人就好像被砍了兩刀，一張臉全都扭曲了起來，目中露出了兇光，瞪著風四娘，牙齒咬

得「格格」直響。

風四娘悠然道：「你不肯說，是不是？好，那麼我告訴你，我就是風四娘，落在我手上的人，沒有一個能不說實話的。」

那人這才露出驚怖之色，失聲道：「風四娘，原來你就是那風四娘！」

風四娘道：「你既然聽過我的名字，總該知道我說的話不假。」

那人長長嘆了口氣，喃喃道：「想不到今日竟遇上了你這女妖怪，好，好，好……」

說到這第四個「好」字，突然一咬牙。

風四娘目光一閃，立刻想去挾他的下顎，但已來不及了，只見這人眼睛一翻，臉已發黑，嘴角露出詭秘的微笑，眼睛凸了出來，瞪著風四娘，嘶聲道：「你現在還有法子讓我說話麼？」

這人竟寧可吞藥自盡，也不肯說出自己的來歷。顯然是怕活著回去後，受的罪比死還難受。

風四娘踩了踩腳，冷笑道：「你死了也好，反正你說不說都和我全無關係。」

她心裡只有一件事。

將這兇手吊起來的人是誰呢？那口棺材到哪裡去了？

棺材赫然已回到飛大夫的墓室中了。

這口棺材難道自己會走回來？

風四娘幾乎不相信自己的眼睛，一步竄了過去，大聲道：「這棺材怎會回來的？」

飛大夫笑了笑道：「自然是有人送回來的。」

風四娘道：「是誰？」

飛大夫笑得似乎很神秘，緩緩道：「蕭十一郎。」

風四娘踩了踩腳，恨恨道：「蕭十一郎？又是他！原來那人就是被他吊起來的！奇怪他為何不追問那人的來歷呢？」

飛大夫淡淡道：「他知道，有些人的來歷是問也問不出的！」

風四娘怒道：「那麼，他為何還要將那人留在那裡？難道是故意留給我的嗎？」

飛大夫笑而不語。

風四娘目光四掃，道：「他的人呢？」

飛大夫道：「走了。」

風四娘瞪眼道：「他既然知道我在這裡，為何不等我？」

飛大夫道：「我說你不願見他，他只好走了。」

風四娘咬著嘴唇，冷笑道：「不錯，我一見這人就有氣……他到哪裡去了呢？」

飛大夫微笑道：「你既不願見他，又何必問他到哪裡去了？」

風四娘怔了半晌，突然飛起一腳，將桌子踢翻，大聲道：「你這老狐狸，我希望他再來砍斷你的兩隻手！」

話未說完，人已飛一般奔了出去。

飛大夫長長嘆了口氣，喃喃道：「三十多歲的女人還像個孩子，這倒也真是怪事……」

三　夜半歌聲

竹葉青盛在綠瓷杯裡，看來就像是一大塊透明的翡翠。

明月冰盤般高掛在天上，月已圓，人呢？

風四娘臉紅紅的，似已有了酒意，月光自窗外照進來，她抬起頭，望見了明月，心裡驟然一驚。

「今天莫非已是十五了？」

七月十五，是她的生日，過了今天，她可就要加一歲。

「三十四！」這是個多麼可怕的數字。

她十五六歲的時候，曾經想：一個女人若是活到三十多，再活著也沒什麼意思，三十多歲的女人正如十一月裡的殘菊，只有等著凋零。

可是她自己現在也不知不覺到了三十四了，她不敢相信，卻又不能不信，歲月為何如此無情？

牆角有面銅鏡，她癡癡的望著鏡中的人影。

鏡中的人看來還是那麼年輕，甚至笑起來眼角都沒有皺紋，誰也不信這已是三十四歲的女人。

可是，她縱能騙過別人的眼睛，卻騙不過自己。

她扭轉身，滿滿的倒了一杯酒，月光將她的影子長長的拖在地上，她心裡忽然想起了兩句詩：

「舉杯邀明月，對影成三人。」

她以前從來也未感覺到這句詩意境的淒涼。

門外隱隱傳來孩子的哭聲。

以前她最討厭孩子的哭聲，可是現在，她多麼想要一個孩子！她多麼希望聽到自己孩子的哭聲。

月光照著她的臉，她臉上哪裡來的淚光？

最近這幾年來，她曾經有好幾次想隨隨便便找個男人嫁了，可是她不能，她看到大多數男人都會覺得很噁心。

青春就這樣消逝，再過幾年，以前她覺得噁心的男人只怕也不會要她了。唉，三十四歲的女人！

門外又傳來一陣男人的大笑聲。

笑聲很粗豪，還帶著醉意。

「這會是個怎麼樣的男人？」

這男人一定很粗魯、很醜、滿身都是酒臭。

但現在，這男人若是闖進來求她嫁給他，她說不定都會答應——一個女人到了三十四，對

男人的選擇是不是就不會像二十歲時那麼苛刻了——風四娘在心裡問著自己，嘴角不禁露出淒涼的微笑。

夜已漸深，門外各種聲音都已消寂。

遠處傳來零落的更鼓聲，聽來是那麼單調，但人的生命卻已在這種單調的更鼓聲中一分分消逝。

「該睡了。」

風四娘站了起來，剛想去掩起窗子，晚風中突然飄來一陣歌聲，這淒涼而又悲壯的歌聲聽來竟是那麼熟悉。

蕭十一郎！

她記得每次見到蕭十一郎時，他嘴裡都在低低哼著這相同的曲調，那時，他神情就會變得說不出的蕭索。

風四娘心裡只覺一陣熱意上湧，再也顧不得別的，手一按，人已箭一般竄出窗外，向歌聲傳來的方向飛掠了過去。

長街靜寂。

家家戶戶門前，都有一灘灘已燒成灰的錫箔紙錢，一陣風吹過，灰燼隨風四散，黑暗中也不知有多少看不見的鬼魂正在等著攫取。

七月十五，正是群鬼出關的時候。現在鬼門關已開了，天地間難道真的已充滿各式各樣的

鬼魂？

風四娘咬著牙，喃喃道：「蕭十一郎，你也是個鬼，你出來呀！」

但四下卻連個鬼影都沒有，連歌聲都消失了。

風四娘恨恨道：「這人真是個鬼，既不願見我，為何又要讓我聽到他的歌聲？」

她心情突然變得說不出的落寞，全身再也提不起勁來，只想回去再喝幾杯，一覺睡到明天。

明天也許什麼事都改變了。

一個人之所以能活下去，也許就因為永遠有個「明天」。

看到她屋子窗內的燈光，她心裡竟莫名其妙地泛起一種溫暖之意，就好像已回到自己的家一樣。

一個人回到家裡，關起門，就好像可以將所有的痛苦隔絕在門外——這就是「家」最大的意義。

「但這真是我的家麼？這不過是家客棧的屋子而已。」

風四娘長嘆了口氣，她永遠不知道什麼時候才有個家，永遠不知道自己的家在哪裡。她剛走到門口，就聽到屋子裡有個人在曼聲長吟：「一出陽關三千里，從此蕭郎是路人……風四娘呀風四娘，我想你只怕早已忘了我吧？」

風四娘全身都驟然熱了起來，一翻身跳進屋子，大叫道：「你這鬼……你終於還是露面了！」

桌上的酒樽已空了。

一個人懶洋洋的躺在床上，用枕頭蓋著臉。

他穿著套藍布衣裳，卻已洗得發白，腰間隨隨便便的繫著根藍布帶，腰帶上隨隨便便的插著把刀。

這把刀要比普通的刀短了很多，刀鞘是用黑色的皮革所製，已經非常陳舊，但卻還是比他那雙靴子新些。

他的腳蹺得很高，鞋底上有兩個大洞。

風四娘飛起一腳，踢在他鞋子上，板著臉道：「懶鬼，又懶又髒，誰叫你睡在我床上的？」

床上的人嘆了口氣，喃喃道：「我上個月才洗澡，這女人居然說我髒……」

風四娘忍不住「噗哧」笑出聲來，但立刻又板起了臉，一把將他頭上的枕頭甩得遠遠的，道：「快起來，讓我看看你這幾年究竟變得多醜了？」

枕頭雖已被甩開，床上的人卻已用手蓋住了臉。

風四娘道：「你難道真的已不敢見人了麼？」

床上的人分開兩根手指，指縫間就露出了一雙發亮的眼睛，眼睛裡充滿了笑意，帶著笑道：「好兇的女人，難怪嫁不出去，看來除了我之外，再也沒人敢娶你……」

話未說完，風四娘已一巴掌打了下來。

床上的人身子一縮，整個人突然貼到牆上去了，就像是個紙人似的貼在牆上，偏偏不會掉下來。

他發亮的眼睛裡仍充滿了笑意，他的眉很濃，鼻子很直，還留著很濃的鬍子，彷彿可以扎破人的臉。

這人長得的確不算英俊瀟灑，但是這雙眼睛，這份笑意，卻使他看來充滿了一種說不出的、野性的吸引力！

風四娘輕輕嘆息了一聲，搖著頭道：「蕭十一郎，你還是沒有變，簡直連一點也沒有變……你還是不折不扣，活脫脫的一個大混蛋。」

蕭十一郎笑道：「我一直還以為你很想嫁給我這個混蛋哩，看來我只怕表錯了情。」

風四娘漲紅了臉，大聲道：「嫁給你？我會嫁給你……天下的男人全都死光了，我也不會嫁給你……」

蕭十一郎長長吐出口氣，道：「那麼我就放心了！」

他身子從牆上滑下，「噗通」！坐到床上，笑著道：「老實說，聽到你說我，我本來真有點害怕，我才二十七，就算要成親，也得找個十五六歲的小姑娘，像你這種老太婆呀……」

風四娘跳了起來，大怒道：「我是老太婆？我有多老？你說……」

「嗆」的，她已自衣袖中拔出了柄短劍。

一霎間她已向蕭十一郎刺出了七八劍。

蕭十一郎早已又滑到牆上，再一溜，已上了屋頂，就像個大壁虎似的貼在屋頂上，搖著手道：「千萬莫要動，我只不過是說著玩的，其實你一點也不老，看起來最多也不過只有四十多歲。」

風四娘拚命想板著臉，卻還是忍不住又「噗哧」笑了，搖著頭道：「幸好我不常見著你，否則不被你活活氣死才怪。」

蕭十一郎笑道：「拍你馬屁的人太多了，能有個人氣氣你，豈非也很新鮮有趣。」

他人已飄落下來，眼睛一直盯著風四娘手裡的劍。

那是柄一尺多長小短劍，劍鋒奇薄，發著青中帶藍的光，這種劍最適女子使用，唐代最負盛名的女劍客公孫大娘，用的就是這種劍，連大詩人杜甫都曾有一首長歌讚美她的劍法：「昔有佳人公孫氏，一舞劍器動四方，觀者如山色沮喪，天地爲之久低昂，耀如羿射九日落，矯如群帝驂龍翔，來如雷霆收震怒，罷如江海凝清光……」

公孫大娘雖然身在教坊，其劍術之高妙，看了這幾句詩也可見一斑了，但她身子卻很單薄，用的若非這種短劍，也難如此輕捷。

蕭十一郎在凝視著這柄劍，風四娘卻在凝視著蕭十一郎的眼睛，突然反手一劍，向桌上的酒杯削了過去。

只聽「嗆」的一聲，那隻綠瓷杯竟被削成兩半。

蕭十一郎脫口讚道：「好劍！」

風四娘似笑非笑，淡淡道：「這柄劍雖然不能真的削鐵如泥，卻也差不多了，逍遙侯一向將之珍如拱璧，連看都捨不得給別人看一眼。」

蕭十一郎眨了眨眼睛，笑問道：「但他卻將這柄劍送給了你，是麼？」

風四娘昂起了頭，道：「一點也不錯。」

蕭十一郎道：「如此說來，他是看上了你了？」

風四娘冷冷的笑道：「難道他就不能看上了我？我難道就真的那麼老？」

蕭十一郎望了風四娘一眼，嘆了口氣，道：「能被逍遙侯那樣的男人看上，可真不容易，卻不知他要收你做他的第幾房小老婆？」

風四娘怒道：「放你的屁……」

她的劍又揚起，蕭十一郎又縮起了腦袋。

風四娘的劍卻又緩緩落了下來，用眼角瞅著他，道：「你既然這麼能幹，總該知道這柄劍的來歷吧？」

蕭十一郎道：「看來這好像是公孫大娘首徒申若蘭所用的『藍玉』。」

風四娘點了點頭，道：「總算你還有些眼力。」

蕭十一郎道：「但這『藍玉』卻是柄雌劍，你既有了『藍玉』，便該有『赤霞』才是，除非……」

風四娘道：「除非怎樣？」

蕭十一郎笑了笑，悠然道：「除非逍遙侯捨不得將兩柄劍都送給你。」

風四娘道：「莫說這兩柄劍，我就算要他的頭腦，他也會雙手捧上來的。」

蕭十一郎笑道：「如此說來，那柄『赤霞』現在哪裡呢？」

風四娘道：「就讓你開開眼也無妨。」

蕭十一郎道：「其實我也並非真的想看，但我若不看，只怕你又要生氣了。」

他笑嘻嘻接著道：「你可記得那年十月，天氣還熱得很，你卻穿了件貂裘來見我，雖然熱得直冒汗，還要硬說自己著了涼，要穿暖些……」

風四娘笑罵道：「放你的屁，你以為我要在你面前獻寶？」

蕭十一郎笑道：「有寶可獻，總是好的，像我這樣無寶可獻，就只好獻獻現世寶了。」

風四娘笑啐道：「你真是個活寶。」

她已取出了另一柄劍，劍鞘上鑲著淡紅的寶玉。

蕭十一郎接了過來，搖頭笑道：「女人用的東西果然都脫不了脂粉氣。」

他嘴裡說著話，手已在拔劍。

這柄「赤霞」竟是柄斷劍！

風四娘卻是神色不變，靜靜的看著他，道：「你奇怪嗎？」

蕭十一郎道：「如此利器，怎麼會斷的？」

風四娘道：「是被一把刀削斷的！」

蕭十一郎動容道：「是什麼刀？怎會如此鋒利？」

風四娘淡淡道：「我知道你一聽見有好刀，心就癢了，但是這次我就偏偏不告訴你，也免得你說我獻寶。」

蕭十一郎眼珠子一轉，突然站起來，道：「看到你我肚子就餓了，走，我請你吃宵夜

去。」

長街的盡頭，有個小小的麵攤子。

據說這麵攤子十幾年前就已擺在這裡，而且不論颱風下雨，不論過年過節，這麵攤從未休息過一天。

所以城裡的夜遊神都放心得很，因為就算回家老婆不開門，至少還可在老張的麵攤子上吃碗熱氣騰騰的牛肉麵。

老張的確已很老了，鬚髮都已斑白，此刻正坐在那裡，低著頭喝麵湯，掛在攤頭的紙燈籠已被油煙薰得又黑又黃，就像是他的臉。

到這裡來的老主顧都知道他臉上永遠全無表情，除了要帳外，也很少有人聽到他說一句別的話。

蕭十一郎笑道：「就在這裡吃怎樣？」

風四娘皺了皺眉道：「好吧！」

蕭十一郎道：「你不必皺眉，這裡的牛肉麵，包你從來沒有吃到過。」

他就在麵攤旁那張搖搖欲倒的破桌子上坐了下來，大聲道：「老張，今天我有貴客，來些好吃的。」

老張頭也沒有抬，只朝他翻了個白眼，好像在說：「你急什麼，先等我喝完了這碗湯再說。」

蕭十一郎搖了搖頭，悄聲道：「這老頭子是個怪物，咱們別惹他。」

名震天下的蕭十一郎，竟不敢惹一個賣麵的老頭子，這話說出來有誰相信？風四娘只覺得又好氣，又好笑。

過了很久，老張才端了兩盤菜，一壺酒過來，「砰」的擺在桌子上，就頭也不回的走了。

風四娘忍不住笑道：「你欠他酒帳麼？」

蕭十一郎挺了挺胸，笑道：「我本來欠他一吊錢，但前天已還清了。」

風四娘望著他，良久良久，才輕輕的嘆了口氣，道：「江湖中人都說蕭十一郎是五百年來出手最乾淨俐落，眼光最準的大盜，又有誰知道蕭十一郎只請得起別人吃牛肉麵，而且說不定還要賒帳。」

蕭十一郎大笑道：「有我知道，又有你知道，這還不夠嗎？……來，喝一杯。」

蕭十一郎就是這麼樣一個人，有人罵他，有人恨他，也有人愛他，但卻很少有人了解他。

他也並不希望別人了解，從未替自己打算過。

你若是風四娘，你愛不愛他？

風四娘有樣最妙的長處，別人喝多了，就會醉眼乜斜，兩眼變得模模糊糊，朦朦朧朧的。

但她喝得愈多，眼睛反而愈亮，誰也看不出她是否醉了，她酒量其實並不好，但卻很少有人敢跟她拚酒。

四　割鹿刀

現在她眼睛亮得就像是燈，一直瞪著蕭十一郎，忽然道：「那把刀的故事，你不想聽了麼？」

蕭十一郎道：「我不想聽了。」

風四娘忍耐了很久，終於還是忍不住問道：「為什麼不想聽？」

蕭十一郎板著臉道：「因為我若想聽，你就不會說出來，我若不想聽，你也許反而會忍不住要自動告訴我。」

他話未說完，風四娘已忍不住大笑起來，笑罵道：「你呀，你真是個鬼……別人常常說我是個女妖怪，但我這女妖怪遇見你這個鬼，也沒法子了。」

蕭十一郎只管自己喝酒，也不答腔，他知道現在絕不能答腔，一答腔風四娘也許又不肯說了。

風四娘只有自己接著說下去，道：「其實不管你想不想聽，我都要告訴你的，那柄刀，叫

『割鹿刀』！」

蕭十一郎道：「割鹿刀？」

風四娘道：「不錯，割鹿刀！」

蕭十一郎道：「這名字倒新奇得很，我以前怎麼從未聽說過？」

風四娘道：「因為這柄刀出爐還不到半年。」

蕭十一郎皺眉道：「一柄新鑄成的刀，居然能砍斷古代的利器？鑄刀的這個人，功力難道

能比得上春秋戰國時那些名匠大師麼？」

風四娘先不回答，卻反問道：「繼干將、莫邪、歐冶子等大師之後，還有位不出世的鑄劍

冶鐵名家，你可知道是誰麼？」

蕭十一郎道：「莫非是徐夫人？」

風四娘笑道：「不錯，看不出你倒真有點學問。」

徐夫人並不是女人，他只不過姓「徐」，名「夫人」，荊軻刺秦王所用的劍，就是出自徐

夫人之手的。

蕭十一郎目光閃動，忽然道：「那柄割鹿刀莫非是徐魯子徐大師鑄成的？」

風四娘訝然道：「你也知道？」

蕭十一郎笑了笑，道：「徐魯子乃徐夫人之嫡裔，你此刻忽然說起徐夫人，自然是和那柄

『割鹿刀』有關係的了。」

風四娘目中不禁露出贊賞之意，道：「不錯，那柄『割鹿刀』確是徐大師所鑄，為了這柄

刀，他幾乎已將畢生心血耗盡，這『割鹿』兩字，取意乃是：『秦失其鹿，天下共逐』，唯勝者

得鹿而割之。」他的意思也就是唯有天下第一的英雄，才能得到這柄割鹿刀！他對這把刀的自

豪，也就可想而知了。」

蕭十一郎眼睛發亮，急著問道：「你自然是見過那柄刀的了。」

風四娘閉上眼睛，長長的嘆了口氣，道：「那的確是柄寶刀！『赤霞』遇見它，簡直就好像變成了廢鐵。」

蕭十一郎仰首將杯中的酒一乾而盡，拍案道：「如此寶刀，不知我是否有緣一見！」

風四娘目光閃動，道：「你當然有機會能見到。」

蕭十一郎嘆道：「我與徐大師昧平生，他怎肯將如此寶刀輕易示人？」

風四娘道：「這柄刀現在已不在徐魯子手裡了。」

蕭十一郎動容道：「在哪裡？」

風四娘悠然道：「我也不知道。」

蕭十一郎這次真的怔住了，端起酒杯，又放下去，起來兜了個圈子，又坐下來，挾起塊牛肉，卻忘了放入嘴裡。

風四娘噗哧一笑，道：「想不到我也有讓你著急的時候，倒底還是年輕人沉不住氣。」

蕭十一郎眨著眼道：「你說我是年輕人？我記得你還比我小兩歲嘛。」

風四娘笑罵道：「小鬼，少來拍老娘的馬屁，我整整比你大五年四個月另三天，你本該乖乖的喊我一聲大姐才是。」

蕭十一郎苦笑道：「大姐，你記得當真清楚得很。」

風四娘道：「小老弟，還不快替大姐倒杯酒。」

蕭十一郎道：「是是是，倒酒！倒酒！」

風四娘看著他倒完了酒，才笑著道：「哎——這才是我的乖小弟。」

她雖然在笑，但目中卻忍不住露出淒涼傷感之色，連眼淚都彷彿要流出來了，仰首將杯中酒飲盡，才緩緩道：「那柄割鹿刀已在入關的道上了。」

蕭十一郎緊張得幾乎將酒都灑到桌上，追問道：「有沒有人沿途護刀？」

風四娘道：「如此寶刀，豈可無人護送？」

蕭十一郎道：「護刀入關的是誰？」

風四娘道：「趙無極……」

她剛說出這名字，蕭十一郎已聳然動容，截口道：「這趙無極可是那先天無極門的掌門人麼？」

風四娘道：「不是他是誰？」

蕭十一郎默然半晌，慢慢的點了點頭，似已胸有成竹。

風四娘一直盯著他，留意著他面上神情的變化，接著又道：「除了趙無極外，還有『關東大俠』屠嘯天，海南劍派碩果僅存的唯一高手『海靈子』……」

蕭十一郎苦笑道：「夠了，就這三個人已夠了。」

風四娘嘆道：「但他們卻認爲還不夠，所以又請了昔年獨臂掃天山，單掌誅八寇的『獨臂鷹王』司空曙。」

蕭十一郎不說話了。

風四娘還是盯著他，道：「有這四人護刀入關，當今天下，只怕再也沒有人敢去奪刀的

了。」

蕭十一郎突然大笑起來，道：「說來說去，原來你是想激我去替你奪刀。」

風四娘眼波流動，道：「你不敢？」

蕭十一郎笑道：「我替你奪刀，刀是你的，我還是一場空。」

風四娘咬著嘴唇，道：「他們護刀入關，你可知道是為了什麼？」

蕭十一郎搖著頭笑道：「不知道，我也不想知道，反正他們也不會是為了要將刀送給我。」

風四娘道：「就算你不敢去奪刀，難道也不想去見識見識麼？」

蕭十一郎道：「不想。」

風四娘道：「為什麼？」

蕭十一郎笑道：「我若是看到了那柄刀，就難免要心動，心動了就難免想去奪刀，奪不到就難免要送命。」

風四娘道：「若是能奪到呢？」

蕭十一郎嘆了口氣，道：「若是奪到了，你就難免會問我要，我雖然捨不得，卻又不好意思不給你，所以倒不如索性不去看的好。」

風四娘跺著腳站了起來，恨恨道：「原來你這樣沒出息，我真看錯了你。好！你不去，我一個人去，沒有你看我死不死得了。」

蕭十一郎苦笑道：「你這看見好東西就想要的脾氣，真不知要到什麼時候才能改得了。」

這市鎮並不大，卻很繁榮，因爲它是自關外入中原的必經之路，由長白關東那邊來的參商、皮貨商、馬販子，由大漠塞北那邊來的淘金客，胡賈！……經過這地方時，差不多都會歇上一兩個晚上。

由於這些人的豪侈，才造成了這地方畸形的繁榮。

這地方有兩樣最著名的事。

第一樣是「吃」——世上很少有男人不好吃的，這裡就有各式各樣的吃，來滿足各種男人的口味。

這裡的涮羊肉甚至比北京城的還好、還嫩；街尾「五福樓」做出來的一味紅燒獅子頭，也絕不會比杭州「奎元雨」小麻皮做出來的差，就算是最挑剔的饕餮客，在這裡也應該可以一快朵頤了。

第二樣自然是女人——世上更少有男人不喜歡女人的，這裡有各式各樣不同的女人，可以適應各種男人的要求。

一個地方只有兩樣「名勝」雖不算是多，但就這兩件事，已足夠拖住大多數男人的腳。

「恩德元」是清真館，老闆馬回回不但可以將一條牛做出一百零八種不同的菜，而且是關外數一數二的摔跤高手。

恩德元的門面並不大，裝潢也不考究，但腰上繫著寬皮帶、禿著腦袋，挺著胸站在門口的

馬回回，就是塊活招牌，經過這裡的江湖豪傑若沒有到恩德元來跟馬回回喝兩杯，就好像覺得有點不大夠意思。

平常的日子，馬回回雖然也都是滿面紅光，精神抖擻，但今天馬回回看來卻特別的高興。

還不到黃昏，馬回回就不時走出門外來，睜著眼睛向來路觀望，像是在等待著什麼貴客光臨似的。

戌時前後，路盡頭果然出現了一輛黑漆馬車，四馬並馳，來勢極快，到了這條行人極多的路上，也並未緩下來，幸好趕車的身手十分了得，四匹馬也都是久經訓練的良駒，是以車馬雖然奔馳甚急，卻沒有出亂子。

這條路上來來往往的車馬雖多，但像是這種氣派的巨型馬車還是少見得很，大夥兒一面往路旁躲閃，一面又不禁要去多瞧幾眼。只聽健馬一聲長嘶，趕車的絲韁一提，車馬剛停在「恩德元」的門口，馬回回已搶步迎了出來，陪著笑開了車門。

旁觀的人又不禁覺得奇怪，馬回回雖然是生意人，卻一向不肯自輕身價，今天為何對這馬車上的人如此恭敬？

從車上第一個走下來的是個白面微鬚的中年人，圓圓的臉上常帶著笑容，已漸發福的身上穿著件剪裁極合身的青緞圓花長袍，態度溫文和氣，看來就像是個微服出遊的王孫公子。

馬回回雙手抱拳，含笑道：「趙大俠遠來辛苦了，請，請。」

那中年人也含笑抱拳道：「馬掌櫃的太客氣了，請，請裡面坐。」

站在路旁觀望的老江湖們聽了馬回回的稱呼，心裡已隱隱約約猜出了這中年人是誰，眼睛

不禁瞪得更圓了！

這人莫非就是「先天無極」的掌門人，以一手先天無極真氣，八十一路無極劍名震天下的趙無極？

那麼第二個下車來的人會是誰呢？

第二個下車的是個白髮老人，穿得很樸素，只不過是件灰布棉襖，高腰白襪繫在灰布棉褲外，手裡還拿著根旱煙袋，看來就像是個土頭土腦的鄉下老頭子，但雙目神光閃動，顧盼之間，威稜逼人。

馬回回彎腰陪笑道：「屠老爺子，幾年不見，你老人家身子越發的健朗了。」

老頭子打了個哈哈，笑道：「這還不都是託朋友的福。」

這老頭子姓屠，莫非是坐鎮關東垂四十年，手裡的旱煙袋專打人身三十六大穴、七十二小穴，人稱天下第一打穴名家的「關東大俠」屠嘯天？馬車上有了這兩人，第三人還會是弱者嗎？

路旁竊竊私議，興趣更濃了。

第三個走下車的是個枯瘦頎長、鷹鼻高顴的道人。

他雖是個出家人，衣著卻十分華麗，醬紫色的道袍上都縷著金線，背後揹著柄綠鯊魚皮鞘，黃金吞口上還鑲著顆貓兒眼的奇形長劍。一雙三角眼微微上翻，像是從未將任何人放在眼裡。

馬回回的笑容更恭敬，躬身道：「晚輩久慕海道長聲名，今日得見，實在是三生有幸。」

那老頭連瞧都沒有瞧他一眼，只點了點頭，道：「好說，好說。」

海道長！難道是海靈子？

海南派的劍法以迅急詭秘見長、海南派的劍客們也都有些怪里怪氣，素來不肯和別的門派打交道。

七年前「銅椰島之戰」震動武林，銅椰島主以及門下的十三弟子固然都死在海南派劍下，海南派的九大高手，也死得只剩下海靈子一個了，自從這一戰之後，海靈子的名頭更響，眼睛也長得更高了。

今日他怎會和趙無極、屠嘯天走到一起的？

最奇怪的是，這三個人下車之後，並沒有走入店門，反都站在車門旁，等著第四個人走下來。

過了很久，車子裡才慢吞吞走下一個人。

這人一走出車門，大家都不禁吃了一驚。

這人的長像實在太古怪。

他身長不滿五尺，一顆腦袋卻大如巴斗，一頭亂蓬蓬的頭髮，兩條濃眉幾乎連成了一線，左眼精光閃閃，亮如明星；右眼卻是死灰色的，就像是死魚的眼睛，亂草般的鬍子裡露出一張嘴來，卻是鮮紅如血。

他右臂已齊肩斷去，剩下來的一條左臂長得更可怕，垂下來幾乎可以摸著自己的腳趾。

他手裡還提著個長方形的黃布包袱。

這次馬回回連頭都不敢抬，陪著笑道：「聽說老前輩要來，弟子特地選了條公牛……」

獨臂人懶洋洋的點了點頭，道：「公牛比母牛好，卻不知是死的，還是活的？」

馬回回陪笑道：「當然是活的，正留著給老前輩嘗鮮哩。」

獨臂人大笑道：「很好，很好，你這孫子總算還懂得孝敬我。」

他居然將馬回回當孫子，馬回回居然還像是有點受寵若驚，不知道這獨臂人來歷的，心裡多多少少都有點為馬回回不平。

但有些人已猜出了這獨臂人的來歷，心裡反而替馬回回高興——能被「獨臂鷹王」當孫子的人，已經很不容易了。

這一座小院子，假山旁有幾棵大樹。

樹上繫著條公牛。

這條牛實在大得出奇，牛角又尖又銳，彷彿是兩把刀。

獨臂鷹王手裡的黃布包袱已不知藏到哪裡去了，他此刻正圍著這條牛在打轉，嘴裡噴噴有聲，不停的說道：「很好，很好……」

屠嘯天微笑道：「司空兄既已覺得滿意了，為何還不動手？」

獨臂鷹王噴噴笑道：「你這糟老頭子，又想看看我老人家的把戲，是不是？」

他獨臂突然在公牛的眼前一揮，公牛驟然受驚，頭一低，兩隻尖刀般的角就向獨臂鷹王的肚子上撞了過來。

獨臂鷹王大喝道：「來得好！」

喝聲中，他身子一閃，不知怎地竟已鑽入了牛肚下，一隻手向上一探，竟活生生的插入了牛的肚子。

公牛負痛，彈丸般向上一跳，掙斷了繩子，向前衝出，鮮紅的牛血一路濺下來，「砰」的，撞上了牆壁。

牆壁被撞開一個洞，公牛半個身子嵌了進去，瘋狂般掙扎了半晌，血已流盡，終於動也不動了。

再看一顆活生生的牛心，已到了獨臂鷹王手裡，他大笑著張開嘴，竟一口就將一顆碗口般大的牛心吞了下去，咀嚼有聲。

那聲音實在令人聽得寒毛直豎。

海靈子皺了皺眉，轉過頭去不願再看。

獨臂鷹王噴噴怪笑道：「你用不著皺眉頭，就憑你，若想這麼樣吃顆活牛心，只怕還不太容易，你至少還得再苦練個十年八年的鷹爪力。」

海靈子青滲滲的臉上現出怒容，冷冷道：「我用不著練什麼鷹爪力。」

獨臂鷹王眼睛一瞪，道：「你用不著練，難道你瞧不起我老爺子的鷹爪力？」

他一隻鮮血淋漓的手已向海靈子抓了過去。

海靈子一個翻身，後退八尺，臉都嚇白了。

獨臂鷹王仰面大笑道：「小雜毛，你用不著害怕，我老爺子只不過嚇著你好玩的，我跟你那老雜毛師父是朋友，怎麼能欺負你這小孩子。」

海靈子活到五十多了，想不到還有人叫他「小孩子」，他兩隻手氣得發抖，卻偏偏沒有拔劍的勇氣。

獨臂鷹王那手力穿牛腹，巧取牛心的鷹爪力，那份狠、那份準、那份快，的確令人提不起勇氣。

已經上到第七道菜了。

馬回回的手藝的確不錯，能將牛肉烹調得像嫩雞、像肥鴨、像野味，有時甚至嫩得像豆腐。

他能將牛肉燒得像各種東西，就是不像牛肉。

到第八道菜時，馬回回親自捧上來，笑道：「菜雖不好，酒還不錯，各位前輩請多喝兩杯。」

獨臂鷹王突然一拍桌子，大聲道：「酒也不好。」

馬回回怔住了。

幸好趙無極已接著笑道：「酒雖是好酒，但若無紅袖添酒，酒味也淡了。」

獨臂鷹王展顏大笑道：「不錯不錯，倒底還是你唸過幾天書，知道這『酒』字，和那『色』字是萬萬不能分開的。」

馬回回也笑了，道：「晚輩其實也已想到這一點，只怕此間的庸俗脂粉，入不了各位前輩的眼。」

獨臂鷹王皺眉道：「聽說這裡的女人很有名，難道連一個出色的都沒有？」

馬回回沉吟著道：「出色的倒是有一個，但只有一個……」

獨臂鷹王又一拍桌子，道：「一個就已夠了，這老雜毛是出家人，趙無極出名的怕老婆，屠老頭已是心有餘而力不足，你用不著替他們擔心。」

趙無極笑道：「怕老婆的人，還是連瞧都不要瞧的好。但若不瞧一眼，我還真不捨得走，

屠嘯天笑道：「不錯，你只要替司空前輩找到一個就成了，我這糟老頭子只想在旁邊瞧瞧。年紀大的人，只要瞧瞧就已經過癮了。」

馬掌櫃的，就煩你去走一趟。」

馬回回道：「晚輩這就去找，只不過……」

獨臂鷹王瞪眼道：「只不過怎樣？」

馬回回陪笑道：「那位姑娘出名的架子大，未必一找就能找來。」

獨臂鷹王大笑道：「那倒無妨，我就喜歡架子大的女人，架子大的女人必定有些與眾不同，否則她的架子怎麼大得起來？」

馬回回笑道：「既是如此，就請前輩稍候……」

獨臂鷹王道：「多等等也沒關係，別的事我老爺子雖等不得，等女人的耐心我倒有。」

五　出色的女人

已經等了快一個時辰了，那位出色的女人還沒有來。

屠嘯天喝了杯酒，搖著頭道：「這女人的架子倒還真不小。」

獨臂鷹王也搖著頭笑道：「你這糟老頭子真不懂得女人，難怪要做一輩子的老光棍了——你以為那女人真的是架子大麼？」

屠嘯天道：「難道不是？」

獨臂鷹王道：「她這麼樣做，並不是真的架子大，只不過是在吊男人的胃口。」

屠嘯天道：「吊胃口？」

獨臂鷹王道：「不錯，她知道男人都是賤骨頭，等得愈久，心裡愈好奇，愈覺得這女人珍貴，那種一請就到的女人，男人反會覺得沒有意思。」

屠嘯天撫掌笑道：「高見，高見……想不到司空兄非但武功絕世，對女人也研究有素。」

獨臂鷹王大笑道：「要想將女人研究透徹，可真比練武困難得多。」

他突然頓住笑聲，豎起耳朵來聽了聽，悄悄笑道：「來了。」

這句話剛說完，門外就響起了一陣細微的腳步聲。

就連海靈子也忍不住扭過頭去瞧，他也實在想瞧瞧，這究竟是怎麼樣一個出色的女人。

門是開著的，卻掛著簾子。

簾下露出一雙腳。

這雙腳上穿的雖只不過是雙很普通的青布軟鞋，但樣子卻做得很秀氣，使得這雙腳看來也秀氣得很。

雖然只看到一雙腳，獨臂鷹王已覺得很滿意了。

他那特大的腦袋已開始在搖，一隻發光的眼睛瞬也不瞬的盯著這雙鞋，眼珠子都似乎快凸了出來。

只聽簾外一人道：「我可以進來嗎？」

聲音是冷冰冰的，但卻清脆如出谷黃鶯。

獨臂鷹王大笑道：「你當然可以進來，快……快請進來。」

腳並沒有移動，簾外又伸入了一隻手。

手很白，手指長而纖秀，指甲修剪得很乾淨，很整齊，但卻並不像一般愛打扮的女人那樣，在指甲上塗著鳳仙花汁。

這隻手不但美，而且很有性格。

只看這隻手，已可令人覺得這女人果然與眾不同。

獨臂鷹王不停的點著頭笑道：「好！很好……好極了……」

只見這隻手緩緩掀起了簾子。

這與眾不同的女人終於走了進來。

在屠嘯天想像中，架子這麼大的女人，一定是衣著華麗，濃妝艷抹，甚至滿身珠光寶氣。

但他錯了。

這女人穿的只是一身很淺淡、很合身的青布衣服，臉上看不出有脂粉的痕跡，只不過在耳朵上戴著一粒小小的珍珠。

屠嘯天覺得很吃驚，他想不到一個風塵女人打扮得竟是如此樸素，甚至可以說連一點打扮都沒有。

他吃驚，因為他年紀雖不小，對女人懂得的卻不多，而這女人對男人的心理懂得的卻太多了。

她知道自己愈不打扮，才愈顯得出色脫俗。

男人的心理的確很奇怪，他們總希望風塵女子不像風塵女子，而像是個小家碧玉，或者是大家閨秀。

但他們遇著個正正當當，清清白白的女人，他們又偏偏要希望這女人像是個風塵女子了。

所以，風塵女子若是像好人家的女子就一定會紅得發紫，好人家的姑娘若像風塵女子，也一定會有很多男人追求。

趙無極雖然怕老婆，但怕老婆的男人也會「偷嘴」的，世上沒有不偷嘴的男人，正如世上沒有不偷嘴的貓。

他玩過很多次，在他印象中，每個風塵女子一走進來時，臉上都帶著甜甜的笑容——當然

是職業性的笑容。

但這女子卻不同。

她非但不笑，而且連話也不說，一走進來，就坐在椅子上，冷冰冰的坐著，簡直像是個木頭人。

只不過木頭人的確美得很。

她年齡似乎已不小了，卻也絕不會太大，她的眼睛很亮，眼角有一點往上吊，更顯得嫵媚。

獨臂鷹王的眼睛已瞇了起來，笑著道：「好！很好……請坐請坐。」

這女人連眼角都沒有瞟他一眼，冷冷道：「我已經坐下了。」

獨臂鷹王笑道：「很對！很對！你已經坐下了，你坐的很好看。」

這女人道：「那麼你就看吧，我本來就是讓人看的。」

獨臂鷹王拍著桌子，大笑道：「糟老頭，你看……你看這女人多有趣。就連說出來的話都和別人不同，居然敢給我釘子碰。」

若是別人給他釘子碰，他不打扁那人的腦袋才怪，但這女人給他釘子碰，他卻覺得很有趣。

唉！女人真是了不起。

屠嘯天也笑了，道：「卻不知這位姑娘能不能將芳名告訴我們？」

這女人道：「我叫思娘。」

獨臂鷹王大笑道：「思娘？……難怪你這麼不開心，原來你是在思念你的娘，你的娘也和

你一樣漂亮嗎？」

思娘也不說話，站起來就往外走。

獨臂鷹王大叫道：「等等，等等，你要到哪裡去？」

思娘道：「我要走。」

獨臂鷹王怪叫道：「走？你要走？剛來了就要走？」

思娘冷冷道：「我雖是個賣笑的女人，但我的娘卻不是，我到這裡來也不是為了要聽你們

拿我的娘來開玩笑的。」

她倒是真懂得男人，她知道地位愈高、愈有辦法的男人，就愈喜歡不聽話的女人，因為他

們平時見到的聽話的人太多了。

只有那種很少見到女人的男人，才喜歡聽女人灌迷湯。

獨臂鷹王果然一點也沒生氣，反而笑得更開心，道：「對對對，以後誰敢開你娘的玩笑，

我先扭斷他的脖子。」

思娘這才一百個不情願的又坐了下來。

趙無極忍不住道：「姑娘既然不喜歡開玩笑，卻不知喜歡什麼呢？」

思娘道：「我什麼都喜歡，什麼都不喜歡。」

獨臂鷹王大笑道：「說得妙，說得妙！簡直比別人唱的還好聽。」

趙無極笑道：「姑娘說的既已如此好聽，唱的想必更好聽了，不知姑娘是否能高歌一曲，

也好讓我們大家一飽耳福。」

思娘道：「我不會唱歌。」

趙無極道：「那麼……姑娘想必會撫琴？」

思娘道：「也不會。」

趙無極道：「琵琶？」

思娘道：「更不會。」

趙無極忍不住笑了，道：「那麼……姑娘你究竟會什麼呢？」

思娘道：「我是陪酒來的，自然會喝酒。」

獨臂鷹王大笑道：「妙極妙極，會喝酒就已夠了，我就喜歡會喝酒的女人。」

這位「思娘」倒的確可以說是「會喝酒」，趙無極本來有心要她醉一醉，出出她的醜態。

但思娘酒喝得愈多，眼睛就愈亮，簡直連一點酒意都看不出，趙無極反而不敢找她喝酒了。

獨臂鷹王也沒有灌她酒——他是個很懂得「欣賞」的男人，他只希望他的女人有幾分酒意，卻不願他的女人真喝醉。

他也很懂得把握時候。

到了差不多的時候，他自己先裝醉了。

趙無極也很知趣，到了差不多的時候，就笑著說道：「司空兄連日勞頓，此刻只怕已有些—

不勝酒力了吧？」

獨臂鷹王立刻就站了起來，道：「是，是，是，我醉欲眠……我醉欲眠……」

趙無極忙道：「馬掌櫃的早已在後院為司空兄備下了一間清靜的屋子，就煩這位姑娘將司空兄送過去吧。」

思娘狠狠瞪了他一眼，居然沒有拒絕。扶著獨臂鷹王就往外走，好像對這種事已經習慣得很。

屠嘯天笑道：「只不過這女人『賣』的方法實在和別人有些不同而已。」

獨臂鷹王笑道：「到了最後，世上所有的女人都是一樣的，尤其這種女人，她們根本就是為了要『賣』才出來混，不賣也是白不賣。」

趙無極也笑道：「到了最後，世上所有的女人都是一樣的，尤其這種女人，她們根本就是為了要『賣』才出來混，不賣也是白不賣。」

屠嘯天失笑道：「我還當她真的有什麼不同哩，原來到最後還是和別的女人一樣。」

馬回回為獨臂鷹王準備的屋子果然很清靜。

一進了門，思娘就將獨臂鷹王用力推開，冷冷道：「你的酒現在總該醒了吧？」

獨臂鷹王笑道：「酒醒得哪有這麼快！」

思娘冷笑道：「你根本就沒有醉，你以為我不知道？」

獨臂鷹王的酒果然「醒」了幾分，笑道：「醒就是醉，醉就是醒，人生本是戲，何必分得那麼清？」

他自己找著茶壺，對著嘴灌了幾口，喃喃道：「酒濃於水，水的確沒有酒好喝。」

思娘冷冷的瞧著他，道：「現在我已送你回來了，你還想要我幹什麼？」

獨臂鷹王用一隻手拉起她的一隻手，瞇著眼笑道：「男人在這種時候想要做什麼，你難道不懂。」

思娘甩開他的手，大聲道：「你憑什麼以爲我是那種女人，憑什麼以爲我會跟你做那種事？」

獨臂鷹王笑道：「我就憑這個。」

他大笑著取出一大錠黃澄澄的金子，拋在桌上，眼角瞟著思娘，道：「這個你要不要？」

思娘道：「我們出來做，爲的就是要賺錢，若非爲了要賺錢，誰願意被別人當做酒罐子？」

獨臂鷹王大笑道：「原來你還是要錢的，這就好辦多了。」

他又拉起思娘的手，思娘又甩開了，冷冷道：「我雖然要錢，可是我也得選選人。」

獨臂鷹王的臉色變了，道：「你要選怎麼樣的人？小白臉？」

思娘冷笑道：「小白臉我看的多了，我要的是真正的男人。」

獨臂鷹王展顏笑道：「這就對了，你選我絕不會錯，我就是真正的男子漢。」

思娘上上下下瞟了他一眼，道：「我要的是了不起的男人，你是嗎？」

獨臂鷹王道：「我當然是。」

思娘道：「你若是真有什麼了不起的地方，讓我瞧瞧，能令我心動，就算一分銀子都沒有，我也會心甘情願的跟你……」

獨臂鷹王大笑道：「你不認得我，自然不知道我有什麼了不起，但江湖中人一聽到我的名字，我要他往東，他就不敢往西。」

思娘道：「吹牛人人都會吹的。」

獨臂鷹王道：「你不信？好，我讓你瞧瞧！」

他的手輕輕一切，桌子就被切下了一隻角，就好像刀切豆腐似的。

思娘淡淡道：「好，果然有本事，但是在我看來還不夠……」

獨臂鷹王笑道：「不管你夠不夠，我已等不及了，來吧。」

他輕輕一拉，思娘就跌入他懷裡。思娘閉著眼，動也不動，道：「你力氣大，要強姦我，我也沒法子反抗，但一個真正的男人，就該要女人自己心甘情願的跟他。」

獨臂鷹王的嘴不動了，因為他的手已在動，他雖然只有一隻手，卻比兩隻手的男人動得還要厲害。

思娘咬著牙，冷笑道：「虧你還敢說自己是男子漢，原來只會欺負女人，欺負女人的男人，非但最不要臉，也最沒出息。我倒想不到你會是這種人。」

獨臂鷹王喘著氣，笑道：「你以為我是那種人？」

思娘道：「我看你長得雖醜，倒還有幾分男子氣概，所以才會跟你到這裡來，若換了那三個人，就算醉倒在地上，我也不會扶一把。」

她輕輕嘆了口氣，道：「誰知我竟看錯了你，但這也只好怨我自己，怨不得別人……好，你要就快來吧，反正這種事也用不了多少時候的。」

獨臂鷹王的手不動了，人也似已怔住。

怔了半晌，他才跳了起來，大叫道：「你究竟要我怎樣？」

思娘坐起來，掩上衣襟，道：「我知道你有本事，會殺人，別人都怕你，但這都沒什麼了不起。」

獨臂鷹王道：「要怎樣才算了不起？」

思娘道：「我聽人說，愈有本事的人，愈深藏不露，昔年韓信受胯下之辱，後人才覺得他了不起，他當時若將那流氓殺了，還有誰佩服他？」

獨臂鷹王大笑道：「難道你要我鑽你的褲襠不成？」

思娘居然也忍不住笑了。

她不笑時還只不過是個「木美人」，這一笑起來，當真是活色生香，風情萬種，若有男人見了不心動，必定是個死人。

獨臂鷹王自然不是死人，直著眼笑道：「我司空曙縱橫一世，但你若真要我鑽你褲襠，我也認了。」

思娘嫣然笑道：「我不是這意思，只不過……」

她眼波流動，接著道：「譬如說，我雖打不過你，但你被我打了一下，卻肯不還手，那才真正顯得你是個男人，才真正有男子漢的氣概。」

獨臂鷹王大笑道：「這容易，我就被你打一巴掌又有何妨？」

思娘道：「真的？」

獨臂鷹王道：「自然是真的，你就打吧，打重些也沒關係。」

思娘笑道：「那麼我可真的要打了。」

她捲起衣袖，露出一截白玉般的手腕。

獨臂鷹王居然真的不動，心甘情願的挨打。

這就是男人。可憐的男人，為了要在女人面前表示自己「了不起」，表示自己「有勇氣」，男人真是什麼事都做得出的。

思娘笑著，一掌輕輕的打了下去。

她出手很輕，很慢，但快到獨臂鷹王臉上時，五根手指突然接連彈出，閃電般點了他四處大穴。

獨臂鷹王顯然做夢也想不到有此一著，等他想到時，已來不及了——他自己變成了個木頭人。

思娘已銀鈴般嬌笑起來，吃吃笑道：「好，獨臂鷹王果然有大丈夫的氣概，我佩服你！」

獨臂鷹王瞪著她，眼睛裡已冒出火來，但嘴裡卻連一個字也說不出，他整張臉已完全麻木。

思娘道：「其實你也用不著生氣，更不必難受，無論多少聰明的男人，見了漂亮女人時也會變成呆子的。」

她嬌笑著接道：「所以有些十七八歲的小姑娘，也能將一些老奸巨猾的老色鬼騙得團團亂

轉，世上這種事多得很……」

她一面說話，一面已在獨臂鷹王身上搜索。

獨臂鷹王穿著件很寬大的袍子。

他方才提在手上的黃布包，就藏在袍子裡。

思娘找出這包袱，眼睛更亮了。

解開黃布袱，裡面是個刀匣。

匣中刀光如雪！

思娘凝注著匣中的刀，喃喃道：「蕭十一郎，蕭十一郎，你以為我一個人就奪不到這把刀？你不但小看了我，也太小看女人了，女人的本事究竟有多大，男人只怕永遠也想不到……」

風四娘可真是個了不起的女人！

風四娘，了不起的女人！

唉，了不起的女人！

但風四娘畢竟還是個女人。

女人看到自己喜歡的東西時，就看不到危險了。

——世上大多數色狼，都知道女人這弱點，所以使用些眩目的禮物，來掩護自己危險的攻擊。

風四娘全副精神都已放在這把刀上，竟未看到獨臂鷹王面上露出的獰笑。

等她要走的時候，已來不及了！

獨臂鷹王猿猴般的長臂，突然間閃電般伸出，擒住了她的腕子，她半邊身子立刻發了麻，手裡的刀「噹」的掉到地上！

這一著出手之快，竟令她毫無閃避的餘地。

獨臂鷹王格格笑道：「你若認為我真是呆子，就不但小看了我，也太小看男人了，男人的本事究竟有多大，女人只怕永遠也想不到！」

風四娘的一顆心已沉到了底，但面上卻仍然帶著微笑，因為她知道自己此刻剩下的唯一武器，就是微笑。

她用眼角瞟著獨臂鷹王，甜笑著道：「你何必發脾氣？男人偶然被女人騙一次，豈非也滿有趣的，若是太認真，就無趣了。」

獨臂鷹王獰笑道：「女人偶然被男人強姦一次，豈非也滿有趣的？」

他的手突然一緊，風四娘全身都發了麻，連半分力氣都沒有了，再被他反手一掌摑下來，她的人就被摑倒在床上。

只見獨臂鷹王已獰笑著向她走過來，她咬了咬牙，用盡全身力氣，飛起一腳向他踢了過去。

但這一腳還未踢出，就被他鷹爪般的手捉住。他的手輕輕一擰，她腳踝就像是要斷了，眼淚都快疼了出來。

那雙薄薄的青布鞋，也變成了破布，露出了她那雙纖巧、晶瑩、完美得幾乎毫無瑕疵的腳。

獨臂鷹王看到這雙腳，竟似看得癡了，喃喃道：「好漂亮的腳，好漂亮……」

他居然低下頭，用鼻子去親她的腳心。

世上沒有一個女人的腳心不怕癢的，尤其是風四娘，獨臂鷹王那亂草般的鬍子刺著她腳心，嘴裡一陣陣熱氣似已自她的腳心直透入她心底，她雖然又驚、又怕、又憤怒、又嘔心……

但這種刺激她實在受不了。

她的心雖已快爆炸，但她的人卻忍不住吃吃的笑了起來，笑出了眼淚，她一面笑，一面罵：「畜牲，畜牲，你這老不死的畜牲，快放開我……」

她將世上所有最惡毒的話都罵了出來，卻還是忍不住要笑。

獨臂鷹王瞪著她，眼睛裡已冒出了火，突又一伸手，風四娘前胸的衣襟已被撕裂，露出了白玉般的胸膛。

她幾乎暈了過去，只覺得獨臂鷹王的人已騎到她身上，她只有用力絞緊兩條腿，死也不肯鬆開。

只聽獨臂鷹王喘息著道：「你這臭女人，這是你自己找的，怨不得我！」

他的手已捏住了她的喉嚨。

風四娘連氣都透不過來了，哪裡還有力氣掙扎反抗，她的眼前漸漸發黑，身子漸漸發軟，兩條腿也漸漸的放鬆……

突然間，「砰」的一聲，窗子被撞開了。

一個青衣人箭一般竄了進來，去掠取落在地上的刀！

獨臂鷹王果然不愧是久經大敵的頂尖高手，在這種情況下，居然還沒暈了頭，凌空一個倒翻，長臂直抓那人的頭頂！

那人來不及拾刀，身子一縮，縮開了半尺。

只聽「格」的一響，獨臂鷹王的手臂竟又暴長了半尺，明明抓不到的地方，現在也可抓到了。

這就是獨臂鷹王能縱橫武林的絕技，若是換了別人，無論如何，也難再避開這一抓。

誰知這青衣人的身法也快得不可思議，突然一個旋身，掌緣直切獨臂鷹王的腕脈，腳尖輕一挑，將地上的刀向風四娘挑了過去。

風四娘左手掩衣襟，右手接刀，嬌笑著道：「謝謝你們……」

笑聲中，她的人已飛起，竄出窗子。

青衣人嘆了口氣，反手一揮，就有一條雪亮的刀光匹練般劃出，削向獨臂鷹王的肩胛。

這一刀出手，當真快得不可思議。

獨臂鷹王縱橫數十年，實未看過這麼快的刀法，甚至也未看清他的刀是如何出手的，大驚之下，翻身後掠，厲聲喝道：「你是什麼人？」

青衣人也不答話，著著搶攻，只見刀光繚繞，風雨不透，獨臂鷹王目光閃動，避開幾刀，突然縱聲狂笑道：「蕭十一郎，原來是你……」

青衣人也大笑道：「鷹王果真好眼力！」

笑聲中，他的人與刀突似化而為一。

刀光一閃，穿窗而出。

獨臂鷹王大喝一聲，追了出去。

窗外夜色沉沉，秋星滿天，哪裡還有蕭十一郎的人影！

風四娘一面在換衣裳，一面在嘴裡低低的罵，也不知咒罵的是誰，也不知在罵些什麼。

只不過她面上並沒有怒容，反有喜色，尤其當她看到床上那刀匣時，她臉上就忍不住要露出春花般的微笑。

這把日思夜想的割鹿刀，終於還是到手了。

為了這把刀，風四娘可真費了不少心思，很多天以前，她就到這鎮上來了，因為她算準這是趙無極他們的必經之路。

在鎮外，她租下了這幽靜的小屋，再找到馬回回；馬回回是個很夠義氣的人，以前又欠過她的情，當然沒法子不幫她這個忙。

但獨臂鷹王可實在是個扎手的人物，到最後她險些功虧一簣，偷雞不成反要蝕把米，若不是蕭十一郎……

想起蕭十一郎，她就恨得牙癢癢的。

她剛扣起最後一粒扣子，突聽窗外有人長長嘆了口氣，悠悠道：「奉勸各位千萬莫要和女人交朋友，更莫要幫女人的忙，你在幫她的忙，她自己反而溜了，將你一個人吊在那裡。」

聽到這聲音，風四娘的臉就漲紅了，不知不覺將剛剛扣好的那粒扣子也擰斷了，看樣子似乎

恨不得一腳將窗戶踢破。

但眼珠子一轉，她又忍住，反而吃吃的笑了起來，道：「一點也不錯，我就恨不得把你吊死在那裡，讓獨臂鷹王把你的心掏出來，看看究竟有多黑。」

窗子被推開一線，蕭十一郎露出半邊臉，笑嘻嘻道：「是我的心黑？還是你的心黑？」

風四娘道：「你居然還敢說我？問我？我誠心誠意要你來幫我的忙，你推三推四的不肯。我來了，你又偷偷的跟在後面，等我眼見就要得手，你才突然露面，想白白的撿個便宜，你說你是不是東西？」

她愈說愈火，終於還是忍不住跳了過去，「砰」的將窗子打破了一個大洞，恨不得這窗子就是蕭十一郎的臉。

蕭十一郎卻早已走得遠遠的，笑道：「我當然不是東西，我明明是人，怎會是東西？」

他嘆了口氣，喃喃道：「也許我的確不該來的，就讓那大頭鬼去嗅你的臭腳也好，臭死他更好，也免得我再……」

風四娘叫了起來，大罵道：「放你的屁，你怎麼知道我腳臭，你嗅過嗎？」

蕭十一郎笑道：「我可沒有那麼好的雅興。」

風四娘也發覺自己這麼說，簡直是在找自己的麻煩，漲紅了臉道：「就算你幫了我一個忙，我也不領你的情，因為你根本不是來救我的，只不過是為了這把刀。」

蕭十一郎道：「哦！」

風四娘道：「你若真來救我，為何不管我的人，先去搶那把刀？」

蕭十一郎搖搖頭，苦笑道：「這女人居然連聲東擊西之計都不懂……我問你，我若不去搶那把刀，他怎麼容易就放開你？」

風四娘聽了蕭十一郎的分析，不由怔住了。

她想想也不錯，蕭十一郎當時若不搶刀，而先擊人，他自己也免不了要被獨臂鷹王所傷。

蕭十一郎道：「若有個老鼠爬到你的水晶杯上去了，你會不會用石頭去打牠？你難道不怕打碎你自己的水晶杯嗎？」

風四娘板起臉，道：「算你會說話……」

蕭十一郎失笑道：「我知道你心裡也明白自己錯了，但嘴裡卻是死也不肯認錯的！」

風四娘道：「你怎麼知道我的心思，難道你是我肚子裡的蛔蟲？」

蕭十一郎道：「就因為你心裡已認了錯，已經很感激我，所以才會對我這麼兇，只要你心裡感激我，嘴裡不說也沒關係。」

風四娘雖然還想板著臉，卻已忍不住笑了。

女人的心也很奇怪，對她不喜歡的男人，她心腸會比鐵還硬，但遇著她喜歡的男人時，她的心就再也硬不起來。

蕭十一郎一直在看著她，似已看得癡了。

風四娘白了他一眼，抿著嘴笑道：「你看什麼？有什麼好看的？」

蕭十一郎道：「這你就不懂了，一個女人最好看的時候，就是她雖然想板著臉，卻又忍不

住要笑的時候，這機會我怎能錯過？」

風四娘笑啐道：「你少來吃我的老豆腐，其實你心裡在打什麼主意，我都知道。」

蕭十一郎道：「哦！你幾時也變成我肚子裡的蛔蟲了？」

風四娘道：「這次你落了一場空，心裡自然不服氣，總想到我這兒撈點本回去，是不是？」

蕭十一郎道：「那倒也不是，只不過……」

他笑了笑，接著道：「你既然已有了割鹿刀，還要那柄藍玉劍幹什麼？」

風四娘失笑道：「我早知道你這小賊在打我那柄劍的主意……好吧，看在你對我還算孝順，我就將這柄劍賞給你吧。」

她取出劍，拋出了窗外。

蕭十一郎雙手接住，笑道：「謝賞。」

他拔出了劍，輕輕撫摸著，喃喃道：「果然是柄好劍，只可惜是女人用的。」

風四娘忽然道：「對了，你要這把女人用的劍幹什麼？」

蕭十一郎笑道：「自然是想去送給一個女人。」

風四娘瞪眼道：「送給誰？」

蕭十一郎道：「送給誰我現在還不知道，只不過我總會找個合適的女人去送給她的，你請放心好了。」

風四娘咬著嘴唇，悠悠道：「好，可是你找到的時候，總該告訴我一聲。」

蕭十一郎道：「好，我這就去找。」

他剛轉過身，風四娘突又喝道：「慢著。」

蕭十一郎慢慢的轉回身子，道：「還有何吩咐？」

風四娘眼波流動，取起了床上的割鹿刀，道：「你難道不想見識見識這把刀？」

蕭十一郎道：「不想。」

他回答得居然如此乾脆，風四娘不禁怔了怔，道：「為什麼？」

蕭十一郎笑了笑，道：「因為……我若猜的不錯，這把刀八成是假的。」

風四娘瞥然道：「假的？你憑什麼認為這把刀會是假的？」

蕭十一郎道：「我問你，趙無極、屠嘯天、海靈子，這三個人哪個是省油的燈？」

風四娘冷笑道：「三個人都不是好東西。」

蕭十一郎道：「那麼，他們為何要巴巴的將獨臂鷹王這老怪物找來，心甘情願地受他的氣，而且還將刀交給他，事成之後，也是他一個人露臉，像趙無極這樣的厲害角色，為什麼會做這種傻事？」

風四娘道：「你說為什麼？」

蕭十一郎道：「就因為他們要這獨臂鷹王做替死鬼！做箭垛子。」

風四娘皺眉道：「箭垛子？」

蕭十一郎道：「他們明知這一路上必定有很多人會來奪刀，敢來奪刀的自然都有兩下子，所以他們就將一柄假刀交給司空曙，讓大家都來奪這柄假刀，他們才好太太平平的將真刀護到

地頭。」

他嘆了口氣，接道：「你想想，他們若非明知這是柄假刀，我們在那裡打得天翻地覆時，他們三人為何不過來幫手？」

風四娘道：「這……這也許是因為他們生怕打擾了司空曙……而且他們本就是住在別處的，馬回回只為司空曙一個準備了宿處。」

蕭十一郎搖著頭笑道：「司空曙帶著的若是真刀，他們三個人能放心將他一個人留在那邊麼？」

風四娘說不出話來了。

她怔了半晌，突然拔出刀，大聲道：「無論你怎麼說，我也不相信這柄刀是假的！」

刀，的確是光華奪目。

但仔細一看，就可發覺這燦爛的刀光帶著些邪氣，就好像那些小姑娘頭上戴的鍍銀假首飾似的。

蕭十一郎拔出了那柄「藍玉」，道：「你若不信，何妨來試試？」

風四娘咬了咬牙，穿窗而出，一刀向劍上撩了過去。

只聽「嗆」的一響！

雪亮的刀已斷成兩半！

風四娘整個人都僵住了，手裡的半截刀也掉落在地上；假如有人說風四娘絕不會老，那麼

她在這一刹那間的確像是老了幾歲。

蕭十一郎搖著頭，喃喃道：「人人都說女人比男人聰明，可是女人爲什麼總常常會上男人的當呢？」

風四娘突又跳了起來，怒道：「你明知刀是假的，還要騙我的劍，你簡直是個賊，是個強盜。」

蕭十一郎嘆道：「我的確不該騙你，可是我認得一位姑娘，她又聰明、又漂亮、又爽直，我已有很久沒見她的面了，所以想找件禮物送給她，也好讓她開心開心。」

風四娘瞪大了眼睛，道：「那……那女人是誰？」

蕭十一郎凝注著她，帶著溫暖的微笑，緩緩道：「她叫做風四娘，不知你認不認得？」

風四娘突然覺得一陣熱意自心底湧起，所有的怒氣都已消失無蹤，全身都軟，軟軟的倚著窗戶，咬著嘴唇道：「你呀，你這個人……我認識了你，至少也得短命三十年。」

蕭十一郎將那柄藍玉劍雙手捧過來，笑道：「你雖然沒有得到割鹿刀，卻有人送你柄藍玉劍，你豈非也應該很開心了麼？」

六 美人心

茶館。

濟南雖是個五方雜處，臥虎藏龍的名城，但要找個比茶館人更雜、話更多的地方，只怕也很少。

風四娘坐茶館的機會雖不多，但每次坐在茶館裡，她都覺得很開心，她喜歡男人們盯著她看。

一個女人能令男人們的眼睛發直，總是件開心的事。

這茶館裡大多數男人的眼睛的確都在盯著她，坐茶館的女人本不多，這麼美的女人更少見。

風四娘用一隻小蓋碗慢慢的啜著茶，茶葉並不好，這種茶她平日根本就不會入口，但現在卻似捨不得放下。

她根本不是在欣賞茶的滋味，只不過她自己覺得自己喝茶的姿勢很美，還可以讓別人欣賞欣賞她這雙手。

蕭十一郎也在瞧著她，覺得很有趣。

他認識風四娘已有很多年了，他很了解風四娘的脾氣。

這位被江湖中人稱為「女妖怪」的女中豪傑，雖然很難惹、很潑辣，但有時也會天真得像個孩子。

蕭十一郎一直很喜歡她，每次和她相處的時候都會覺得很愉快，但和她分手的時候，卻並不難受。

這究竟是種什麼樣的感情，他自己也分不清。

他們趕到濟南來，因為割鹿刀也到了濟南。

還有很多名人也都到了濟南……

突然間，本來盯著風四娘的那些眼睛，一下子全都轉到外面去了。有人伸長脖子瞧，有人甚至已站起來，跑到門口。

風四娘也有些驚奇，她心裡想：「外面難道來了個比我更漂亮的女人？」

風四娘有些生氣，又有些好奇，也忍不住想到門口去瞧瞧，她心裡想到要做一件事，就絕不會遲疑。

她到了門口，才發現大家爭著瞧的，只不過是輛馬車。

這輛馬車雖然比普通的華貴些，可也沒有什麼特別出奇的地方，車窗車門都關得緊緊的，也看不到裡面是什麼人。

馬車走得也不快，趕車的小心翼翼，連馬鞭都不敢揚起，像是怕鞭梢在無意間傷及路人。

拉車的馬雖不錯，也並非什麼千里駒。

奇怪的是，大家卻偏偏在盯著這輛馬車瞧，有些人還在竊竊私議，就像是這馬車頂上忽

然長出朵大喇叭花來了似的。

「這些人寧可看這輛破馬車，卻不看我？」風四娘真有點弄不懂了，這地方的男人難道都

有點毛病？

她忍不住冷笑道：「這裡的人難道都沒有見過馬車嗎？一輛馬車有什麼好看的？」

旁邊的人扭過頭瞧了她一眼，目光卻又立刻回到那輛馬車上去了，只有個駝背的老頭子搭

訕著笑道：「姑娘你這就不知道了，馬車雖沒有什麼，但車裡的人卻是我們這地方的頭一號人

物。」

風四娘道：「哦？是誰？」

老頭子笑道：「說起此人來，可真是大大的有名，她就是城裡『金針沈家』的大小姐沈璧

君沈姑娘，也是武林中第一位大美人。」

他滿臉堆著笑，彷彿也已分沾到一分光采，接著又道：「我說錯了！沈姑娘其實已不該

叫做沈姑娘，應該叫做連夫人才是，看姑娘你也是見多識廣的人，想必知道姑蘇有個『無垢山

莊』，是江南第一世家，沈姑娘的夫婿就是無垢山莊的主人連城璧連公子。」

風四娘淡淡道：「連城璧……這名字我好像聽說過。」

其實她不但聽說過，而且還聽得多了。

「連城璧」這名字近年在江湖中名頭之響，簡直如日中天，就算他的對頭仇人，也不能不

對他挑一挑大拇指。

那老頭子愈說興趣愈濃，又道：「沈姑娘出嫁已有兩三年，上個月才歸寧，城裡的父母兄弟都一心想看看她這兩年來是否出落得更美了，只可惜這位姑娘從小知書識禮，深居簡出，我老頭子等了二十年，也只不過見過她一兩次而已。」

風四娘冷笑道：「如此說來，這位沈姑娘倒真是你們濟南人心中的寶貝了？」

老頭子根本聽不出她話中的譏誚之意，點著頭笑道：「一點也不錯，一點也不錯……」

風四娘道：「她坐在車子裡，你們也能瞧得見她嗎？」

老頭子瞇著眼笑道：「看不到她的人，看看她坐的車子也是好的。」

風四娘幾乎氣破了肚子，幸好這時馬車已走到路盡頭，轉過去瞧不見了，大家這才紛紛落座。

有人還在議論紛紛：「你看人家，回來兩個多月，才上過一趟街，唉，誰能娶到沈姑娘這樣的媳婦，真不知是幾輩子修來的福氣。」

「但人家連公子也不錯，不但學問好、家世好、人品好、像貌好，而且聽說武功也是天下數一數二的高手，這樣的女婿哪兒找去？」

「這才叫郎才女貌，珠連璧合。」

「聽說連公子前兩天也來了，不知是否……」

大家談談說說，說的都是連城璧和沈璧君夫妻，簡直將這兩人說成天上少有，地下無雙。

風四娘也懶得聽了，正想叫蕭十一郎趕快算帳走路，但她身子還沒有完全轉過來，眼角突然瞥見了一個人！

茶館的斜對面，有家「源記」錢莊票號。

當時的行商客旅，若覺得路上攜帶銀兩不便，就可以到這種錢莊去換「銀票」，信用好的錢莊發出的銀票，走遍天下都可通用，信用不好的錢莊就根本無法立足，當時「銀票」盛行，就因為所有錢莊的信用都很好。

做這行生意的，大都是山西人，因為山西人的手緊，而且長於理財，這家「源記」票號，就是其中最大的一家。

風四娘看到的這個人，此刻剛從源記票號裡走出來。

這人年紀約莫三十左右，四四方方的臉，四四方方的嘴，穿著件規規矩矩的淺藍緞袍，外面卻罩著件青布衫，腳上穿著經久耐穿的白布襪、青布鞋，全身上下乾乾淨淨，就像是塊剛出爐的硬麵餅。

無論誰都可看出這是個規規矩矩、正正派派的人，無論將什麼事交託給他都可以很放心。

但風四娘見到這人，卻立刻用手擋住了臉，低下頭就往後面走，就像是窮光蛋遇著了債主似的。

不巧的是，這人眼睛也很尖，走出來就瞧見風四娘了，一瞧見風四娘，他眼睛裡就發出了光，大叫道：「四娘，四娘……風四娘……」

他嗓子可真不小，三條街外的人只怕都聽得見。

風四娘只有停下腳，恨恨道：「倒楣，怎麼遇上了這個倒楣鬼。」

那位規矩人已撩起了長衫，大步跑過來。

他眼睛裡有了風四娘，就似乎什麼也瞧不見了，街那邊剛好轉過來一輛馬車，收勢不及，

眼見就要將他撞倒。

茶館裡的人都不禁發出了驚呼，誰知這人一退步，伸手一挽車軛，竟硬生生將這輛馬車拉

住了！

只見他兩條腿釘子般釘在地上，一條手臂怕不有千斤之力，滿街上的人又都不禁發出了喝

采聲。

這人卻似全沒聽到，向那已嚇呆了的車夫抱了抱拳，道：「抱歉。」

這句話剛說完，他的人已奔入了茶館，四四方方的臉上這才露出一絲寬慰的微笑，笑道：

「四娘，我總算找著你了。」

風四娘用眼白橫了他一眼，冷冷道：「你鬼叫什麼？別人還當我欠了你的債，你才會在這

兒一個勁兒的窮吼。」

這人的笑容看來雖已有些發苦，卻還是陪著笑道：「我……我沒有呀。」

風四娘從鼻子裡「哼」了一聲，道：「你找我幹什麼？」

這人道：「沒……沒事。」

風四娘瞪眼道：「沒事？沒事為何要找我？」

這人急得直擦汗，道：「我……我只不過覺……覺得好久沒……沒見了，所以……所以

……才……」

原來他一著急就變成了結巴，愈結愈說不出。本來相貌堂堂的一個人，此刻就像是變成了一個呆頭鵝。

風四娘也忍不住笑了，道：「就算好久沒見，你也不應該站在街上窮吼，知道嗎？」

看到風四娘有了笑容，這位規矩人才鬆了口氣，陪著笑道：「你……你一個人？」

風四娘向那邊坐著的蕭十一郎指了指，道：「兩個。」

這人臉色立刻變了，眼睛瞪著蕭十一郎，就像是恨不得將他一口吞下去，漲紅著臉道：

「他……他……他是什麼人？」

風四娘瞪眼道：「他是什麼人，跟你有什麼關係？你憑什麼問他？」

這人急得脖子都粗了，幸好這時蕭十一郎已走了過來，笑道：「我是她堂弟，不知尊駕是

……」

聽到「堂弟」兩個字，這位規矩人又鬆了口氣，說話也立刻變得清楚了起來，抱著拳笑道：「原來尊駕是風四娘的堂弟，很好很好，太好了……在下姓楊，草字開泰，以後還請多多指教。」

蕭十一郎似乎覺得有些意外，動容道：「莫非尊駕就是『源記』票號的少東主，江湖人稱『鐵君子』的楊大俠麼？」

楊開泰笑道：「不敢，不敢……」

蕭十一郎也笑道：「幸會，幸會……」

他吃驚的倒並非因為這人竟是富可敵國的源記少東，而因為他是少林監寺「鐵山大師」唯

一俗家弟子，一手「少林神拳」據說已有了九成火候，江湖中已公認他為少林俗家弟子中的第一高手！

這麼樣土頭土腦，見了風四娘連話都說不出的一個人，居然是名震關中的武林高手，蕭十一郎自然難免覺得很意外。

楊開泰的眼睛已又轉到風四娘那邊去了，陪著笑道：「兩位為何不坐下來說話？」

風四娘道：「我們正要走了。」

楊開泰道：「走？到……到哪裡去？」

風四娘眼珠子一轉，道：「我們正想找人請客吃飯。」

楊開泰道：「何必找人，我……我……」

風四娘用眼角瞟著他，道：「你想請客？」

楊開泰道：「當然，當然……」

風四娘冷笑道：「排骨麵我自己還吃得起，用不著你請，你走吧。」

楊開泰道：「聽說隔壁的排骨麵不錯，饅頭也蒸得很白……」

楊開泰擦了擦汗，陪笑道：「你……你想吃什麼，我都請。」

風四娘道：「你若真想請客，就請我們上『悅賓樓』去，我想吃那裡的水泡肚。」

楊開泰咬了咬牙，道：「好……好，咱……咱們就上悅賓樓。」

每個城裡都有一兩家特別貴的飯館，但生意卻往往特別好，因為花錢的大爺們愛的就是這調調兒。

坐在價錢特別貴的飯館裡吃飯，一個人彷彿就會變得神氣許多，覺得自己多多少少還是個

人物。

其實悅賓樓賣五錢銀子一份的水泡肚，也未必比別家賣一錢七的滋味好些，但硬是有些人偏偏要覺得大不相同。

楊開泰從走上樓到坐下來，至少已擦了七八次汗。

風四娘已開始點菜了，點了四五樣，楊開泰的臉色看來已有些發白，突然站起來，道：

「我……我出去走一趟，就……就回來。」

風四娘理也不理他，還是自己點自己的菜，等楊開泰走下樓，她已一口氣點了十六七樣菜，這才停下來，道：「你猜不猜得出他幹什麼去了？」

蕭十一郎笑了笑，道：「去拿錢？」

風四娘笑道：「一點也不錯，這種人出來身上帶的錢絕不會超過一兩銀子。」

蕭十一郎道：「無論如何，他總是個君子，你也不該窮吃他。」

風四娘冷笑道：「什麼鐵君子，我看他簡直是個鐵公雞，就和他老子一樣，一毛不拔，這種人不吃吃誰？」

蕭十一郎道：「他總算對你不錯。」

風四娘道：「我這麼樣吃他，就是要將他吃怕。」

她撇了撇嘴，道：「你也不知道這人有多討厭，自從在王老夫人的壽宴上見過我一面後，就整天像條狗似的盯著我。」

蕭十一郎道：「我倒覺得他很好，人既老實，又正派，家世更沒話說，武功也是一等一的

高手，我看你不如就嫁給他……」

話未說完，風四娘已叫了起來，道：「放你的屁，天下的男人死光了，我也不會嫁給這種鐵公雞。」

蕭十一郎嘆了口氣，苦笑道：「女人真奇怪，未出嫁前，總希望自己的老公又豪爽，又慷慨，等到嫁給他以後，就希望他愈小氣愈好了，最好一次客都不請，把錢都交給她。」

上第二道菜的時候，楊開泰才趕回來，那邊角落上剛坐下一個面帶微鬚的中年人看到他，就欠了欠身，抱了抱拳。

楊開泰也立刻抱拳還禮，彼此都很客氣。

那中年人是一個人來的，穿的衣服雖然並不十分華貴，但氣派看來卻極大，腰畔懸著的一柄烏鞘劍，看來也絕非凡品。一雙眸子更是炯炯有神，顧盼之間，隱然有威，顯見得是個常常發號施令的人物。

風四娘早就留意到他了，此刻忍不住問道：「那人是誰？」

楊開泰道：「你不認得他？奇怪奇怪！」

風四娘道：「我為什麼就一定要認得他？」

楊開泰壓低聲音，道：「他就是當年巴山顧道人的衣缽弟子柳色青，若論劍法之高遠清靈，江湖間只怕已很少有人能比得上他了！」

風四娘也不禁為之動容，道：「聽說他的『七七四十九手迴風舞柳劍』已盡得顧道人的神

髓，而且還有過之而無不及，你看過嗎？」

楊開泰道：「這人生性恬淡，從來不喜歡和別人打交道，所以江湖中認得他的人很少，但卻和嵩山的鏡湖師兄是方外至交，所以我才認得他。」

他說別的話時，不但口齒清楚，而且有條有理，但一說到自己和風四娘的事時，就立刻變成個結結巴巴的呆子了。

風四娘瞟了蕭十一郎一眼，道：「看來這地方來的名人倒不少。」

楊開泰笑道：「的確不少，除了我和柳色青外，大概還有厲剛、徐青藤、朱白水和連城璧連公子。」

他又說不出話來了。

楊開泰怔了怔，道：「我……我……我……」

風四娘冷冷道：「如此說來，你也是個名人了？」

他們六人都不愧是「少年君子」。

名門之後，而且為人都很正派，做的事也很漂亮，連江湖中最難惹的老怪物「木尊者」，都說他們六人都不愧是「少年君子」。

這六人的年紀都不大，最大的厲剛也不過只有四十多歲，但他們不但個個都是世家子弟，

十年來的江湖成名人物中，若論名頭之響，武功之高，實在很難找得出幾個人比這六人更強的。

連城璧、柳色青、楊開泰、朱白水、徐青藤、厲剛，這六人的名字說來的確非同小可，近

木尊者這句話說出來，「六君子」之名立刻傳遍了江湖。

風四娘又瞟了蕭十一郎一眼，蕭十一郎仍低著頭在喝酒，始終都沒有說話，風四娘這才轉

向楊開泰，道：「今天是什麼風將你們六位大名人都吹到濟南來了呀？」

楊開泰擦了擦汗，道：「有……有人請……請我們來的。」

風四娘道：「能夠請得動你們六位的人，面子倒真不小，是誰呀？」

楊開泰道：「是……是司空曙、趙無極、海靈子、屠嘯天和徐魯子徐大師聯合發的請柬，

要我們到大明湖畔的沈家莊來看一把刀。」

風四娘眼睛亮了，道：「看什麼刀？」

楊開泰道：「割鹿刀！」

風四娘淡淡道：「為了看一把刀，就將你們六位都請來，也未免太小題大做了吧？」

楊開泰道：「據說那不是一把普通的刀，徐大師費了一生心血才鑄成的，他準備將這把刀

送給我們六人中的一人，卻不知送給誰好。」

風四娘道：「所以他就將你們六人都請來，看看誰的本事大，就將刀送給誰，是嗎？」

楊開泰道：「只怕是的。」

風四娘冷笑道：「為了一把刀，你們居然就不惜遠遠的跑到這裡來拚命，你們這六位少年

君子也未免太不值錢了吧！」

楊開泰漲紅了臉，道：「其實我……我並不想要這把刀，只不過……只不過……」

蕭十一郎忽然笑道：「我了解楊兄的意思，徐大師既有此請，楊兄不來，豈非顯得示弱於

人了麼，我知道楊兄要爭的是這份榮譽，絕不是那把刀！」

楊開泰展顏笑道：「對對對，對極了……」

他接著又道：「何況徐大師這把刀也並不是白送給我們的，無論誰得到這把刀，都要答應他兩件事。」

風四娘道：「哦？」

楊開泰嘆了口氣，道：「拿了人家以一生心血鑄成的寶刀，就算要替人家做二十件事，也是應該的。」

風四娘道：「這兩件事做來只怕比別的兩百件事還要困難得多。」

楊開泰道：「第一件事他要我們答應他，終生佩帶此刀，絕不讓它落入第二人的手中。這件事說來容易，做來卻簡直難如登天。」

他苦笑著接道：「現在江湖中已不知有多少人知道這把刀的消息了，無論誰將這把刀奪到手，立刻就能成名露臉，震動江湖，帶著這把刀在江湖走動，簡直就好像帶著包火藥似的，隨時都可能引火上身。」

風四娘笑了笑道：「這話倒不假，就連我說不定也想來湊湊熱鬧的。」

楊開泰道：「但若比起第二件事來，這件事倒算容易的。」

風四娘道：「哦？他要你幹什麼，到天上摘個月亮下來麼？」

楊開泰苦笑道：「他要我們答應他，誰得到這把刀之後，就以此刀為他除去當今天下聲名最狼藉的大盜……」

他話未說完，風四娘已忍不住搶著問道：「他說的是誰？」

楊開泰一字字緩緩道：「蕭十一郎！」

已經上到第十樣菜了。

楊開泰忽然看到滿桌子的菜，臉色就立刻發白，喃喃道：「菜太多了，太豐富了，怎麼吃得下。」

風四娘板著臉道：「這話本該由做客人的來說的，做主人的應該說：菜不好，菜太少……你連這點規矩都不懂嗎？」

楊開泰擦了擦汗，道：「抱……抱歉，我……我一向很少做主人。」

風四娘也忍不住爲之失笑，道：「你這人雖然小氣，總算還坦白得很。」

蕭十一郎忽然道：「不知楊兄可認得那蕭十一郎麼？」

楊開泰道：「不認得。」

蕭十一郎目光閃動，道：「楊兄既然與他素不相識，得刀之後，怎忍下手殺他？」

楊開泰道：「我雖不認得他，卻知道他是個無惡不作的江洋大盜，這種人正是『人人得而誅之』，我爲何要不忍？」

蕭十一郎道：「楊兄可曾親眼見到他做過什麼不仁不義的事？」

楊開泰道：「那倒也沒有，我……只不過時常聽說而已。」

蕭十一郎笑了笑，道：「親眼所見之事，尚且未必能算準，何況僅是耳聞呢？」

楊開泰默然半晌，忽也笑了笑，道：「其實就算我想殺他，也未必能殺得了他，江湖中想

殺他的人也不知有多少，但他豈非還是活得好好的？」

風四娘冷笑道：「一點也不錯，你若肯聽我良言相勸，還是莫要得到那柄刀好些，否則你

非但殺不了蕭十一郎，弄不好也許還要死在他手上。」

楊開泰嘆道：「老實說，我能得到那柄刀的希望本就不大。」

風四娘道：「以你之見，是誰最有希望呢？」

楊開泰沉吟著，道：「厲剛成名最久，他的『大開碑手』火候也很老到，只不過他爲人太

方正，掌法也不免呆板了些，缺少變化。」

風四娘道：「如此說來，他也是沒希望的了。」

楊開泰道：「他未必能勝得過我。」

風四娘道：「徐青藤呢？」

楊開泰道：「徐青藤是武當掌門真人最心愛的弟子，拳劍雙絕，輕功也好，據說他的劍法

施展出來，已全無人間煙火氣，只可惜……」

風四娘道：「只可惜怎樣？」

楊開泰道：「他是世襲的杭州將軍，鐘鳴鼎食，席豐履厚，一個人生活過得若是太舒適

了，武功就難有精進。」

風四娘道：「所以，你覺得他也沒什麼希望，是嗎？」

楊開泰沒有說話，無異已默認了。

風四娘道：「朱白水呢？我聽說他身兼峨嵋、點蒼兩家之長，又是昔年暗器名家『千手觀

音』朱夫人的獨生子。收發暗器的功夫，一時無兩。」

楊開泰道：「這個人的確是驚才絕艷，聰明絕頂，只可惜他太聰明了，據說已看破紅塵，準備剃度出家，所以他這次來不來都很成問題。」

風四娘道：「他若來呢？」

楊開泰道：「他既已看破紅塵，就算來了，也不會全力施爲。」

風四娘道：「他也沒希望？」

楊開泰道：「希望不大。」

風四娘瞧了坐在那邊自斟自飲的柳色青一眼，壓低聲音道：「他呢？」

楊開泰道：「此人劍法之高，無話可說，只可惜人太狂傲，與人交手時未免太輕敵，而百招過後若還不能取勝，就會變得漸漸沉不住氣了。」

蕭十一郎笑道：「楊兄分析的確精闢絕倫……」

風四娘道：「你既然很會分析別人，爲何不分析分析自己？」

楊開泰正色道：「我自十歲時投入恩師門下，至今已有二十一年，這二十一年來無論風雨寒暑，我早晚兩課從未間斷，我也不敢妄自菲薄，若論掌力之強，內勁之長，只怕已很少有人能比得上我。」

蕭十一郎嘆道：「楊兄果然不愧爲君子，品評人事，既不貶人揚己，也不矯情自謙，而且……」

風四娘搶著笑道：「而且他心裡無論有什麼事都存不住的，臉上立刻就會顯露出來，有人

要他請客時，他的臉簡直比馬臉還難看。

楊開泰的臉又漲紅了，道：「我……我……我只不過……」

風四娘道：「你只不過是太小氣，所以你的內力雖然深厚，掌法卻嫌太放不開，總是，不求

有功，但求無過，別人雖很難勝你，你想勝過別人也很難。」

她笑了笑，接著道：「你評論別人完了，也得讓我評論評論你，對不對？」

楊開泰紅著臉呆了半晌，才長長嘆了口氣，道：「四娘你真不愧是我的知己。」

風四娘道：「知己兩字，倒不敢當，只不過你的毛病我倒清楚得很。」

楊開泰嘆道：「正因如此，所以我才自覺不如連城璧！」

風四娘道：「你看過他的武功？」

楊開泰道：「沒有。江湖中見過他真功夫的人並不多。」

風四娘道：「那麼你怎知他武功比你強？」

楊開泰道：「就因為他武功從不輕易炫露，才令人更覺他深不可測。」

蕭十一郎道：「據說此人是個君子，六歲時便已有『神童』之譽，十歲時劍法已登堂奧，

十一歲時就能與自東瀛渡海而來的『一刀流』掌門人『太玄信機』交手論劍，歷三百招而不

敗，自此之後，連扶桑三島都知道中土出了位武林神童。」

他笑了笑，悠然接道：「但我也聽說過蕭十一郎也是位不世出的武林奇才，刀法自成一

格，出道後從未遇過敵手，卻不知道這位連公子比不比得上他？」

楊開泰道：「蕭十一郎的刀法如風雷閃電，連城璧的劍法卻如暖月春風，兩人一剛一柔，

都已登峰造極，但自古『柔能剋剛』，放眼當今天下，若說還有人能勝過蕭十一郎的，只怕就是這位連城璧了。」

蕭十一郎神色不動，微笑道：「聽你說來，他兩人一個至剛，一個至柔，倒好像是天生的對頭！」

楊開泰道：「但蕭十一郎卻有幾樣萬萬比不上連城璧！」

蕭十一郎道：「哦？願聞其詳。」

楊開泰道：「連城璧武林世家子弟，行事大仁大義，而且處處替人著想，從不爭名奪利，近年來人望之隆，無人能及，已可當得起『大俠』兩字！這種人無論走到哪裡，別人都對他恭敬有加，可說已佔盡了天時、地利、人和。」

風四娘咬著嘴唇道：「蕭十一郎呢？」

楊開泰道：「蕭十一郎卻是聲名狼藉的大盜，既沒有親人，更沒有朋友，無論走到哪裡，都絕不會有人幫他的忙。」

蕭十一郎雖然還在笑，但笑容看來已帶著種種說不出的蕭索寂寞之意，舉起酒杯，一飲而盡，大笑道：「說得對，說得好，想那蕭十一郎只不過是個馬車伕的兒子而已，又怎能和連城璧那種世家子弟相比。」

楊開泰道：「除此之外，連城璧還有件事，也是別人比不上的。」

風四娘道：「什麼事？」

楊開泰道：「他還有個好幫手，賢內助。」

風四娘道：「你說的可是沈璧君？」

楊開泰道：「不錯，這位連夫人就是『金針』沈太君的孫女兒，不但身懷絕技，而且溫柔賢慧，是位典型的賢妻良母。」

風四娘冷冷道：「只可惜她已嫁人了，否則你倒可以去追求追求。」

楊開泰的臉立刻又紅了，吃吃道：「我……我……我只不過……」

風四娘慢慢的啜著杯中酒，喃喃道：「不知道沈家的『金針』比起我的『銀針』來怎樣？」

……」

她忽然抬起頭，笑道：「你們什麼時候到沈家莊去？」

楊開泰道：「明天下午──護刀入關的司空曙，最遲明天早上就可到了。」

風四娘眼珠子直轉，道：「不知道他們還請了些什麼人？」

楊開泰道：「客人並不多……」

他像是忽然想到了什麼，瞧著風四娘道：「你是不是也想去？」

風四娘冷笑了一聲，淡淡道：「人家又沒有請我，我臉皮還沒有這麼厚。」

楊開泰道：「但我可以帶你去，你就算是我的……我的……」

風四娘瞪著眼道：「算是你的什麼人？」

楊開泰紅著臉，吃吃道：「朋……朋……朋友……」

七 沈太君的氣派

沈家莊在大明湖畔，依山面水，你只要看到他們門口那兩尊古老石獅子，就可想見這家家族歷史的輝煌與悠久。

沈家莊的奴僕並不多，但每個人都是彬彬有禮，訓練有素，絕不會令任何人覺得自己受了冷落。

自從莊主沈勁風夫婦出征流寇，雙雙戰死在嘉峪關口之後，沈家莊近年來實是人丁凋零，只有沈太君一個人在支持著門戶。

但沈家莊在江湖人心目中的地位卻非但始終不墜，而且反而愈來愈高了，這並不完全是因為大家同情沈勁風夫婦的慘死，崇敬他們的英節，也因為這位沈太君的確有許多令人心服之處。

連城璧一早就出城去迎接護刀入關的人了，此刻在大廳中接待賓客的，是沈太君娘家的侄子「襄陽劍客」萬重山。

客到的並不多，最早來的是「三原」楊開泰。

他還帶來了兩位「朋友」，一位是個很英俊秀氣的白面書生，叫「馮士良」，另一位是馮士良的堂弟，叫「馮五」。

萬重山閱人多矣，總覺得這兩位「馮先生」都是英氣逼人，武功也顯然有很深的火候，絕不會是江湖中的無名之輩。

但他卻偏偏從未聽說過這兩人的名字。

萬重山心裡雖奇怪，表面卻不動聲色，絕口不提，他信得過楊開泰，他相信楊開泰帶來的朋友絕不會是爲非作歹之徒。

但厲剛就不同了。

厲剛來得也很早，萬重山爲他們引見過之後，厲剛那一雙尖刀般的眼睛，就一直在盯著這兩位「馮先生」。

這位以三十六路「大開碑手」名揚天下的武林豪傑，不但一雙眼神像尖刀，他整個人都像是一把刀，出了鞘的刀！

他整個人身上都散發著一種凌厲之氣，咄咄逼人。

風四娘被他盯得又幾乎有些受不住了，但蕭十一郎卻還是面帶微笑，安然自若，完全不在乎。

蕭十一郎和別人不同的地方，就是他什麼都不在乎。

然後柳色青也來了。

再到的是徐青藤，這位世襲的杭州將軍，果然是人物風流，衣衫華麗，帽上綴著的一粒珍珠，大如鴿卵，一看就知道是價值連城之物，但他對人卻很客氣，並未以富貴凌人，也沒有什

麼架子。

這其間還到了幾位客人，自然也全都是德高望重的武林前輩，但厲剛的眼睛卻還是一直在盯著蕭十一郎。

楊開泰也覺得有些不對了，搭訕著道：「厲兄近來可曾到少林去過？」

厲剛板著臉點了點頭，忽然道：「這位馮兄是閣下的朋友？」

楊開泰道：「不錯。」

厲剛道：「他真的姓馮？」

風四娘一肚子火，實在忍不住了，冷笑道：「閣下若認為我們不姓馮，那麼我們應該姓什麼呢？」

厲剛沉著臉，道：「兩位無論姓什麼，都與厲某無關，只不過厲某生平最見不得藏頭露尾，改名換姓之輩，若是見到，就絕不肯放過。」

風四娘臉色已變了，但萬重山已搶著笑道：「厲兄為人之剛正，是大家都知道的。」

徐青藤立刻也笑著打岔，問道：「白水兄呢？為何還沒有來？」

萬重山輕輕嘆息了一聲，道：「白水兄已在峨嵋金頂剃度，這次只怕是不會來的了。」

徐青藤扼腕道：「他怎會如此想不開？其中莫非還有什麼隱情麼？」

厲剛忽然一拍桌子，厲聲道：「無論他是為了什麼，都大大的不該，朱家世代單傳，只有他這一個獨子，他卻出家做了和尚，常言道：不孝有三，無後為大。虧他還唸過幾天書，竟連這句話都忘了，我若見了他……哼。」

萬重山和徐青藤面面相覷，誰也不說話了。

風四娘一肚子氣還未消，忍不住冷笑道：「你看這人多奇怪，什麼人的閒事他都要來管。」

厲剛霍然長身而起，怒道：「我就是喜歡管閒事，你不服？」

楊開泰也站了起來，大聲道：「厲兄莫要忘了，他是我的朋友。」

厲剛道：「是你的朋友又怎樣？厲某今日就要教訓教訓你這朋友。」

楊開泰臉都漲紅了，道：「好好好，你……你……你不妨先來教訓教訓我吧。」

兩人一挽袖子，像是立刻就要出手，滿屋子的人竟沒有一個站出來勸架的，因為大家都知道厲剛的脾氣，誰也不願再自討無趣。

突聽一人道：「你們到這裡來，是想來打架的麼？」

這句話說得本不大高明，非但全無氣派，也不文雅，甚至有些像販夫走卒在找人麻煩。

但現在這句話由這人嘴裡說出來，份量就好像變得忽然不同了，誰也不會覺得這句話說得有絲毫不文雅，不高明之處——因為這句話是沈太夫人說出來的。

沈太君無論年齡、身分、地位，都已到了可以隨便說話的程度，能夠挨她罵的人，心裡非但不會覺得難受，反而會覺得很光榮，她若對一個人客客氣氣的，那人反而會覺得全身不舒服。

這道理沈太君一向很明白。

無論對什麼事，她都很明白，她聽得多，看得夠多，經歷過的事也夠多了，現在她的耳朵雖已有點聾，但只要是她想聽的話，別人聲音無論說得多麼小，她還是能將每個字都聽得清清楚楚。

若是她不想聽的話，她就一個字也聽不到了。

現在她的眼睛雖也不如以前那麼明亮敏銳，也許已看不清別人的臉，但每個人的心她卻都能看得清清楚楚。

丫頭們將她扶出來的時候，她正在吃著一粒蜜棗，吃得津津有味，像是已將全副精神都放在這粒棗子上。

方才那句話就好像根本不是她說的。

但厲剛、楊開泰都已紅著臉，垂下了頭，偏過半個身子，悄悄將剛捲起的衣袖又放了下來。

滿屋子的人都在恭恭敬敬的行禮。

沈太君笑瞇瞇的點了點頭，道：「徐青藤，你帽子上這粒珍珠可真不錯呀，但你將它釘在帽子上，豈非太可惜了嗎？你為什麼不將它掛在鼻子上呢？也好讓別人看得更清楚些。」

徐青藤的臉紅了，什麼話也不敢說。

沈太君笑瞇瞇的瞧著柳色青，又道：「幾年不見，你劍法想必又精進了吧？天下大概已沒有人能比得上你了吧！其實你外號應該叫做『天下第一劍』才對，至少你身上掛的這把劍比別人的都漂亮得多。」

柳色青的臉也紅了，他的手本來一直握著劍柄，像是生怕別人看不到，現在卻趕快偷偷的將劍藏到背後。

他們的臉雖紅，卻並沒有覺得絲毫難為情，因為能挨沈太君的罵，並不是件丟人的事。

那至少表示沈太君並沒有將他們當外人。

沒有挨罵的人，看來反倒有些悵悵若有所失。

楊開泰垂著頭，吶吶道：「小侄方才一時無禮，還求太夫人恕罪。」

沈太君用手扶著耳朵，道：「什麼，你說什麼？我聽不見呀。」

楊開泰臉又紅了，道：「小……小侄方才無……無禮……」

沈太君笑了，道：「哦──原來你是說沒有帶禮物來呀，那有什麼關係，反正我知道你是個小氣鬼，捨不得吃，捨不得穿，怎麼會送禮給別人？」

楊開泰一句話也說不出了。

厲剛忍不住道：「晚輩方才也並未想和楊兄打架，只不過這兩人……」

沈太君道：「什麼？你說這兩人想打架？」

笑眯眯地瞧了瞧風四娘和蕭十一郎，搖著頭道：「不會的，這兩人看來都是好孩子，怎麼會在我這裡打架，只有那種沒規矩的野孩子才會在這裡吹鬍子、瞪眼睛，你說是嗎？」

厲剛怔了半晌，終於還是垂首道：「太夫人說的是。」

風四娘愈看愈有趣，覺得這位老太婆實在有趣極了，她只希望自己到七八十歲的時候，也能像這老太婆一樣有趣。

沈太君笑道：「這地方本來客人還不少，可是自從璧君出了嫁之後，就已有很久沒這麼熱鬧過了，我這才明白，原來那些人並不是來看我這老太婆的，但今天你們若也想來看看我們那位大美人兒，只怕就難免要失望。」

她眼睛笑得瞇成了一條線，道：「我們那位大丫頭今天可不能見客，她有病。」

楊開泰脫口道：「有病？什麼病？」

沈太君笑道：「傻孩子，你著急什麼？她若真的有病，我還會這麼開心？」

她擠了擠眼睛，故意壓低聲音，道：「告訴你，她不是有病，是有喜。但你可千萬不能說是我說的，免得那丫頭又怪我老婆子多嘴。」

滿屋子的人立刻又站了起來，只聽「恭喜」之聲不絕於耳，楊開泰更是笑得闔不攏嘴來。

風四娘瞪了他一眼，悄悄道：「你開心什麼？孩子又不是你的。」

楊開泰的嘴立刻閉了起來，連笑都不敢笑了，像他這麼聽話的男人，倒也的確少見得很。

蕭十一郎不禁在暗中嘆了口氣，因為他很明白一個男人是絕不能太聽女人話的，男人若是太聽一個女人的話，那女人反會覺得他沒出息。

蕭十一郎無論和多少人在一起，都好像是孤孤單單的，因為他永遠是個「局外人」，永遠不能分享別人的歡樂。

他永遠最冷靜，所以他第一個看到了連城璧。

他並不認得連城璧，也從未見過連城璧，可是他知道，現在從外面走進來的這個人定是連城璧。

因為他從未見過任何人的態度如此文雅，在文雅中卻又帶著種令人覺得高不可攀的清華之氣。

世上有很多英俊的少年，有很多文質彬彬的書生，有很多氣質不凡的世家子弟，也有很多少年揚名的武林俠少，但卻絕沒有任何人能和現在走進來的人相比。雖然誰也說不出他的與眾不同之處究竟在哪裡，但無論任何人只要瞧一眼，就會覺得他的確是與眾不同的。

趙無極本也是個很出色的人，他的風神也曾令許多人傾倒，若是和別人走在一起，他的風采總是特別令人注意。

但現在他和這人走進來，蕭十一郎甚至沒有看見他。

他穿的永遠是質料最高貴，剪裁最合身的衣服，身上佩帶的每樣東西都經過仔細的挑選，每樣都很配合他的身分，使人既不會覺得他寒傖，也不會覺得他做作，更不會覺得他是個暴發戶。

武林中像趙無極這麼考究的人並不多，但現在他和這人一齊走進來，簡直就像是這人的跟班。

這人若不是連城璧，世上還有誰可能是連城璧？連城璧若不是這麼樣一個人，他也就不是「連城璧」了！

連城璧也一眼就瞧見了蕭十一郎。

他也不認得蕭十一郎，也從未見過蕭十一郎，更絕不會想到現在站在大廳門口石階上的這

少年就是蕭十一郎。

可是他只瞧了一眼，他就覺得這少年有很多和別人不同的地方——究竟有什麼不同，他也說不出。

他很想多瞧這少年幾眼，可是他沒有這麼做，因為盯著一個人打量是件很不禮貌的事。

連城璧這一生中從未做過對任何人失禮的事。

等大家看到連城璧和趙無極的時候，當然又有一陣騷動。

然後，趙無極才拜見沈太夫人。

沈太君雖然還是笑眯眯的，但眼睛裡卻連一絲笑意都沒有，她似已覺出事情有些不對了。

趙無極拜道：「晚輩來遲，有勞太夫人久候，恕罪恕罪。」

沈太君笑道：「沒關係，來遲了總比不來的好，是嗎？」

趙無極道：「是。」

沈太君道：「屠嘯天、海靈子和那老鷹王呢？他們為什麼不來？難道沒有臉來見我？」

趙無極嘆了口氣，道：「他們的確無顏來見太夫人……」

沈太君的眼睛像是忽然變得年輕了，目光閃動，道：「刀丟了，是嗎？」

趙無極垂下了頭。

沈太君淡淡道：「刀丟了倒沒關係，只怕連人也丟了。」

趙無極頭垂得更低，道：「晚輩實也無顏來見太夫人，只不過……」

沈太君忽然笑了笑，道：「你用不著解釋，我也知道這件事責任絕不在你，有老鷹王和你們在一起，他一定會搶著要帶那把刀，所以刀一定是在他手裡丟了的。」

趙無極嘆道：「縱然如此，晚輩亦難辭疏忽之罪，若不能將刀奪回，晚輩是再也無顏見武林同道的了。」

沈太君道：「能自那老鷹王手裡將刀奪去的人，世上倒也沒幾個，奪刀的人是誰呀？那人的本領不小吧？」

趙無極道：「風四娘。」

沈太君道：「風四娘？……這名字我倒也聽說過，聽說她手上功夫也有兩下子，但就憑她那兩下子，只怕還奪不走老鷹王手裡的刀吧！」

趙無極道：「她自然還有個幫手。」

沈太君道：「是誰？」

趙無極長長嘆息了一聲，一字字道：「蕭十一郎！」

大廳中的人果然都不愧是君子，聽到了這麼驚人的消息，大家居然還都能沉得住氣，沒有一個現出驚訝失望之態來的，甚至連一個說話的人都沒有，因為在這種時候，無論說什麼都會令趙無極覺得很難堪。

君子是絕不願令人覺得難堪的。

臉上露出驚訝之色來的只有兩個人，一個是楊開泰，一個是風四娘。楊開泰盯著風四娘，風四娘卻在盯著蕭十一郎。

她心裡自然覺得奇怪極了，她自然知道丟的那把並不是真刀，那麼，真刀到哪裡去了？

聽到「蕭十一郎」這名字，沈太君才皺了皺眉，喃喃道：「蕭十一郎，蕭十一郎……最近我怎麼總是聽到這人的名字，好像天下的壞事都被他一人做盡了。」

她忽又笑了笑，道：「我老婆子倒真想見見這個人，一個人就能做出這麼多壞事來，倒也不容易。」

厲剛板著臉道：「此人不除，江湖難安！晚輩遲早總有一日提他的首級來見太夫人。」

沈太君也不理他，卻道：「徐青藤，你想不想要蕭十一郎的頭？」

徐青藤沉吟著，道：「厲兄說的不錯，此人不除，江湖難安……」

沈太君不等他說完，又道：「柳色青，你呢？」

柳色青道：「晚輩久已想與此人一較高低。」

沈太君目光移向連城璧，道：「你呢？」

連城璧微笑不語。

沈太君搖著頭，喃喃道：「你這孩子什麼都好，就是太不愛說話了……你們信不信，他到我這裡來了半個月，我還沒有聽他說過十句話。」

楊開泰張開嘴，卻又立刻閉上了。

沈太君道：「你想說什麼？說呀，難道你也想學他？」

楊開泰偷偷瞟了風四娘一眼，道：「晚輩總覺得有時不說話反比說話好。」

沈太君笑了，道：「那麼你呢？你想不想殺蕭十一郎？」

楊開泰道：「此人惡名四溢，無論誰能除去此人，都可名揚天下，晚輩自然也有這意思，只不過……」

沈太君道：「只不過怎樣？」

楊開泰垂下頭，苦笑道：「晚輩只怕還不是他的敵手。」

沈太君大笑道：「好，還是你這孩子說話老實，我老婆子就喜歡這種規規矩矩，本本份份的人，只可惜我沒有第二個孫女兒嫁給你。」

楊開泰的臉馬上又漲紅了，眼睛再也不敢往風四娘那邊去瞧──風四娘臉上是什麼表情，他已可想像得到。

沈太君目光這才回到厲剛身上，淡淡道：「你看，有這麼多人都想要蕭十一郎的頭，你想提他的頭來見我，只怕還不大容易吧！」

風四娘瞧著蕭十一郎：「你感覺如何？」

蕭十一郎道：「我開心極了。」

風四娘道：「開心？你還覺得開心？」

蕭十一郎笑了笑，道：「我還不知道我的頭如此值錢，否則只怕也早就送進當鋪了。」

風四娘也笑了。

夜很靜，她的笑聲就像是銀鈴一樣。

這是沈家莊的後園，每個客人都有間客房，到了沈家莊的人若不肯住一晚上，那豈非太不

給沈太君面子了。

風四娘的笑聲很快就停了下來，皺起眉道：「我們奪到的明明是假刀，但他們丟的卻偏偏是真刀，你說這件事奇怪不奇怪？」

蕭十一郎道：「不奇怪。」

風四娘道：「不奇怪？你知道真刀到哪裡去了？」

蕭十一郎道：「真刀……」

他剛說出兩個字，就閉上了嘴。

因為他已聽到了一個人的腳步聲向這邊走了過來，他知道必定是楊開泰，只有君子人的腳步聲才會這樣重。

君子絕不會偷偷摸摸的走過來偷聽別人說話。

風四娘又皺起了眉，喃喃道：「陰魂不散，又來了……」

她轉過身，瞪著楊開泰，冷冷道：「你是不是要我謝謝你？」

楊開泰漲紅了臉，道：「我……我沒有這意思。」

風四娘道：「我本來是應該謝謝你，你方才若說出我是風四娘，那些人一定不會放過我。」

楊開泰道：「我為什麼要……要說？」

風四娘道：「他們不是說我就是那偷刀的賊麼？」

楊開泰擦了擦汗，道：「我知道你不是。」

了。

風四娘道：「你怎麼知道？」

楊開泰道：「因為……因為……我相信你。」

風四娘道：「你爲什麼相信我？」

楊開泰又擦了擦汗，道：「沒有爲什麼，我就是……就是相信你。」

風四娘望著他，望著他那四四方方的臉，誠誠樸樸的表情，風四娘的眼睛忍不住有些濕了。

她就算是個木頭人，也有被感動的時候，在這一刹那間，她也不禁真情流露，忍不住握住了楊開泰的手，柔聲道：「你真是個好人。」

楊開泰的眼睛也濕了，吃吃道：「我……我並不太好，我……我也不太壞，我……」

風四娘嫣然一笑，道：「你真是個君子，可也真是個呆子……」

她忽然想起蕭十一郎，立刻鬆開了手，回首笑道：「你說他……」

她笑容又凝結，因爲蕭十一郎已不在她身後。

蕭十一郎已不見了。

風四娘怔了半晌，道：「他……我堂弟，你沒有看見他？」

楊開泰也怔了怔，道：「什麼人？」

風四娘道：「他……我堂弟，你看見他到哪裡去了嗎？」

楊開泰道：「沒……沒有。」

風四娘道：「你難道是瞎子？他那麼大一個人你會看不見？」

楊開泰道：「我……我真的沒看見，我只……只看見你……」

風四娘跺了跺腳，道：「你呀，你真是個呆子。」

屋子裡的燈還是亮著的。

風四娘只希望蕭十一郎已回到屋裡，但卻又不敢確定，因爲她很了解蕭十一郎這個人。

她知道蕭十一郎隨時都會失蹤的。

蕭十一郎果然已失蹤了。

屋子裡一個人都沒有，燈台下壓著一張紙。

紙上的墨跡還未乾，正是蕭十一郎寫的一筆怪字。

「快嫁給他吧，否則你一定會後悔的，我敢擔保；你這一輩子絕對再也找不到一個比他對你更好的人了。」

風四娘咬著牙，連眼圈兒都紅了，恨恨道：「這混帳，這畜牲，簡直不是人生父母養的。」

楊開泰陪著笑，道：「他不是你堂弟嗎？你怎麼能這樣子罵他！」

風四娘跳了起來，大吼道：「誰說他是我堂弟，你活見了鬼嗎？」

楊開泰急得直擦汗，道：「他不是你堂弟是什麼人？」

風四娘忍住了眼淚，道：「他……他……他也是個呆子！」

呆子當然不見得就是君子，但君子卻多多少少必定有些呆氣，做君子本不是件很聰明的

事。

蕭十一郎嘴裡在低低哼著一支歌，那曲調就像是關外草原上的牧歌，蒼涼悲壯中卻又帶著幾分寂寞憂鬱。

每當他哼這支歌的時候，他心情總是不太好的，他對自己最不滿意的地方，就是他從不願做呆子。

夜色並不淒涼，因為天上的星光很燦爛，草叢中不時傳出秋蟲的低鳴，卻襯得天地間分外靜寂。

在如此靜夜中，如此星空下，一個人踽踽獨行時，心情往往會覺得很平靜，往往能將許多苦惱和煩惱忘卻。

但蕭十一郎卻不同，在這種時候，他總是會想起許多不該想的事，他會想起自己的身世，會想起他這一生中的遭遇……

他這一生永遠都是個「局外人」，永遠都是孤獨的，有時他真覺得累得很，但卻從不敢休息。

因為人生就像是條鞭子，永遠不停的在後面鞭打著他，要他往前走，要他去找尋，但卻又從不肯告訴他能找到什麼……

他只有不停的往前走，總希望能遇到一些很不平凡的事，否則，這段人生的旅途豈非就太無趣？

八　鷹王的秘密

突然間，他聽到一陣很勁急的衣袂帶風聲，他一聽就已判斷出這夜行人的輕功顯然不弱。

風聲驟然在前面的暗林中停了下來，接著暗林中就傳出了一個人急促的喘息聲，還帶著痛苦的呻吟。

這夜行人顯然受了很重的傷。

蕭十一郎的腳步並沒有停頓，還是向前面走了過去，走入暗林，那喘息聲立刻就停止了。

過了半晌，突聽一人嘎聲道：「朋友留步！」

蕭十一郎這才緩緩轉過身，就看到一個人自樹後探出了半邊身子，巴斗大的頭顱上，生著一頭亂髮。

這人赫然竟是獨臂鷹王！

蕭十一郎面上絲毫不動聲色，緩緩道：「閣下有何見教？」

獨臂鷹王一隻獨眼餓鷹般盯著他，過了很久，才嘆了口氣，道：「我受了傷。」

蕭十一郎道：「我看得出。」

獨臂鷹王道：「你可知道前面有個沈家莊？」

蕭十一郎道：「知道。」

獨臂鷹王道：「快揹我到那裡去，快，片刻也耽誤不得。」

蕭十一郎道：「你不認得我，我也不認得你，我為何要揹你去？」

獨臂鷹王大怒道：「你……你敢對老夫無禮？」

蕭十一郎淡淡道：「是你無禮？還是我無禮？莫忘了現在是你在求我，不是我在求你。」

獨臂鷹王盯著他，目中充滿了兇光，但一張臉卻已漸漸扭曲，顯然正在忍受著極大的痛苦。

過了很久，他才嘆了口氣，嘴角勉強擠出一絲笑容，掙扎著自懷中掏出一錠金子，喘息著道：「這給你，你若肯幫我的忙，我日後必定重重謝你。」

蕭十一郎笑了笑，道：「這倒還像句人話，你為何不早就這麼樣說呢？」

他慢慢走過去，像是真想去拿那錠金子，但他的手剛伸出來，獨臂鷹王的獨臂已閃電般飛出，五指如鈎，急擒蕭十一郎的手腕。

百足之蟲，死而不僵。獨臂鷹王雖已傷重垂危，但最後一擊，仍然是快如閃電，銳不可當。

但蕭十一郎更快，凌空一個翻身，腳尖已乘勢將掉下去的那錠金子挑起，反手接住，人也退後了八尺。身法乾淨、漂亮、俐落，只有親眼見到的人才能了解，別人簡直連想都無法想像。

獨臂鷹王的臉色變得更慘，嘎聲道：「你究竟是什麼人？」

蕭十一郎微笑道：「我早就認出了你，你還不認得我？」

獨臂鷹王失聲道：「你……你莫非是蕭十一郎？」

蕭十一郎笑道：「你總算猜對了。」

獨臂鷹王眼睛盯著他，就好像見到了鬼似的，嘴裡「嘶嘶」的向外面冒著氣，喃喃道：

「好，蕭十一郎，你好！」

蕭十一郎道：「倒也還不壞。」

獨臂鷹王又瞪了他半晌，突然大笑了起來。

他不笑還好，這一笑起來，觸及了傷處，更是疼得滿頭冷汗，但他還是笑個不停，也不知究竟想起了什麼好笑的事。

蕭十一郎相信他這一生中只怕從來也沒有這麼樣笑過，忍不住問道：「你很開心嗎？」

獨臂鷹王喘息著笑道：「我當然開心，只因蕭十一郎也和我一樣，也會上別人的當。」

蕭十一郎道：「哦？」

獨臂鷹王身子已開始抽縮，他咬牙忍耐著，嘎聲道：「你可知道你奪去的那把刀是假的？」

蕭十一郎道：「我當然知道，可是你……你怎麼知道的？」

獨臂鷹王恨恨道：「就憑那三個小畜牲，怎能始終將我瞞在鼓裡。」

蕭十一郎道：「就因為你發現了他們的秘密，所以他們才要殺你？」

獨臂鷹王道：「不錯。」

蕭十一郎嘆了口氣，道：「以趙無極、海靈子、屠嘯天這三個人的身分地位，怎麼會為了一把刀就冒這麼大的險，竟不惜將自己的身家性命作孤注一擲？何況，刀只有一把，人卻有三個，卻叫他們如何去分呢？」

獨臂鷹王不停的咳嗽著，道：「他……他們自己並不想要那把刀。」

蕭十一郎道：「是誰想要？難道他們幕後還另有主使的人？」

獨臂鷹王咳嗽已愈來愈劇急，已咳出血來。

蕭十一郎目光閃動，道：「這人竟能令趙無極、屠嘯天、海靈子三個人聽他的話？他是誰？」

獨臂鷹王用手摀著嘴，拚命想將嘴裡血嚥下去，想說出這人的名字，但他只說了一個字，鮮血已箭一般標了出來。

蕭十一郎嘆了口氣，正想先過去扶起他再說，但就在這時，他身子突又躍起，只一閃已沒入樹梢。

也就在這時，已有三個人掠入暗林裡。

世上有很多人都像野獸一樣，有種奇異的本領，似乎總能嗅得出危險的氣息，雖然他們並沒有看到什麼，也沒有聽到什麼，但危險來的時候，他們總能在前一刹那間奇蹟般避過。

這種人若是做官，必定是一代名臣，若是打仗，必定是常勝將軍，若是投身江湖，就必定是縱橫天下、不可一世的英雄。

諸葛亮、管仲，他們就是這樣的人；所以他們能居安思危，治國平天下。

韓信、岳飛、李靖，他們也是這樣的人；所以他們才能決勝千里，戰無不勝，攻無不克。

李尋歡、楚留香、鐵中棠、沈浪，他們也都是這樣的人；所以他們才能叱咤風雲，名留武林，成為江湖中的傳奇人物，經過許許多多年之後，仍然是遊俠少年心目中的偶像。

現在，蕭十一郎也正是這樣的人，這種人縱然不能比別人活得長些，但死得總比別人有價值得多。

從林外掠入的三個人，除了海靈子和屠嘯天之外，還有個看來很文弱的青衫人，身材並不高，死氣沉沉的一張臉上全無表情，但目光閃動間卻很靈活，臉上顯然戴著個製作極精巧的人皮面具。

他身法也未見比屠嘯天和海靈子快，但身法飄逸，舉止從容，就像是在花間漫步一樣，步履安祥，猶有餘力。

他的臉雖然詭秘可怖，但那雙靈活的眼睛卻使他全身都充滿了一種奇異的魅力，令人不由自主會對他多看兩眼。

但最令蕭十一郎注意的，還是他腰帶上插著的一把刀，這把刀連柄才不過兩尺左右，刀鞘和刀柄的線條和形狀都很簡樸，更沒有絲毫眩目的裝飾，刀還未出鞘，更看不出它是否鋒利。

但蕭十一郎只瞧了一眼，就覺得這柄刀帶著種令人心越魂飛的殺氣！

難道這就是割鹿刀？

趙無極、海靈子和屠嘯天，不惜冒著身敗名裂的危險，偷換了這柄割鹿刀，難道就是送給他的？

他是誰？有什麼魔力能令趙無極他們如此聽話？

獨臂鷹王的咳嗽聲已微弱得連聽都聽不見了。

海靈子和屠嘯天對望一眼，長長吐出口氣。

屠嘯天笑道：「這老怪物好長的命，居然還能逃到這裡來。」

海靈子冷冷道：「無論多長命的人，也禁不起咱們一劍兩掌！」

屠嘯天笑道：「其實有小公子一掌就已足夠要他的命了，根本就不必我們多事出手了。」

青衫人似乎笑了笑，柔聲道：「真的嗎？」

他慢慢的走到獨臂鷹王面前，突然手一動，刀已出鞘。

刀光是淡青色的，並不耀眼。

青衫人連瞧也沒有瞧一眼，只是凝注著掌中的刀。

只見刀光一閃，獨臂鷹王的頭顱已滾落在地上。

刀如青虹，不見血跡。

青衫人輕輕嘆了口氣，道：「好刀，果然是好刀。」

人已死了，他還要加一刀，這手段之毒，心腸之狠，的確少見得很，連海靈子面上都不禁變了顏色。

青衫人緩緩插刀入鞘，悠然道：「家師曾經教訓過我們，你若要證明一個人是否真的死了，只有一個法子，那就是先割下他的頭來瞧瞧。」

他目光溫柔地望著屠嘯天和海靈子，柔聲道：「你們說，這句話可有道理麼？」

屠嘯天乾咳了兩聲，勉強笑道：「有道理，有道理……」

青衫人道：「我師父說的話，就算沒道理，也是有道理的，對嗎？」

屠嘯天道：「對對對，對極了。」

青衫人吃吃的笑了起來，道：「有人說我師父的好話，我總是開心得很，你們若要讓我開心，就該在我面前多說說他的好話。」

屠嘯天道：「對對對，對極了。」

小公子，好奇怪的名字。

這青衫人居然叫做小公子。

看他的眼睛，聽他說話的聲音，就可知道他年紀並不大，但已經五六十歲的屠嘯天和海靈子卻對他客客氣氣，恭恭敬敬。

看他的樣子好像很溫柔，但連死人的腦袋他都要割下來瞧瞧！

蕭十一郎暗中嘆了口氣，真猜不出他的來歷。

「徒弟已如此，他師父又是什麼樣的角色呢？」

這簡直令人連想都不敢想了。

只聽小公子道：「現在司空曙已死了，但我們還有件事要做，是嗎？」

屠嘯天道：「是。」

小公子道：「是什麼事呢？」

屠嘯天瞧了海靈子一眼，道：「這……」

小公子道：「你沒有想到？」

屠嘯天苦笑道：「沒有。」

小公子嘆了口氣，道：「憑你們活了這麼大年紀，竟連這麼點事都想不到。」

屠嘯天苦笑道：「在下已老糊塗了，還請公子明教。」

小公子嘆道：「說真的，你們倒真該跟著我多學學才是。」

屠嘯天和海靈子年紀至少比他大兩倍，但他卻將他們當小孩子似的，屠嘯天他們居然也真像小孩子般聽話。

小公子又嘆了口氣，才接著道：「我問你，司空曙縱橫江湖多年，現在忽然死了，是不是會有人要覺得懷疑？」

屠嘯天道：「是。」

小公子道：「既然有人懷疑，就必定有人追查，司空曙是怎麼會死的？是誰殺了他？」

屠嘯天道：「不錯。」

小公子眨了眨眼睛，道：「那麼，我再問你，司空曙究竟是誰殺的，你知道嗎？」

屠嘯天陪笑道：「除了小公子之外，誰還有這麼高的手段！」

小公子的眼睛忽然瞪起來了，道：「你說司空曙是我殺的？你看我像是個殺人的兇手嗎？」

屠嘯天怔住了，道：「不……不是……」

小公子道：「不是我殺的，是你嗎？」

屠嘯天擦了擦汗，道：「司空曙與我無冤無仇，我為何要殺他？」

小公子展顏笑道：「這就對了，若說你殺了司空曙，江湖中人還是難免要懷疑，還是難免

要追究。」

海靈子忍不住道：「我也沒有殺他。」

小公子道：「你自然也沒有殺他，但我們既然都沒有殺他，司空曙是誰殺的呢？」

屠嘯天、海靈子面面相覷，說不出話了。

小公子嘆息道：「虧你們還有眼睛，怎麼沒有看到蕭十一郎呢？」

這句話說出，蕭十一郎倒真吃了一驚！「難道此人發現了我？」

幸好小公子已接著道：「方才豈非明明是蕭十一郎一刀將司空曙的腦袋砍了下來，他用的

豈非正是割鹿刀！」

屠嘯天眼睛立刻亮了，大喜道：「不錯不錯，在下方才也明明看到蕭十一郎一刀殺了司空

曙，而且用的正是割鹿刀，只是年老昏瞶，竟險些忘了。」

小公子笑道：「幸虧你還沒有真的忘了，只不過⋯⋯司空曙雖是蕭十一郎殺的，江湖中人

卻還不知道，這怎麼辦呢？」

屠嘯天道：「這⋯⋯我們的確應該想想法子讓江湖中人知道。」

小公子笑道：「一點也不錯，你已想出了用什麼法子嗎？」

屠嘯天皺眉道：「一時倒未想出來。」

小公子搖了搖頭，道：「其實，這法子簡單極了，你看。」

他的刀突又出鞘，刀光一閃，削下了塊樹皮，道：「司空曙的血還沒有冷，你趕快用他的

衣服，蘸他的血，在這樹上寫幾個字，我唸一句，你寫一句，知道嗎？」

屠嘯天道：「遵命。」

小公子目光閃動，道：「你先寫：割鹿不如割頭，能以此刀割盡天下人之頭，豈不快哉，豈不快哉……然後再留下蕭十一郎的名字，那麼普天之下，就都知道這件事是誰幹的了，你說這法子簡單不簡單？」

屠嘯天笑道：「妙極妙極，公子當真是天縱奇才，不但奇計無雙，這幾句話也寫得有金石聲，正活脫脫是蕭十一郎那廝的口氣。」

小公子笑道：「我也不必謙虛，這幾句話除了我之外，倒真還沒有幾個人想得出來。」

蕭十一郎幾乎連肚子都氣破了。

這小公子年紀不大，但心計之陰險，就連積年老賊也萬萬比不上，若讓他再多活幾年，江湖中人只怕要被他害死一半。

只聽小公子道：「現在我們的事都已辦完了嗎？」

屠嘯天笑道：「總算告一段落了。」

小公子嘆了口氣，道：「看你們做事這麼疏忽，真難為你們怎麼活到現在的。」

屠嘯天乾咳兩聲，轉過頭去吐痰。

海靈子面上卻已變了顏色，忍不住道：「難道還要將司空曙的頭再劈成兩半？」

小公子冷笑道：「那倒也用不著了，只不過蕭十一郎若也湊巧經過這裡，看到了司空曙的屍身，又看到樹上的字，你說他該怎麼辦呢？」

海靈子怔住了。

小公子悠然道：「他若不像你們這麼笨，一定會將樹上的字削下來，再將司空曙的屍身移走，那麼我們這一番心血豈非白費了麼？」

屠嘯天的咳嗽早已停了，失聲道：「不錯，我們竟未想到這一著。」

小公子淡淡道：「這就是你們要聽我話的原因，因為你們實在不如我。」

屠嘯天道：「依公子之見，該當如何？」

小公子道：「這法子實在也簡單得見，你們真的想不出？」

屠嘯天只有苦笑。

小公子搖著頭，嘆道：「你怕他將樹上的字跡削掉，你自己難道就不能先削掉麼？」

屠嘯天道：「可是……」

小公子道：「你將這塊樹皮削下來，送到沈家莊去，那裡現在還有很多人，你不妨叫他們一齊來看看司空曙的死狀。」

他笑了笑，接著道：「有這麼多人的眼睛看到，蕭十一郎就算跳到黃河裡也洗不清這冤枉了……你們說，這法子好不好？」

小公子道：「你也用不著拍我的馬屁，只要以後聽話些也就是了。」

屠嘯天長長嘆了口氣，道：「公子心計之縝密，當真非人能及……」

小公子道：「公子心計之縝密，當真非人能及……」

聽到這裡，不但屠嘯天和海靈子都已服服貼貼，就連蕭十一郎也不得不佩服這位小公子實在是有兩下子。

他倒還真未遇到過如此厲害的人物。

蕭十一郎有個最大的毛病，愈困難愈危險的事，他愈想去做，愈厲害的人物他愈想鬥一鬥。

只聽小公子又道：「你們到了沈家莊後，我還有件事想託你們。」

屠嘯天道：「請吩咐。」

小公子道：「我想託你們打聽打聽連城璧的妻子沈璧君什麼時候回婆家？連城璧是否同行？準備走哪條路？」

屠嘯天道：「這倒不難，只不過……」

小公子道：「你想問我為什麼要打聽她，又不敢問出來，是不是？」

屠嘯天陪笑道：「在下不敢，只不過……」

小公子道：「又是只不過，其實你問問也沒關係，我可以告訴你，這次我出來，為的就是要帶兩樣東西回去。」

屠嘯天試探著道：「其中一樣自然是割鹿刀。」

小公子道：「還有一樣就是這位武林第一美人，沈璧君。」

屠嘯天的臉驟然變了顏色，似乎一下子就透不過氣來了。

小公子笑道：「這是我的事，你害怕什麼？」

屠嘯天吶吶道：「那連城璧的武功劍法，公子也許還未曾見過，據在下所知，此人深藏不露，而且……」

小公子道：「你用不著說，我也知道連城璧不是好惹的，所以我還要請你們幫個忙。」

屠嘯天擦了擦汗，道：「只……只要在下力所能及，公子但請吩咐。」

小公子笑道：「你也用不著擦汗，這件事並不難……連城璧想必定會護送他妻子回家的，

所以你們就得想個法子將他騙到別地方去。」

屠嘯天忍不住又擦了擦汗，苦笑道：「連城璧夫妻情深，只怕……」

小公子道：「你怕他不肯上鉤？」

屠嘯天道：「恐怕不容易。」

小公子道：「若換了是我，自然也不願意離開那如花似玉般的妻子，但無論多麼大的魚，

我們總有要他上鉤的法子。」

屠嘯天道：「什麼法子？」

小公子道：「要釣大魚，就得用香餌。」

屠嘯天道：「餌在哪裡？」

小公子道：「連城璧家財萬貫，文武雙全，年紀輕輕就已譽滿天下，又娶了沈璧君那樣賢

淑美麗的妻子，你說他現在還想要什麼？」

屠嘯天嘆了口氣，道：「做人做到他這樣，也該知足了。」

小公子笑道：「人心是絕不會滿足的，他現在至少還想要一樣東西。」

屠嘯天道：「莫非是割鹿刀？」

小公子道：「不錯。」

屠嘯天皺眉道：「除了割鹿刀外，在下委實想不出世上還有什麼能令他動心之物。」

小公子悠然道：「只有一件……就是蕭十一郎的頭！」

屠嘯天眼睛亮了，撫掌道：「不錯，他們都以為割鹿刀已落在蕭十一郎手上，他若能殺了蕭十一郎，不但名頭更大，刀也是他的了。」

小公子道：「所以，要釣連城璧這條魚，就得用蕭十一郎做餌。」

屠嘯天沉吟著道：「但這條魚該如何釣法，還是要請公子指教。」

小公子搖頭嘆道：「這法子你們還不明白麼？你們只要告訴連城璧，說你們已知道蕭十一郎的行蹤，連城璧自然就會跟你們去的。」

他目中帶著種種譏誚的笑意，接道：「像連城璧這種人，若是為了聲名地位，連自己的命都會不要的，妻子更早就被放到一邊了。」

屠嘯天失笑道：「如此說來，嫁給連城璧這種人，倒並不是福氣。」

小公子笑道：「一點也不錯，我若是女人，情願嫁給蕭十一郎，也不願嫁給連城璧。」

屠嘯天道：「哦？」

小公子道：「像蕭十一郎這種人，若是愛上一個女人，往往會不顧一切，而連城璧的顧忌卻太多了，做這種人的妻子並不容易。」

秋天的太陽，有時還是熱得令人受不了。

樹蔭下有個挑擔賣酒的，酒很涼，既解渴，又過癮，還有開花蠶豆、椒鹽花生和滷蛋下

酒，口味雖未見佳，做得卻很乾淨。

賣酒的是個白髮蒼蒼的紅鼻子老頭，看他的酒糟鼻子，就知道他自己必定也很喜歡喝兩杯。

他衣衫穿得雖襤褸，但臉上卻帶著種樂天知命的神氣，別人雖認爲他日子過得並不怎樣，他自己卻覺得很滿意。

蕭十一郎一向很欣賞這種人。

一個人活著，只要活得開心也就是了，又何必計較別人的想法？蕭十一郎很想跟這老頭子聊聊，但這老頭子卻有點心不在焉。

所以蕭十一郎也只有自己喝著悶酒。

喝酒就好像下棋，自己跟自己下棋固然是窮極無聊，一個人喝酒也實在無趣得很，蕭十一郎從不願意喝獨酒的。

但這裡恰巧是個三岔路口，他算準沈璧君的車馬一定會經過這裡，他坐在這裡並不是爲了喝酒的。

被人家當做「魚餌」並不是件好受的事，蕭十一郎那天幾乎忍不住要出面和那小公子鬥一鬥了。

但他已在江湖中混了很多年，早已學會了「等」這個字，他無論做什麼事，都要等到最好的時機。

蕭十一郎喝完了第七碗，正在要第八碗。

何妨？」

紅鼻子老頭道：「你不想趕回去？」

蕭十一郎道：「回到哪裡，我自己也不知是從哪裡來的，卻叫我如何回去？」

紅鼻子老頭嘆了口氣，喃喃道：「這人只怕已醉了，滿嘴胡話。」

蕭十一郎笑道：「賣酒的豈非就希望別人喝酒麼？快打酒來。」

紅鼻子老頭「哼」了一聲，正在勻酒，突見道路上塵頭起處，遠遠的奔過來一行人馬。

蕭十一郎的眼睛立刻亮了，簡直連一絲酒意都沒有。

這一行人，有的臂上架著鷹，有的手裡牽著狗，一個個都是疾服勁裝，佩弓帶箭，馬鞍邊還掛著些獵物，顯然是剛打完獵回來的。

秋天正是打獵的好時候。

第一匹馬上坐著的似乎是個孩子，遠遠望去，只見粉裝玉琢般一個人，打扮得花團錦簇，騎的也是萬中選一的千里駒，正是：「人有精神馬又歡」。好模樣的一位闊少爺。

紅鼻子老頭也看出是大買賣上門了，精神一振，蕭十一郎卻有點洩氣，因為那並不是他要等的人。

只聽紅鼻子老頭扯開喉嚨叫道：「好清好甜的竹葉青，一碗下肚有精神，兩碗下肚精神足，三碗下了肚，神仙也不如。」

紅鼻子老頭斜眼睢著他，撇著嘴笑道：「還要再喝嗎？再喝只怕連路都走不動了。」

蕭十一郎笑道：「走不動就睡在這裡又何妨？能以蒼天為被，大地為床，就算一醉不醒又

蕭十一郎笑道：「我已七碗下了肚，怎麼還是一點精神也沒有，反而要睡著了？」

紅鼻子老頭瞪了他一眼，幸好這時人馬已漸漸停了下來，第一匹馬上的闊少爺笑道：「回去還有好一段路，先在這兒喝兩杯吧，看樣子酒倒還不錯。」

只見這位闊少爺圓圓的臉，大大的眼睛，小小的嘴，皮膚又白又嫩，笑起來臉上一邊一個酒窩，真是說不出的可愛。

連蕭十一郎也不禁多看了他兩眼，這世上闊少爺固然很多，但可愛的卻不多，可愛的闊少爺而又沒架子，更是少之又少。

這位闊少爺居然也很注意蕭十一郎，剛在別人為他鋪好的毯子上坐下來，忽然向蕭十一郎笑了笑，道：「獨樂樂不如眾樂樂，這位朋友何不也請過來喝一杯。」

蕭十一郎笑道：「好極了，在下身上只有八碗酒的錢，正不知第九碗酒在哪裡，若有人請客，正是求之不得。」

闊少爺笑得更開心，道：「想不到朋友竟如此豪爽，快，快打酒來。」

紅鼻子老頭只好倒了碗酒過來，卻又瞪了蕭十一郎一眼，喃喃道：「有不花錢的酒喝，這下子只怕醉得更快了。」

蕭十一郎笑道：「人生難得幾回醉，能快些醉更是妙不可言，請。」

「請」字剛出，一碗酒已不見了。

別人喝酒是「喝」下去的，蕭十一郎喝酒卻是「倒」下去的，只要脖子一仰，一碗酒立刻涓滴無存。

闊少爺拍手大笑道：「你們看到了沒有，這位朋友喝得有多快。」

蕭十一郎道：「若是他們沒有看見，在下倒還可以多表演幾次。」

闊少爺笑道：「這位朋友不但豪爽，而且有趣，卻不知表演幾次。」

蕭十一郎道：「你我萍水相逢，你請我喝酒，喝完了我就走，我若知道你的名字，心裡難免感激，日後少不得要還請你一頓，那麼現在這酒喝得就無趣了，所以這姓名麼……我不必告訴你，你也是不說的好。」

闊少爺笑道：「對對對，你我今日能在這裡盡半日之歡，已是有緣，來來來……這滷蛋看來還不錯，以蛋下酒，醉得就慢些，酒也可喝多些了。」

蕭十一郎笑道：「對對對，若是醉得太快，也無趣了。」

他拈起個滷蛋，忽然一抬手，高高的拋了上去，再仰起頭，張大嘴，將滷蛋接住，三口兩口一個蛋就下了肚。

闊少爺笑道：「朋友不但喝酒快，吃蛋也快……」

蕭十一郎笑道：「只因我自知死得也比別人快些，所以無論做什麼事都從不敢浪費時間。」

這位闊少爺看來最多也只不過十四五歲，但酒量卻大得驚人，蕭十一郎喝一碗，他居然也能陪一碗，而且喝得也不慢。

跟著他來的，都是行動矯健，精神飽滿的彪形大漢，但酒量卻沒有一個人能比得上他。

蕭十一郎的眼睛已瞇了起來，舌頭也漸漸大了，看來竟已有了七八分醉態，有了七八分醉

意的人，喝得就更多，更快。

已有了七八分醉意的人，想不喝醉也困難得很。

蕭十一郎畢竟還是醉了。

闊少爺嘆了口氣，搖著頭道：「原來他酒量也不怎麼樣，倒叫我失望得很。」

紅鼻子老頭帶著醉笑道：「他自己說過，醉了就睡在這裡，醉死也無妨。」

闊少爺瞪眼睛道：「他總算是我的客人，怎麼能讓他睡在這裡？」

他揮了揮手，吩咐屬下，道：「看著這位朋友，等我們走的時候，帶他回去。」

這時太陽還未下山，路上卻不見行人。

闊少爺似乎覺得有些掃興，背負著雙手，眺望大路，忽然道：「老頭子，準備著吧，看來

你又有生意上門了。」

遠處果然又來了一行車馬。

黑漆的馬車雖已很陳舊，看來卻仍然很有氣派，車門自然是開著的，車窗上也掛著簾子，

坐在車裡的人顯然不願被人瞧見。

趕車的是個很沉著的中年人，眼神很足，馬車前後還有三騎扈從，也都是很精悍的騎士。

這一行車馬本來走得很快，但這位闊少爺的車馬已將路擋去了一半，車馬到了這裡，也只

得放緩了下來。

紅鼻子老頭立刻乘機拉生意了，高聲叫道：「好清好甜的竹葉青，客官們下馬來喝兩碗吧，錯過了這裡，附近幾百里地裡再也喝不到這樣的好酒了。」

馬上的騎士們舐了舐嘴唇，顯然也想喝兩杯，但卻沒有一個下馬來的，只是在等著闊少爺的屬下將道路讓出來。

突聽車廂中一人道：「你們趕了半天的路，也累了，就歇下來喝碗酒吧！」

聲音清悅而溫柔，而且帶著種同情的體貼與關懷，令人心甘情願的服從她。

馬上的騎士立刻下了馬，躬身道：「多謝夫人。」

車廂中人又道：「老趙，你也下車去喝一碗吧，我們反正也不急著趕路。」

趕車的老趙遲疑了半晌，終於也將馬車趕到路旁，這時紅鼻子老頭已為騎士們勺了三碗酒，正在勻第四碗，拿到酒的已準備開始喝了。

老趙突然道：「慢著，先看看酒裡有沒有毒！」

紅鼻子老頭的臉立刻氣紅了，憤憤道：「毒？我這酒裡會有毒，好，先毒死我吧。」

他自己真的將手裡的一碗酒喝了下去。

老趙根本不理他，自懷中取出了個銀勺子，在罈子裡勺了一勺酒，看到銀勺子沒有變色，才輕輕啜了一口，然後才點頭道：「可以喝了。」

拿著酒碗發怔的騎士這才鬆了口氣，仰首一飲而盡，笑道：「這酒倒還真不錯，不知蛋滷得怎樣？」

他選了個最大的滷蛋，正想放進嘴。

老趙忽然又喝道：「等一等！」

那位闊少爺本來也沒有理會他們，此刻也忍不住笑了，喃喃道：「滷蛋裡難道還會有毒麼？這位朋友也未免太小心了。」

老趙瞧了他一眼，沉著臉道：「出門在外，能小心些，還是小心些好。」

他又自懷中取出柄小銀刀，正想將滷蛋切開。

闊少爺已走了過來，笑道：「想不到朋友你身上還帶著這麼多有趣的玩意兒，我們也想照樣做一套，不知朋友你能借給我瞧瞧嗎？」

老趙又上上下下打量了他一眼，終於還是將手裡的小銀刀遞了過去，像這位闊少爺這樣的人，他說出來的要求，實在很少人能拒絕的。

銀刀打造得古雅而精緻。

闊少爺用指尖輕撫著刀鋒，臉上的表情更溫柔，微笑道：「好精緻的一把刀，卻不知能不能殺人。」

老趙道：「這把刀本不是用來殺人的。」

闊少爺笑道：「你錯了，只要是刀，就可以殺人……」

說到「殺」字，他掌中的刀已脫手飛出，化做了一道銀光，說到「人」字，這柄刀已插入了老趙的咽喉！

老趙怒吼一聲，已反手拔出了刀，向那闊少爺撲了過去。但鮮血已箭一般標出，他的力氣也隨著血一齊流出。

他還未衝出三步，就倒了下去，倒在那闊少爺的腳下，眼珠子都已凸了出來，他至死也不信會發生這種事。

闊少爺俯首望著他，目光還是那麼溫柔而可愛，柔聲道：「我說天下的刀都可以殺人的，現在你總該相信了吧！」

那三個騎士似已嚇呆了，他們作夢也想不到如此秀氣、如此可愛的一位富家公子，竟是個殺人不眨眼的惡魔。

直到老趙倒下去，他們腰刀才出鞘，怒喝著揮刀撲過來。

闊少爺嘆了口氣，柔聲道：「你們都不是我的對手，又何必來送死呢？」

方才喝第一碗酒的大漢眼睛都紅了，不等他這句話說完，「刀劈華山」，一柄鬼頭刀已劈向闊少爺頭頂。

闊少爺搖頭笑道：「真差勁……」

他身子動也未動，手輕輕一抬，只用兩根手指，就夾住了刀鋒，這一刀竟似砍入石頭裡。

那大漢手腕一反，想以刀鋒去割他手指。

突聽「篤」的一響，一枝箭已射入了大漢的背脊，箭桿自後背射入，自前心穿出，鮮血一滴滴自箭簇上滴落下來。

這些事說來雖很長，但前後也不過只有兩句話的功夫而已，另兩條大漢此刻剛衝到闊少爺面前，第一刀還未砍出。

就在這時，只聽車廂中一人緩緩道：「你們的確都不是他的敵手，還是退下去吧！」

九　傾國絕色

車廂的門開了，一個人走了出來。

在這一刹那間，所有的人不但都停止了動作，幾乎連呼吸都已停頓，他們這一生中從來也未曾見過如此美麗的女人！

她穿的並不是什麼特別華麗的衣服，但無論什麼樣的衣服，只要穿在她身上，都會變得分外出色。

她並沒有戴任何首飾，臉上更沒有擦脂粉，因為在她來說，珠寶和脂粉已都是多餘的。

無論多珍貴的珠寶都不能分去她本身的光采，無論多高貴的脂粉也不能再增加她一分美麗。

她的美麗是任何人也無法形容的。

有人用花來比擬美人，但花哪有她這樣動人，有人會說她像「圖畫中人」，但又有哪枝畫筆能畫出她的風神。

就算是天上的仙子，也絕沒有她這般溫柔，無論任何人，只要瞧了她一眼，就永遠也無法忘記。

但她卻又不像是真的活在這世上的，世上怎會有她這樣的美人？她彷彿隨時隨刻都會突然

自地面消失，乘風而去。

這就是武林中的第一美人——沈璧君。

在這一瞬間，那位闊少爺的呼吸也已停頓。

他臉上的表情突然變得很奇特，他自然有些驚奇，有些羨慕，有些目眩神迷，這是任何男人都難免會生出的反應。

奇怪的是，他的目光看來竟似有些嫉妒。

但過了這一瞬間，他又笑了，笑得仍是那麼天真，那麼可愛；他的眼睛盯著沈璧君，微笑著道：「有人說：聰明的女人都不美麗，美麗的女人都不聰明，因為她們忙著修飾自己的臉，已沒功夫去修飾自己的心了。」

他輕輕嘆了口氣，才接著道：「我現在才知道這句話並不是完全對的……」

沈璧君已走出了車廂，走到他面前。

她眼睛中雖已有了憤怒之意，但卻顯然在盡量控制著自己。

她這一生所受到的教育，幾乎都是在教她控制自己，因為要做一個真正的淑女，就得將憤怒、悲哀、歡喜，所有激動的情緒全都隱藏在心裡，就算忍不住要流淚時，也得先將自己一個人關在屋裡。

她靜靜的站在那裡，聽著那位闊少爺說話。

她這一生中從未打斷過任何人的談話；因為這也是件很無禮的事，她早已學會了盡量少

說，盡量多聽。

直到那位闊少爺說完了，她才緩緩道：「公子尊姓？」

闊少爺道：「在下只是個默默無聞的人，怎及得沈姑娘的大名，這名姓實在羞於在沈姑娘面前提及，不提也罷。」

沈璧君居然也不再問了。

別人不願說的事，她絕不追問。

她瞧了地上的屍身一眼，道：「這兩人不知是否公子殺的？」

闊少爺道：「沈姑娘可曾見到在下殺人麼？」

沈璧君點了點頭。

闊少爺又笑了，道：「姑娘既然已見到，又何必再問？」

沈璧君道：「只因公子並不像是個殘暴兇狠的人。」

闊少爺笑道：「多謝姑娘誇獎，常言道：知人知面不知心，這句話姑娘千萬要特別留意。」

沈璧君道：「公子既然殺了他們，想必是因為他們與公子有仇？」

闊少爺道：「那倒也沒有。」

沈璧君道：「那麼，想必是他們對公子有什麼無禮之處？」

闊少爺道：「就算是他們對在下有些無禮，在下又怎會和他們一般見識？」

沈璧君道：「如此說來，公子是為了什麼要殺他們，就令人不解了。」

闊少爺笑了笑，道：「姑娘難道定要求解麼？」

沈璧君皺了皺眉，不再開口。

兩人說話都是斯斯文文，彬彬有禮，全沒有半分火氣，別的人卻瞧得全都怔住了，只有蕭十一郎還是一直躺在那裡不動，似已爛醉如泥。

過了半晌，沈璧君突然道：「請。」

闊少爺也怔了怔，道：「請什麼？」

沈璧君仍是不動聲色，毫無表情的道：「請出手。」

闊少爺紅紅的臉一下子忽然變白了，道：「出……出手？你難道要我向你出手？」

沈璧君道：「公子毫無理由殺了他們，必有用心，我既然問不出，也只有以武相見了。」

闊少爺道：「不過……不過……姑娘是江湖有名的劍客，我只是個小孩子，怎麼打得過你？」

沈璧君道：「公子也不必太謙，請！」

闊少爺道：「我知道了，我知道了……你是想殺……殺了我，替他們償命。」他竟似怕得要命，連聲音都發起抖來。

沈璧君道：「殺人償命，本就是天經地義的事。」

闊少爺苦著臉道：「我只不過殺了你兩個奴才而已，你就要我償命，你……你未免也太狠了吧！」

沈璧君道：「奴才也是一條命，不是嗎？」

闊少爺眼圈兒也紅了，突然跪了下來，流著淚道：「我一時失手殺了他們，姐姐你就饒了我吧，我知道姐姐人又美，心又好，一定不忍心殺我這樣一個小孩子的。」

他說話本來非但有條有理，而且老氣橫秋，此刻忽然間一下子就變成了一個調皮撒賴的小孩子。

沈璧君倒怔住了。

江湖中的事，她本來就不善應付，遇著這樣的人，她更不知道該如何應付才好。

闊少爺連眼淚都已流了下來，顫聲道：「姐姐你若覺得還沒出氣，就把我帶來的人隨便挑兩個殺了吧，姐姐你說好不好？好不好？……」

無論誰對這麼樣一個小孩子都無法下得了手的，何況沈璧君；誰知就在這時，這可憐兮兮的小孩子突然在地上一滾，左腿掃向沈璧君的足踝，右腿踢向沈璧君的下腹，左右雙手中，閃電般射出了七八件暗器，有的強勁如矢，有的盤旋飛舞。

他兩隻手方才明明還是空空如也，此刻突然間竟有七八種不同的暗器同時射了出來，簡直令人做夢也想不到這些暗器是哪裡來的。

沈璧君居然還是不動聲色，只皺了皺眉，長袖已流雲般捲出，那七八種暗器被袖風一捲，竟立刻無影無蹤。

要知沈家的祖傳「金針」號稱天下第一暗器，會發暗器的人，自然也會收，沈璧君心腸柔弱，出手雖夠快，夠準，卻不夠狠，沈太君總認為她發暗器的手法還未練到家，如臨大敵，難免要吃虧。

所以沈太君就要她在收暗器的手法上多下苦功，這一手「雲捲流星」，使出來不帶一點煙

火氣，的確已是武林中一等一的功夫。

她腳下踩的步法更靈動優美，而且極有效，只見她腳步微錯，已將闊少爺踢出來的鴛鴦腿

恰巧避過。

誰知這位闊少爺身上的花樣之多，簡直多得令人無法想像，他兩腿雖是踢空，靴子裡即又

「錚」的一聲，彈出了兩柄尖刀。

他七八件暗器雖打空，袖子裡卻又「啵」的射出了兩股輕煙。

沈璧君只覺足踝上微微一麻，就好像被蚊子叮了一口，接著，又嗅到一陣淡淡的桃花香

以後的事，她就什麼都不知道了。

闊少爺這才笑嘻嘻的站了起來，拍了拍衣服上的塵土，望著已倒在地上的沈璧君，笑嘻嘻

道：「我的好姐姐，你功夫可真不錯，只可惜你這種功夫只能給別人看看，並沒有什麼用。」

突聽一陣掌聲響了起來。

闊少爺立刻轉過身，就看到了一雙發亮的眼睛。

鼓掌的人正是蕭十一郎。

方才明明已爛醉如泥的蕭十一郎，此刻眼睛裡竟連一點醉意都沒有，望著闊少爺笑道：

「老弟呀老弟，你可真有兩下子，佩服佩服。」

闊少爺眨了眨眼睛，也笑了，道：「多謝捧場，實在不敢當。」

蕭十一郎道：「聽人說昔年『千手觀音』全身上下都是暗器，就像是個刺蝟似的，碰都碰不得，想不到你老弟也是個小刺蝟。」

闊少爺笑道：「不瞞你說，我也只有這兩下子，再也玩不出花樣來了。」

跟著沈璧君來的兩騎士本已嚇呆了，此刻突又怒喝一聲，揮刀直撲過來，存心想拚命了。

闊少爺嘴裡還在說著話，臉上還帶著笑，連頭都沒有回，只不過輕輕彎了彎，好像在向蕭十一郎行禮。

他腰上束著根玉帶，此刻剛一彎腰，只聽「蓬」的一聲，玉帶上已有一蓬銀芒暴雨般射了出來。

那兩人剛衝出兩步，眼前一花，再想閃避已來不及了，暴雨般的銀芒已射上了他們的臉。

兩人狂吼一聲，倒在地上，只覺臉上一陣陣奇癢鑽心，再也忍耐不住，竟反手一刀，砍在自己臉上。

蕭十一郎的臉色也變了，長嘆道：「原來你的話一個字也信不得。」

闊少爺拍了拍手，笑道：「這真的已是我最後一樣法寶了，不騙你，我一直將你當朋友，來……你既然還沒有醉，我們再喝兩杯吧。」

蕭十一郎道：「我已經沒胃口了。」

蕭十一郎嘆道：「酒裡真的沒有毒，真的不騙你。」

蕭十一郎嘆道：「我雖然很喜歡喝不花錢的酒，但卻還不想做個酒鬼，酒裡若是有毒，你想我還會喝嗎？」

蕭十一郎目光閃動，笑道：「我看酒裡就算有毒，你也未必知道。」

蕭十一郎笑道：「那你就錯了，我若不知道，還有誰知道？」

闊少爺笑道：「難道你對我早已有了防備之心了？我看來難道像是個壞人？」

蕭十一郎道：「非但你看來又天真、又可愛，就連這位紅鼻子老先生看來也不大像壞人，我本來也想不到他是跟你串通好了的。」

闊少爺道：「後來你是怎麼看出來的？」

蕭十一郎道：「賣了幾十年酒的老頭子，勻酒一定又快又穩，但他勻酒時卻常常將酒潑出來，這樣子賣酒，豈非要蝕老本？」

闊少爺瞪了那紅鼻子老頭一眼，又笑道：「你既然知道我們不是好人，為什麼還不快走呢？」

蕭十一郎道：「你可知道我為什麼到這裡來的？」

闊少爺道：「不知道。」

闊少爺道：「我到這裡來，就是為了要等你。」

蕭十一郎道：「等我？你怎知道我會來？」

闊少爺也不禁怔了怔，道：「因為沈璧君一定會經過這裡。」

蕭十一郎眼睛盯著他，道：「看來你知道的事倒真不少。」

蕭十一郎道：「我還知道你會寫文章。」

闊少爺又怔了怔，道：「寫文章？」

蕭十一郎笑了笑，道：「割鹿不如割頭，能以此刀割盡天下人之頭，豈不快哉……這幾句話，除了你之外，還有誰寫得出來？」

闊少爺的臉色已發白了。

蕭十一郎悠然道：「你雖未見過我，我卻已見過你，還知道你有個很有趣的名字，叫小公子。」

這一次過了很久之後，小公子才笑得出來。

他笑得還是很可愛，柔聲道：「你知道的確實不少，只可惜還有件事你不知道！」

蕭十一郎道：「哦？」

小公子道：「酒雖無毒，蛋卻是有毒的。」

蕭十一郎道：「哦？」

小公子道：「蛋中若是有毒，我吃了一個蛋，為何還未被毒死呢？」

蕭十一郎道：「你不信？」

小公子道：「酒若喝得太多，毒性就會發作得慢些。」

蕭十一郎笑了笑，道：「原來蛋酒喝也有好處的。」

小公子大笑道：「何況我用的毒藥發作得都不快，因為我不喜歡看人死得太快，看著人慢慢的死，不但是種學問，也有趣得很。」

蕭十一郎長嘆了一聲，喃喃道：「一個十幾歲的小孩子，就有這麼狠的心腸，我真不知他

是怎麼生出來的。」

小公子道：「我也不知道你是怎麼生出來，但我卻知道你要怎麼樣死。」

蕭十一郎忽又笑了，道：「被滷蛋噎死，是嗎？那麼我就索性再吃一個吧。」

他慢慢的攤開了手，手裡不知怎地居然真有個滷蛋。

只見他輕輕一抬手，將這滷蛋高高拋了上去，再仰起頭張大嘴，將滷蛋用嘴接住，三口兩口，一個滷蛋就下了肚。

蕭十一郎道：「滋味還真不錯，再來一個吧！」

他又攤開手，手裡不知從哪裡又來了個滷蛋。

他抬手、拋蛋，用嘴接住，吞了下去。

但等他再攤開手，蛋還是在他手裡。

每個人的眼睛都看直了，誰也看不出他用的是什麼手法。

蕭十一郎笑道：「我既不是雞，也不是母的，卻會生蛋，你們說奇怪不奇怪？」

小公子默然半晌，嘆了口氣，道：「我這次倒真看錯了你，你既已看出紅鼻子是我的屬下，怎麼會吃這滷蛋？」

蕭十一郎大笑道：「你總算明白了。」

小公子嘆道：「常言道：一醉解千愁，你既醉了，就不該醒的。」

蕭十一郎道：「哦？」

小公子道：「酒醉了的人，一醒煩惱就來了。」

蕭十一郎道：「我好像倒並沒有什麼煩惱。」

小公子道：「只有死人才沒有煩惱。」

蕭十一郎道：「我難道是死人？」

小公子道：「你難道想殺我？」

蕭十一郎道：「雖還不是死人，也差不多了。」

小公子道：「這只怪你知道得太多。」

蕭十一郎道：「你方才還說拿我當朋友，現在能下得了手？」

小公子笑了笑，道：「到了必要的時候，連老婆都能下得了手，何況朋友？」

蕭十一郎嘆了口氣，喃喃道：「看來『朋友』這兩個字已愈來愈不值錢了。」

他緩緩的站了起來，悠然道：「但你既然曾經說過我是朋友，我也不想騙你，你要殺我並

不容易，我的武功雖不好看，卻有用得很。」

小公子笑道：「我好歹總要瞧瞧。」

只聽弓弦機簧聲響，弩箭暴雨射出。

這些人都已久經訓練，出手都快得很，但方才還明明站在樹下的蕭十一郎，等他們弩箭發

出時，他的人已不見了！

蕭十一郎竟是早已在樹上等著他了。

小公子剛掠上樹梢，就看到了蕭十一郎笑瞇瞇的眼睛。

小公子一驚，勉強笑道：「原來你的輕功也不錯。」

蕭十一郎道：「倒還馬馬虎虎過得去。」

小公子道：「卻不知你別的武功怎樣。」

他嘴裡說著話，已出手攻出七招。

他的掌法靈變、迅速、毒辣，而且虛虛實實，變化莫測，誰也看不出他哪一招是虛，哪一招是實。

但蕭十一郎卻看出來了。

他身形也不知怎麼樣一閃，小公子的七招便已全落空。

他的手雖已落空，只聽「錚」的一聲，五指手指上的指甲竟全都飛射出來，閃電般擊向蕭十一郎胸脅間五處穴道。

他的手柔靈而纖細，就像是女人的手，誰也看不出他指甲上竟還套著一層薄薄的鋼套。

蕭十一郎竟也未看出來。

只聽一聲驚呼，蕭十一郎手撫著胸膛，人已掉下了樹梢。

小公子笑了，喃喃道：「你若以為那真是我身上最後一樣法寶，你就錯了。」

他話還未說完，已有人接著道：「你還有什麼法寶，我都想瞧瞧。」

方才明明已掉了下去的蕭十一郎，此刻不知怎地又上來了。

他笑嘻嘻的攤開手，手上赫然有五個薄薄的鋼指甲。

小公子臉色變了，嘎聲道：「你……你究竟是什麼人？」

蕭十一郎笑了笑，道：「我也不是什麼人，只不過是個魚餌而已。」

小公子「哎唷」一聲，人也從樹上掉了下去。

小公子的人雖然掉了下去，褲管裡卻「蓬」的噴出了一股淡青色的火焰，捲向蕭十一郎。

樹梢上的木葉一沾著這股火焰，立刻燃燒了起來。

但蕭十一郎卻已在地上等著了。

小公子咬著牙，大聲道：「蕭十一郎，我雖不是好人，你也不是好人，你為何要跟我作對？」

蕭十一郎笑了笑，道：「我不喜歡釣魚，更不喜歡被別人當魚餌。」

小公子跺腳道：「好，我跟你拚了。」

他的手一探，自腰上的玉帶中抽出了一柄軟劍。

薄而細的劍，迎風一抖，便伸得筆直，毒蛇般向蕭十一郎刺出了七八劍，劍法快而辛辣，有些像是海南劍派的家數。

但仔細一看，卻又和海南的劍法完全不同。

蕭十一郎倒也未見過如此詭秘怪異的劍法，身形展動，避開了幾招，兩隻手突然一拍。

小公子的劍竟已被他手掌夾住，動也動不了。

蕭十一郎的兩隻手往前面一送，小公子只覺一股大力撞了過來，身子再也站不住，已仰天跌倒。

但他的身形剛跌倒，人已滾出了十幾步，也不知從哪裡射出了一股濃濃的黑煙，將他的人整個隱沒。

只聽小公子的聲音在濃煙中道：「蕭十一郎，你的武功果然有用，我鬥不過你……」

說到最後一句，人已在很遠的地方。

但蕭十一郎已在前面等著他。

小公子一抬頭，瞧見了蕭十一郎，臉都嚇青了，就好像見了鬼似的——蕭十一郎的輕功身法，實在也快如鬼魅。

蕭十一郎微笑道：「你的法寶還沒有全使出來，怎麼能走？」

小公子哭著臉，道：「這次真的全用完了，我絕不騙你。」

蕭十一郎淡淡道：「法寶若是真的已用完，你就更休想走了。」

小公子道：「你究竟是為什麼要跟我作對？若是為了那位大美人，我就讓給你好了。」

蕭十一郎道：「多謝。」

小公子道：「那麼你總該放我走了吧！」

蕭十一郎道：「不可以。」

小公子道：「你……你還要什麼。難道是割鹿刀？」

蕭十一郎道：「刀並不在你身上，否則你早已使出來了。」

小公子道：「你若想要，我就去拿來給你。」

蕭十一郎道：「那也不夠。」

小公子道：「你……你究竟想怎樣？」

蕭十一郎嘆了口氣，道：「你認為我能眼看你殺了四個人就算了麼？」

小公子冷笑道：「你若真的如此好心，我殺他們的時候，你為什麼不救他們？」

蕭十一郎嘆道：「你出手若是沒有那麼快、那麼狠，我還能救得了他們，現在我也許就不會想要你的命了。」

小公子道：「你……你真想殺我？」

蕭十一郎道：「我雖不喜歡殺人，但留著你這種人在世上，我怎麼睡得著覺？你現在還不過只是個孩子，再過幾年，那還得了？」

小公子忽然笑了。

他雖然常常都在笑，笑得都很甜，但這一次笑得卻特別不同。

他的臉似忽然隨著這一笑而改變，變得不再是孩子，他的眼睛也突然變了，變得說不出的妖嬈而嫵媚。

他媚笑著道：「你以為我真的是個孩子麼？」

他的手落下，慢慢的解開了腰畔的玉帶。

蕭十一郎笑道：「這次無論你再玩什麼花樣，我都不上你的當了。」

這句話還未說完，他已出手。

他既已出手，就很少有人能閃避得開。

其實他招式很平凡，並沒有什麼詭秘奇譎的變化，只不過實在很快，快得令人不可思議。

他的手一伸，便已搭上了小公子的肩頭。

若是換了別人，只要被他的手搭上，就很難再逃出他的掌握，但小公子的身子卻比魚還滑，腰一扭，就從蕭十一郎掌下滑走。

只聽「嘶」的一聲，他身上一件織錦長袍已被蕭十一郎撕了開來，露出了他豐滿、堅挺，白玉般的雙峰。

原來小公子竟是個女人，成熟的女人！

她的人雖然矮些，但骨肉勻稱，線條柔和，完美得連一絲瑕疵都沒有，只要是個男人，無論誰看到這樣的胴體都無法不心動。

蕭十一郎驟然怔住了。

小公子的臉紅得就像是晚春的桃花，突然「嚶嚀」一聲，整個人都投入了蕭十一郎的懷裡。

蕭十一郎只覺滿懷軟玉溫香，如蘭如馨，令人神魂俱醉，他想推，但觸手卻是一片滑膩。

懷抱中有這樣一個女人，還有誰的心能硬得起來？

這時小公子的手已探向蕭十一郎腦後。

她的指甲薄而利，她吃吃的笑著，輕輕的喘著氣，但她的指甲，已劃破了蕭十一郎頸子上的皮膚。

蕭十一郎臉色立刻變了，大怒出手，但小公子已魚一般自他懷抱中滑了出去，吃吃的笑

道：「蕭十一郎，你還是上當了！我指甲裡藏著的是七巧化骨散，不到半個時辰，你就要全身潰爛，現在你還不快走，難道還想要我看你臨死前的醜態麼？」

蕭十一郎踩了踩腳，突然凌空掠起，倒飛三丈。

他的身形再一閃，就瞧不見了。

小公子輕撫自己的胸膛，銀鈴般笑道：「告訴你，這才是我最後一樣法寶，雖然每個女人都有這種法寶，但要對付男人，還是沒有比它更管用的了。」

十 殺機

沈璧君只覺得人輕飄飄的，彷彿在雲端，彷彿在浪頭，又彷彿還坐在她那輛舊而舒適的車子裡。

連城璧彷彿還在旁邊陪著她。

結婚已有三四年了，連城璧還是一點也沒有變，對她還是那麼溫柔，那麼有禮，有時她甚至覺得他永遠和她保持著一段距離。

但她並沒有什麼好埋怨的，無論哪個女人能嫁到連城璧這樣的夫婿，都應該覺得很滿足了。

無論她要做什麼事，連城璧都是順著她的，無論她想要什麼東西，連城璧都會想法子去為她買來。

這三四年來，連城璧甚至沒有對她說過一句稍重些的話。事實上，連城璧根本就很少說話。

他們的日子一直過得很安逸，很平靜。

但這樣的生活真的就是幸福麼？

在沈璧君心底深處，總覺得還是缺少點什麼，但連她自己也不知道缺少的究竟是什麼？

連城璧每次出門時，她會覺得很寂寞。

她真希望自己能將連城璧拉住，不讓他走，她知道自己只要開口，連城璧也會留下來陪她的。

但她從沒有這麼樣做。

因為她知道像連城璧這樣的人，生下來就是屬於群眾的，任何女人都無法將他完全佔有。

沈璧君知道連城璧也不屬於她。

連城璧是個很冷靜，很會控制自己的人，但每次武林中發生了大事，他冷靜的眸子就會火一般的燃燒起來。

這次連城璧本該一直陪著她的，但當他聽到蕭十一郎的行蹤已被發現時，他的眸子就又開始燃燒了。

就連他聽到自己的妻子第一次有了身孕時，都沒有顯露過這樣的熱情，他嘴裡雖然說「不去」，心卻早已去了。

沈璧君很了解他，所以勸他去。

她嘴裡雖然勸他去，心裡卻還是希望他留下來。

連城璧終於還是去了。

沈璧君雖然覺得有些失望，卻並沒有埋怨，嫁給連城璧這樣的人，就得先學會照顧自己，控制自己。

暈暈迷迷中，沈璧君覺得有隻手在扯她的衣服。

她知道這絕不會是連城璧的手，因為連城璧從未對她如此粗魯。

那麼這是誰的手呢？

沈璧君忽然想起方才發生的事，想起了那惡魔般的「孩子」，她立刻驚出了一身冷汗，大叫一聲，自迷夢中醒了過來。

她就看到那「孩子」惡魔般的眼睛正在望著她。

她果然是在車廂裡，車廂裡也只有他們兩個人。

沈璧君寧願和毒蛇關在一起，也不願再看到這「孩子」。

她掙扎著想坐起，但全身軟綿綿的，全無半分力氣。

小公子笑嘻嘻的瞧著她，悠然道：「你怕什麼？我又不會吃了你，還是乖乖躺著吧，別惹我生氣，我若生了氣，可不是好玩的。」

沈璧君咬著牙，真想將世上所有惡毒的話全都罵出來，卻又偏偏連一句也罵不出，她根本不知道應該怎麼罵。

小公子盯著她，突然嘆了口氣，喃喃道：「果然是個美人，不生氣的時候固然美，生了氣也很美，難怪有那麼多男人會為你著迷了，連我都忍不住想抱抱你，親親你。」

沈璧君臉都嚇白了，顫聲道：「我……你敢！」

小公子道：「不敢？我為什麼不敢？」

她笑嘻嘻的接著道：「有些事，像你這樣的女人是永遠也不會明白，一個男人若是真想要

一個女人時，他什麼事都做得出。」

她的手已向沈璧君胸膛上伸了過去。

沈璧君緊張得全身都僵了，從髮梢到腳尖都在不停的抖，她只希望這是一場夢，噩夢。

但有時真實卻遠比噩夢還要可怕得多。

小公子目光中充滿了獰惡的笑意，就好像一隻饞貓在望著爪下的老鼠，然後她的手輕輕一扯，已撕破了沈璧君的衣服。

沈璧君這一生中雖然從未大聲說過話，此刻卻忍不住放聲大叫了起來。

小公子根本不理她，盯著她的胸膛，喃喃道：「美，真美⋯⋯不但臉美，身子也美，我若是男人，有了這樣的女人，也會將別的女人放在一邊了⋯⋯」

說到這裡，她的笑容就變得更惡毒，目中竟現出了殺機。

一個美麗的女人，最看不得的就是一個比她更美的女人，世上沒有任何事能比「妒忌」更容易啟動女人的殺機！

沈璧君又暈了過去。

當人們遇著一件他所不能忍受的事時，他能暈過去，總比清醒著來忍受的好——昏迷，本就是人類保護自己的本能之一。

她暈過去時彷彿比醒時更美。

她那剪水雙瞳雖已闔起，但長長的睫毛覆蓋在眼簾上，嘴角揚起，彷彿還帶著一絲甜笑

……

小公子盯著她，居然輕輕嘆了口氣，道：「像你這樣的女人，實在連我也捨不得殺你，卻

又不得不殺你，我若帶你回去了，他眼中還會有我嗎？」

突聽車頂上也有個人輕輕嘆了口氣，道：「像你這樣的女人，實在連我也捨不得殺你，卻

又不得不殺你，我若讓你活下去，別人怎麼受得了！」

車頂上有個小小的氣窗，不知何時已被揭開了，露出了一雙濃眉，一雙大而發亮的眼睛。

除了蕭十一郎外，誰有這麼亮的眼睛！

小公子臉色立刻變了，失聲道：「你……你還沒有死？」

蕭十一郎笑道：「我又不是老鼠，被貓爪子抓一下怎麼會死得了？」

小公子咬牙道：「你不是老鼠，簡直也不是人，我遇上了你，算我倒了八輩子的楣，好，

你有本事就下來殺了我吧！」

她抱起手，閉上眼睛，居然真的像是已不想反抗了。

蕭十一郎反倒覺得有些奇怪了，眨著眼道：「你連逃都不想逃？」

小公子道：「我全身上下都是法寶時，也被你逼得團團亂轉，現在我所有的法寶都用光

了，還有什麼法子能逃得了？」

蕭十一郎道：「你為什麼不用沈璧君來要脅我？我若要殺你，你就先殺她。」

小公子道：「沈璧君既不是你老婆，也不是你情人，我就算將她大卸八塊，你也不會心疼

的，我怎麼能用她來要脅你！」

蕭十一郎道：「你至少總該試試？」

小公子苦笑道：「既然沒有用，又何必試？」

蕭十一郎道：「你難道真的已認命了？」

小公子淒然道：「遇上了蕭十一郎，不認命又能怎樣？」

蕭十一郎笑了，搖著頭笑道：「不對不對不對，我無論怎麼看你都不像是個會認命的人，

我知道你一定又想玩什麼花樣？」

小公子道：「現在我還有什麼花樣好玩！」

蕭十一郎道：「無論你想玩什麼花樣，卻再也休想要我上當了。」

小公子道：「你難道不敢下來殺我？」

蕭十一郎道：「我用不著下去殺你。」

小公子道：「那麼你到底想怎麼樣呢？」

蕭十一郎道：「你先叫馬車停下來。」

小公子敲了敲車壁，馬車就緩緩停下，小公子道：「現在你還想要我怎麼樣？」

蕭十一郎道：「抱沈璧君下車。」

小公子倒也真聽話，打開車門，抱著沈璧君下了車，道：「現在呢？」

蕭十一郎道：「一直向前走，莫要回頭，走到前面那棵樹下，將沈璧君放下來……我就在

你後面，你最好少玩花樣。」

小公子道：「遵命。」

她居然真的連頭都不敢回，一步步的往前走，蕭十一郎在後面盯著她，實在想不通她怎會忽然變得如此聽話。

就在這時，小公子的花樣已來了！

小公子已走到樹下，突然一翻身，將沈璧君的人向蕭十一郎懷裡拋了過來，蕭十一郎根本還未來得及思索，已先伸手接住。

只見小公子人已掠起，凌空一個翻身，手裡已有三道寒光飛出，直打蕭十一郎懷中的沈璧君。

方才小公子若以沈璧君的性命來要脅蕭十一郎，蕭十一郎也許真的不會動心，但現在沈璧君就在他懷裡，他怎能不救？

等他避開這三件暗器，想先放下沈璧君再去追時，小公子早已逃得連人影都瞧不見了。

只聽她那銀鈴般的笑聲遠遠傳來，道：「我已將這燙山芋拋給你了，你瞧著辦吧！」

蕭十一郎望著懷裡的沈璧君，只有苦笑——這「燙山芋」實在不小，他既不能拋下來不管，也不知該傳給誰去才好。

沈璧君第二次自暈迷中醒來的時候，發現自己的人已到了個破廟裡，這廟非但特別破，而且特別小。

小而破的神龕裡，供著的好像是山神，外面的風吹得呼呼直響，若不是神案前已升起了堆

火，沈璧君只怕已凍僵了。

風，從四面八方漏進來，火焰一直在閃動，有個人正伸著雙手在烤火，嘴角低低的哼著一支歌。

這人身上穿的衣服也很破舊，腳上的破靴子底已穿了兩個大洞，但就算穿著皮裘，坐在暖閣中烤火的人，看起來也不會比他更舒服了，沈璧君想不通一個人在他這種情況中，怎麼還會覺得這麼舒服。

但他嘴裡在哼著的那支歌，曲調卻是說不出的蒼涼，說不出的蕭索，說不出的寂寞，和他這個人完全不相稱。

沈璧君一張開眼睛，就不由自主的被這個人吸引住了，過了很久，她才發覺自己本不該對別人如此留意的。

她本該先想想自己的處境才是。

破廟裡自然沒有床，她的人就睡在神案上，神案上還鋪著層厚厚的稻草，這個人看來雖粗野，其實倒也很細心。

但這個人究竟是友？還是敵呢？

沈璧君掙扎著爬起來，盡量不發出一絲聲音。

但烤火的這人耳朵卻像是特別靈，沈璧君的身子剛動了動，他就聽到了。

他並沒有抬頭，只是冷冷道：「躺下去，不許亂動！」

沈璧君這一生中，從來也沒有聽過人對她說如此無禮的話，她雖然很溫柔，但這一生中從

來也沒有聽過別人的命令。

她幾乎忍不住立刻就要跳下去。

烤火的人還是沒有抬頭，又道：「你若一定要動，不妨先看看你自己的腿，無論多美的人，若是缺了一條腿，也不會很好看了。」

沈璧君這才發現自己的右腿已腫了起來，腫得很大。

她的人立刻倒了下去。

任何女人看到自己的腿腫得像她這麼大，都會被嚇軟的。

烤火的人似乎在發笑。

沈璧君等自己的心定下來，才問道：「你是誰？」

烤火的人用一根棍子撥著火，淡淡道：「我是我，你是你，我不想知道你是誰，你也用不著知道我是誰。」

沈璧君道：「我……我怎麼會到這裡來的？」

烤火的人道：「有些話你還是不問的好，問了反而徒增麻煩。」

沈璧君沉默了半晌，囁嚅著道：「莫非是你救了我？」

烤火的人笑了笑，道：「像我這樣的人，怎麼配救你？」

沈璧君不說話了，因為她已經不知道該說什麼才好。

烤火的人也不再說話，兩個人好像突然都變成了啞巴。

外面的風還在「呼呼」的吹著，除了風聲，就再也聽不到別的聲音，天地間彷彿就只剩下

了他們兩個人。

除了連城璧之外，沈璧君從來沒有和任何男人單獨相處過，尤其是這呼嘯的風聲，這閃動的火焰，這粗野的男人……

她覺得不安極了。

她忍不住又要掙扎著爬起來。

但她剛一動，烤火的人已站在她面前，冷冷的瞪著她，道：「我也知道像你這樣的千金小姐，在這種地方一定耽不住的，可是現在你的腿受了傷，也只好先委屈些，在這裡養好傷再說。」

他的眼睛又大、又黑、又深、又亮。

沈璧君被這雙眼睛瞪著，全身都好像發起熱來，也不知為什麼，她只覺得突然有股怒火自心底升起，竟忍不住大聲道：「多謝你的好意，但我的腿是好是斷，都和你無關，你既沒有救我，也不認得我，又何必多管我的閒事。」

她終於還是掙扎著跳下來，一瘸一拐的走了出去。她當然走得很慢，但卻絕沒有停下來的意思。

烤火的人望著她，也不阻攔，目光中似乎帶著笑意。

其實他現在若是攔上一攔，沈璧君也許會留下來的。

因為她的腿實在疼得要命。

蕭十一郎這一生中，從來也沒有勉強過任何人做任何事。

望著沈璧君走出去，他只是覺得有些好笑。

別人都說沈璧君不但最美麗，而且最賢淑、最溫柔、最有禮，從來也不會對人發脾氣。

但他卻看到沈璧君發脾氣了。

能看到從來不發脾氣的人發脾氣，也是件很有趣的事。

沈璧君連自己也覺得很奇怪，為什麼會對這不相識的人發脾氣，這人縱然沒有救她，至少也沒有乘她暈迷時對她無禮。

她本該感激他才是。

但也不知為了什麼，她就是覺得這人要惹她生氣，尤其是被他那雙眼睛瞪著時，她更控制不住自己。她一向最會控制自己，但那雙眼睛實在太粗野，太放肆……

外面的風好大，好冷。

夜色又暗得可怕，天上連一點星光都沒有。

這哪裡還像是秋天，簡直已是寒冬。

沈璧君的一條腿由疼極而麻木，此刻又疼了起來，一陣陣劇痛，就好像一根根針由她的腳，刺入她的心。

她雖然咬緊了牙關，卻再也走不動半步。

何況，前途是那麼黑暗，就算她能走，也不知該走到哪裡去。

她雖然咬緊了牙關，眼淚卻已忍不住流了下來。

她從來也不知道孤獨竟是如此可怕，因爲她從來也沒有孤獨過，她雖然是一朵幽蘭，但卻並非出於污泥，而是在暖室中養大的。

伏在樹幹上，她幾乎忍不住要失聲痛哭起來。

就在這時，她忽然感覺到一隻手在輕輕拍著她的肩頭。

她轉過頭，就又瞧見了那雙又大又黑又亮的眼睛。

蕭十一郎將一碗熱氣騰騰的濃湯捧到她面前，緩緩道：「喝下去，我保證這碗湯絕沒有毒藥的。」

他望著她，眼睛雖然還是同樣黑，同樣亮，但已變得說不出的溫柔，他說的話雖然還是那麼尖銳，但其中已沒有譏誚，只有同情。

沈璧君不由自主的捧過這碗湯，用手捧著。

湯裡的熱氣，似已將天地間的寒意全都驅散，她只覺得自己手裡捧著的並不只是一碗湯，而是一碗溫馨，一碗同情……

她的眼淚一滴滴落入湯裡。

山神廟仍是那麼小，那麼髒，那麼破舊。

但剛從外面無邊的黑暗與寒冷中走進來，這破廟似乎一下子改變了，變得充滿了溫暖與光明。

沈璧君一直垂著頭，沒有抬起。

她從來也想不到自己竟會在一個陌生的男人面前流淚。

甚至在連城璧面前，她也從未落淚。

幸好，蕭十一郎好像根本沒有留意到她，一走進來，就躺到角落裡的一堆稻草上，道：

「快睡，就算要走，也得等到天亮……」

這句話他好像並未說完，就已睡著了。

那堆草又髒、又冷、又濕，但就算睡在世上最軟最暖的床上的人，也不會有他睡得這麼香、這麼甜。

這實在是個怪人。

沈璧君從來也沒有見過這樣的男人，但也不知為了什麼，她只覺得在這男人身旁，是絕對安全的。

在醒著的時候，他看來雖然那麼粗、那麼野，但在睡著的時候，他看來卻像是個孩子。

一個受了委屈的孩子。

在他那兩道深鎖的濃眉中，也不知隱藏了多少無法向人訴說的愁苦、冤屈、悲傷、憂鬱……

沈璧君輕輕嘆了口氣，閉上眼睛。

她本來以為自己絕不可能在一個陌生男人的旁邊睡著的，但卻不知不覺睡著了……

十一　淑女與强盜

沈璧君醒來得很早。

風已住，火仍在燃燒著，顯然又添了柴，這四面漏風的破廟裡，居然充滿了溫暖之意。

但火堆旁那奇怪的男人卻已不在了。

難道他已不辭而別？

沈璧君望著這閃動的火燄，心裡忽然覺得很空虛、很寂寞、很孤獨，就像是忽然間失去了什麼。

她甚至有種被人欺騙，被人拋棄了的感覺。

她自己也不知道自己怎會有這種感覺，他們本就是陌生人，她連他的名字都不知道，他也沒有對她作過任何允諾。

他要走，自然隨時都可以走，也根本不必告訴她。

但就連她的丈夫離開她的時候，她都沒有現在這種感覺。

這是爲了什麼？

「一個人在遭受到不幸、有了病痛的時候，心靈就會變得特別脆弱，特別需要別人的同情和安慰，特別不能忍受寂寞。」

她試著替自己解釋，但自己對這解釋也並不十分滿意。

她只覺心亂得很，一時間竟不知該如何是好，就在這時，那蒼涼而蕭索的歌聲已自門外傳了進來。

聽到這歌聲，沈璧君的心情立刻就改變了，甚至連那堆火都忽然變得更明亮，更溫暖。

蕭十一郎已走了進來。

他嘴裡哼著歌，左手提著桶水，右手夾著一大捆不知名的藥草，他的步履是那麼輕快，全身都充滿了野獸般的活力。

這男人看來就像是一頭雄獅、一條虎，卻又沒有獅虎那麼兇暴可怕，看來他不但自己很快樂，也能令每個看到他的人都感染到這分快樂。

沈璧君面上竟不由自主露出了笑容。

蕭十一郎發亮的眼睛也正好自她面上掃過。

沈璧君帶著笑道：「早。」

蕭十一郎淡淡道：「早。」

他只看了她一眼，目光就移向別處，雖只看了一眼，但他看著她的時候，目光也忽然變得很溫柔。

沈璧君道：「昨天晚上……」

想到昨天晚上的那碗湯，湯中的眼淚，她的臉就不覺有些發紅，垂下了頭，才低低的接著道：「昨天晚上真麻煩你了，以後我一定會……」

蕭十一郎不等她說完，就已打斷了她的話，冷冷道：「我最喜歡別人報答我，無論用什麼報答我都接受，但現在你說了也沒有用，所以還不如不說的好。」

沈璧君怔住了。

她發現這人每次跟她說話，都好像準備要吵架似的。

在她的記憶中，男人們對她總是文質彬彬、慇勤有禮，平時很粗魯的男人，一見到她也會裝得一表斯文，平時很輕佻的男人，一見到她也會裝得一本正經，她從來也未見到一個看不起她的男人。

現在她才總算見到了。

這人簡直連看都不願看她。

這人到底有什麼毛病？竟會看不出她的美麗？

火堆上支著鐵架，鐵架上吊著個大鍋。昨天晚上那碗湯，就是這鐵鍋熬出來的，現在鍋裡的湯也不知是被熬乾了，還是被喝光了，鐵鍋已被烤得發紅，蕭十一郎一桶水全都倒入鍋裡。

只聽「滋」的一響，鍋裡冒出了一股青煙。

然後蕭十一郎就又坐到火堆旁，等著水沸。

「這人究竟是個怎麼樣的人？這破廟就是他的家？他為何連姓名都不肯說出？難道他有什麼不可告人的秘密？」

沈璧君對這個人愈來愈好奇了，卻又不好意思問他，只希望他能自己說說自己的身世，就算不全說出來，隨便說兩句也好。

但蕭十一郎嘴裡又開始哼著那首歌，眼睛又開始閉了起來，似乎根本已忘了有她這麼樣一個人存在。

「他既然不願睬我，我為什麼還要留在這裡？」

沈璧君忽然對自己生起氣來了，大聲道：「我姓沈，無論什麼時候你到大明湖畔的『沈家莊』去，我都會令人重重的酬謝你，絕不會讓你失望。」

蕭十一郎連看都沒有看她一眼，道：「你現在就要回去？」

沈璧君道：「是。」

蕭十一郎道：「你走得回去麼？」

沈璧君不由自主望了望自己的腿，才發現腿已腫得比昨天更厲害了，最可怕的是，腫的地方已完全麻木，連一點感覺都沒有。

莫說走路，她這條腿簡直已連抬都無法抬起。

鍋裡的水已沸了。

蕭十一郎慢慢的將那捆藥草解開，仔細選出了幾樣，投入水裡，用一根樹枝慢慢的攪動著。

沈璧君望著自己的腿，眼淚幾乎又忍不住要流了出來。她是個很好強的人，從來也不願求人。

可是現在她卻別無選擇的餘地。

這是無可奈何的事，每個人一生中都難免會遇著幾件這種事，她只有忍耐，否則就只好發

瘋。

沈璧君長長的吐出口氣，囁嚅著道：「我……我還想麻煩你一件事。」

蕭十一郎道：「嗯。」

沈璧君道：「不知道你能不能替我僱輛車子，載我回去？」

蕭十一郎道：「不能。」

沈璧君道：「為什麼不能？」

蕭十一郎道：「因為這地方是在半山上，因為拉車的馬沒有一匹會飛的。」

他回答得實在乾脆極了，沈璧君怔了怔，忍住氣道：「為什麼不能？」

沈璧君道：「可是……我來的時候……」

蕭十一郎道：「那是我抱你上來的。」

沈璧君的臉立刻飛紅了起來，連話都說不出了。

蕭十一郎悠然道：「現在你自然不肯再讓我抱下去，是不是？」

沈璧君忍耐很久，終於還是忍不住道：「你……你為何……要帶我到這裡來？」

蕭十一郎道：「不帶你到這裡來，帶你到哪裡去？你若在路上撿著一隻受了傷的小貓小狗，是不是也會將牠帶回家呢？」

沈璧君飛紅的臉一下子又氣白了。

她從來也沒有想到要去打男人的耳光，但現在她若有了力氣，也許真會重重的給這人幾個耳刮子。

蕭十一郎慢慢的站了起來，慢慢的走到神案前，盯著她的腿。

沈璧君的臉又紅了，真恨不得將這條腿鋸掉，她拚命將這條腿往裡面縮，但蕭十一郎的眼睛卻連一刻也不肯放鬆。

沈璧君又羞又怒，道：「你⋯⋯你想幹什麼？」

蕭十一郎淡淡道：「你的腳已腫得像隻粽子，我正在想，要用什麼法子才能將你的鞋襪脫掉。」

沈璧君幾乎忍不住要大叫起來，這男人居然想脫她的鞋襪，她的腳就連她的丈夫都沒有真正看到過。

只聽蕭十一郎喃喃道：「看樣子脫是沒法子脫掉的了，只有用刀割破⋯⋯」

他嘴裡說著，竟真的自腰畔拔出了一把刀。

沈璧君顫聲道：「我本來還以為你是個君子，誰知你⋯⋯你⋯⋯」

蕭十一郎道：「我並不是君子，卻也沒有替女人脫鞋子的習慣。」

他忽然將刀插在神案上，又將那桶水提了過來，冷冷道：「你若想快點走回去，就趕快脫下鞋襪，放在這桶水裡泡著，否則你說不定只有一輩子住在這裡。」

正看到過。

沈璧君現在卻連一點選擇也沒有。

可以脫下來了。

因為在那種時候，一個女人若肯在男人面前脫下自己的鞋襪，那麼別的東西她也就差不多

在那種時候，你若想要一位淑女脫下她的鞋襪，簡直就好像要她脫衣服差不多困難。

她只希望這人能像個君子人，把頭轉過去。

蕭十一郎的眼睛卻偏偏睜得很大，連一點轉頭的意思都沒有。

沈璧君咬著嘴唇，道：「你……你能不能到外面去走走？」

蕭十一郎道：「不能。」

沈璧君連耳根都紅了，呆在那裡，真恨不得死了算了。

蕭十一郎道：「你不要以為我想看你的腳，你這雙腳現在已沒有什麼好看的，我只不過想看看你中的究竟是什麼毒而已。」

他冷冷的接著道：「毒性若再蔓延上去，你說不定連別的地方也要讓人看了。」

這句話真的比什麼都有效。

沈璧君慢慢的，終於將一雙腳都泡入水裡。

一個人若能將自己的腳舒舒服服的泡在熱水裡，他對許多事的想法和看法就多多少少會改變些的。

脫鞋子的時候，沈璧君全身都在發抖，但現在她的心已漸漸平靜了下來，覺得一切事並不如自己方才想像中那麼糟。

蕭十一郎已沒有再死盯著她的腳。

他已看得很清楚了。

這時他已經選出了幾種藥草，摘下了最嫩的一部分，放在嘴裡慢慢的咀嚼著，彷彿在品嚐著它們的滋味。

沈璧君垂頭看著自己的腳，卻分不清自己心裡是什麼滋味。

她居然會在一個陌生的男人面前洗腳——她只希望這是場噩夢，能快些過去，快些忘掉。

突聽蕭十一郎道：「把你受傷的腳抬起來。」

這次沈璧君並沒有反抗，她好像已認命了。

這就是女人最大的長處——女人都有認命的時候。

有許多又聰明、又美麗的女人，嫁給一個又醜又笨的丈夫，還是照樣能活下去，就因為她們能夠「認命」。

有很多人都有種很「奇妙」的觀念，覺得男人若不認命，能反抗命運，就是英雄好漢。

但女人若不認命，若也想反抗，就是大逆不道。

沈璧君足踝上的傷口並不大，只有紅紅的一點，就好像剛被蚊子叮了一口時那種樣子。

但紅腫卻已蔓延到膝蓋以上。

想起了那可怕的「孩子」，沈璧君到現在手腳還難免要發冷，她足踝被那「孩子」踢中時，絕未想到後果竟如此嚴重。

蕭十一郎已將嘴裡咀嚼的藥草吐了出來，敷在她的傷口上，她心裡也不知是羞惱，還是感激。

她只覺這藥冰冰涼涼的，舒服極了。

蕭十一郎又在衣服上撕下塊布條，放到水裡煮了煮，再將水擰乾，用樹枝挑著送給沈璧

君，道：「你也許從來沒有包紮過傷口，幸好這還不是什麼困難的事，你總該做得到。」

這次他話未說完，頭已轉了過去。

沈璧君望著他的高大背影，她實在愈來愈不了解這奇怪的人了。

這人看來是那麼粗野，但做事卻又如此細心……這人說話雖然又尖銳、又刻薄，但她也知道他絕沒有傷害她的意思。

他明明是個好人。

奇怪的是，他為什麼偏偏要教人覺得他不是個好人呢？

蕭十一郎又哼起了那首歌，歌聲仍是那麼蒼涼、那麼寂寞，你若看到他那張充滿了熱與魔力的臉，就會覺得他實在是個很寂寞的人。

沈璧君暗中嘆了口氣，柔聲道：「謝謝你，我現在已覺得好多了。」

蕭十一郎道：「哦？」

沈璧君笑道：「想不到你的醫道也如此高明，我幸虧遇見了你。」

蕭十一郎道：「我根本不懂得什麼醫道，只不過懂得要怎麼才能活下去，是不是？」

沈璧君慢慢的點了點頭，嘆道：「我現在才知道，除非在萬不得已的時候，否則沒有人會想死的。」

蕭十一郎道：「非但人要活下去，野獸也要活下去，野獸雖不懂得什麼醫道，但牠們受了傷的時候，也會去找些藥草來治傷，再找個地方躲起來。」

沈璧君道：「真有這種事？」

蕭十一郎道：「我曾經看到過一匹狼，被山貓咬傷後，竟逃到一個沼澤中去，那時我還以為牠是在找自己的墳墓。」

沈璧君道：「牠難道不是？」

蕭十一郎笑了笑，道：「牠在那沼澤中躺了兩天，就又活了，原來牠早已知道有許多藥草腐爛在那沼澤裡，牠早已知道該如何照顧自己。」

沈璧君第一次看到了他的笑容，似乎只有在談到野獸時，他才會笑。他甚至根本不願意談起人。

蕭十一郎還在笑著，笑容卻已有些淒涼，慢慢地接著道：「其實人也和野獸一樣，若沒有別人照顧，就只好自己照顧自己了。」

人真的也和野獸一樣麼？

若是在一兩天之前，沈璧君聽到這種話，一定會認為說話的人是個瘋子；但現在，她卻已忽然能體會這句話中的淒涼辛酸之意。

她這一生中，時時刻刻都有人在陪伴著她，照顧著她，直到現在她才知道寂寞與孤獨竟是如此可怕。

沈璧君漸漸已覺得這人一點也不可怕了，非但不可怕，甚至還有些可憐，她忍不住想對這人知道得更多些。

人們對他們不了解的人，總是會生出一種特別強烈的好奇心，這分好奇心，往往又會引起

許多種別的感情。

沈璧君試探著問道：「這地方就是你的家？」

蕭十一郎道：「最近我常常住在這裡。」

沈璧君道：「以前呢？」

蕭十一郎道：「以前的事我已全都忘了，以後的事我從不去想它。」

沈璧君道：「你……你難道沒有家？」

蕭十一郎道：「一個人爲什麼要有家？流浪天下，四海爲家，豈非更愉快得多？」

當一個人說自己寧願沒有家時，往往就表示他想要一個家了，只不過「家」並不只是間屋子，並不是很容易就可建立的──要毀掉卻很容易。

沈璧君忍不住輕輕嘆了口氣，道：「每個人遲早都要有個家的，你若是有什麼困難，我也許可以幫助你……」

蕭十一郎冷冷道：「我也沒有什麼別的困難，只要你肯閉上嘴，就算是幫了我個大忙了。」

沈璧君又怔住了。

像蕭十一郎這樣不通情理的人，倒也的確少見得很。

就在這時，突聽一陣腳步聲響，兩個人匆匆走了進來。

這破廟裡居然還有人會來，更是令人想不到的事。

只見這兩人都是相貌堂堂，衣衫華麗，氣派都不小，佩刀的人年紀較長，佩劍的看來只有三十左右。

這種人會到這種地方來，就令人奇怪了。

更令人奇怪的是，這兩人見到沈璧君，面上都露出欣喜之色，其中一個年紀較大的立刻搶步向前，躬身道：「這位可就是連夫人麼？」

沈璧君怔了怔，道：「不敢，閣下是……」

那人面帶微笑，道：「在下彭鵬飛，與連公子本是故交，那日夫人與連公子大喜之日，在下還曾去叨擾過一杯喜酒。」

沈璧君道：「可是人稱『萬勝金刀』的彭大俠？」

彭鵬飛笑得更得意，道：「賤名何足掛齒，這『萬勝金刀』四字，更是萬萬不敢當的。」

另一人錦衣佩劍，長身玉立，看來像是風采翩翩的貴公子，武林中，這樣的人材，倒也不多。

此時此地，沈璧君能見到自己丈夫的朋友，自然是開心得很，面上已露出了微笑，道：「卻不知這位公子高姓大名？」

彭鵬飛搶著道：「這位就是『芙蓉劍客』柳三爺的長公子柳永南，江湖人稱『玉面劍客』，與連公子也曾有過數面之歡。」

沈璧君嫣然道：「原來是柳公子，多日未曾去問三爺的安，不知他老人家氣喘的舊疾已大好了麼？」

柳永南躬身道：「託夫人的福，近來已好得多了。」

沈璧君道：「兩位請恕我傷病在身，不能全禮。」

柳永南道：「不敢。」

彭鵬飛道：「此間非談話之處，在下等已在外面準備好一頂軟轎，就請夫人移駕回莊吧。」

兩人俱是言語斯文，彬彬有禮：沈璧君見到他們，好像忽然又回到自己的世界了，再也用不著受別人的欺負，受別人的氣。

她似乎已忘了蕭十一郎的存在。

彭鵬飛招了招手，門外立刻就有兩個很健壯的青衣婦人，抬著頂很乾淨的軟兜小轎走了進來。

沈璧君嫣然道：「兩位準備得真周到，真麻煩你們了。」

柳永南躬身道：「連公子終日為武林同道奔走，在下等為夫人略效微勞，也是應該的。」

彭鵬飛道：「如此就請夫人上轎。」

突聽蕭十一郎道：「等一等。」

彭鵬飛瞪了他一眼，冷冷道：「你是什麼人？也敢在這裡多嘴。」

蕭十一郎道：「我說我是『中州大俠』歐陽九，你信不信？」

彭鵬飛冷笑道：「憑你只怕還不配。」

蕭十一郎道：「你若不信我是歐陽九，我為何要相信你是彭鵬飛？」

柳永南淡淡道：「只要連夫人相信在下等也就是了，閣下信不信都無妨。」

蕭十一郎道：「哦？她真的相信了兩位麼？」

三個人的眼睛都望著沈璧君，沈璧君輕輕咳嗽兩聲，道：「各位對我都是一番好意，我……」

蕭十一郎打斷了她的話，冷笑道：「像連夫人這樣的端莊淑女，縱然已對你們起了懷疑之心，嘴裡也是萬萬不肯說出來的。」

柳永南笑了笑，道：「不錯，也只有閣下這樣的人，才會以小人之心，度君子之腹……」

說到這裡，只聽「嗆」的一聲，他腰畔長劍已出鞘，劍光一閃，凌空三曲，蕭十一郎手裡的一根樹枝已斷成四截。

蕭十一郎神色不動，淡淡道：「這倒果然是芙蓉劍法。」

彭鵬飛大聲道：「你既識貨，就該知道這一招『芙蓉三折』，普天之下除了柳三爺和柳公子外，再也沒有第三個人使得出來。」

沈璧君展顏一笑，道：「柳公子這一招『芙蓉三折』，只怕已青出於藍了。」

蕭十一郎道：「你也不問問他們怎會知道你在這裡的？」

沈璧君道：「他們無論怎麼會知道我在這裡的都沒關係，就憑彭大俠與柳公子的俠名，我就信得過他們。」

蕭十一郎默然良久，才緩緩道：「不錯，有名有姓的人說出來的話，自然比我這種人說出來的可靠得多，我實在是多管閒事。」

沈璧君也沉默了半晌，才柔聲道：「但我知道你對我也是一番好意……」

彭鵬飛冷笑道：「好意？只怕不見得。」

柳永南道：「他三番兩次的阻攔，想將夫人留在這裡，顯然是別有居心。」

彭鵬飛叱道：「不錯，先廢了他，再帶去嚴刑拷問，看看幕後是否還有主使的人！」

叱聲中，他的金刀也已出鞘。

蕭十一郎站在那裡，動也不動，就像是突然間變得麻木了。

柳永南反倒來做好人了，道：「且慢，這人說不定是連夫人的朋友，我們豈可難為他！」

彭鵬飛道：「夫人可認得他麼？」

沈璧君垂下了頭，道：「不……不認得。」

蕭十一郎突然仰面大笑起來，狂笑著道：「像連夫人這樣的名門貴婦，又怎會認得我這種不三不四的人，連夫人若有我這種朋友，豈非把自己的臉都要丟光了嗎？」

柳永南叱道：「正是如此。」

這四個字說完，長劍已化為一片光幕，捲向蕭十一郎，剎那之間，已攻出了四劍，劍如抽絲，連綿不絕。

當代「芙蓉劍」的名家雖然是男子，但「芙蓉劍法」卻是女子所創，是以這劍法輕靈有餘，剛勁不足，未免失之柔弱。

而且女子總是難免膽氣稍遜，不願和對手硬拚硬拆，攻敵之前，總要先將自己保護好再說。

是以這劍法攻勢只佔了三成，守勢卻有七成。

柳永南這四劍看來雖然絢麗奪目，其實卻全都是虛招，為的只不過是先探探對方的虛實而已。

蕭十一郎狂笑未絕，身形根本連動都沒有動。

彭鵬飛喝道：「連夫人既不認得他，你我手下何必再留情？」

他掌中一柄金背砍山刀，重達二十七斤，一刀攻出，刀風激盪，那兩個抬轎的青衣婦人早已嚇得躲入了角落中。

只見刀光與劍影交錯，金背刀的剛勁，恰巧彌補了芙蓉劍之不足，蕭十一郎似已連還手之力都沒有，也被迫入了角落中。

彭鵬飛得勢不讓人，攻勢更猛，沉聲道：「不必再留下此人的活口！」

柳永南道：「是。」

他劍法一變，攻勢俱出，招招都是殺手。

蕭十一郎目中突然露出殺機，冷笑道：「既是如此，我又何必再留下你們的活口？」

他身形一轉，兩隻肉掌硬生生逼入了刀光劍影中。

「芙蓉劍」劍法縝密，素稱「滴水不漏」，此刻也不知怎地，竟被對方的一隻肉掌搶攻了進來。

柳永南的出手竟在刹那間就已被封住，他大駭之下，腳下一個踉蹌，也不知踢到了什麼。

只聽「骨碌碌」一聲，一隻鐵碗被他踢得直滾了出去。

這隻碗正是昨夜那隻盛湯的碗。

看到了這隻碗，想到了昨夜碗中的溫情，沈璧君驟然覺得心弦一陣激動，再也顧不得別的，失聲大呼道：「他是我的朋友，你們放他走吧！」

蕭十一郎的鐵掌已將刀與劍的出路全都封死，他的下一招就是置人死命的殺手，柳永南與彭鵬飛的生死已只是呼吸間事。

可是，聽到了沈璧君這句話，蕭十一郎胸中也有一陣熱血上湧，殺機盡失，這一著殺手竟是再也無法攻出！

彭鵬飛與柳永南的聲名也是從刀鋒劍刃上搏來的，與人交手的經驗是何等豐富，此刻怎肯讓這機會平白錯過？

兩人不約而同搶攻一步，刀劍齊飛，竟想乘這機會將蕭十一郎置之於死地，「咻」的一聲，蕭十一郎肩頭已被劃破一條血口！

彭鵬飛大喜之下，刀鋒反轉，橫砍胸腹。

突聽蕭十一郎大喝一聲，彭鵬飛與柳永南只覺一股大力撞了過來，手腕一麻，手中的刀劍也不知怎地就突然到了對方手裡。

但聽「格」的一響，刀劍俱都斷成兩截，又接著是「轟」的一聲巨震，破廟的牆已被撞破一個大洞。

飛揚的灰土中，蕭十一郎的身形在洞外一閃，就瞧不見了。

彈不得。

彭鵬飛、柳永南，望著地上被折斷的刀劍，只覺掌心的冷汗一絲絲在往外冒，身子再也動

也不知過了多久，彭鵬飛才長長嘆了口氣，道：「好厲害！」

柳永南也長長嘆了口氣，道：「好厲害！」

彭鵬飛擦了擦汗，苦笑道：「如此高手，我怎會不認得？」

柳永南也擦了擦汗，道：「此人出手之快，實是我平生未見。」

彭鵬飛轉過頭，囁嚅著問道：「連夫人可知道他是誰麼？」

沈璧君望著牆上的破洞，也不知在想什麼，竟未聽到他的話。

柳永南咳嗽兩聲，道：「不知他是否真的是連夫人的朋友？」

沈璧君這才輕嘆一聲，道：「但願他真是我夫妻的朋友，無論誰能交到這樣的朋友，都是

幸事。」

她不說「我的朋友」，而說「我夫妻的朋友」，正是她說話的分寸，因為她知道以她的地

位，莫說做不得錯事，就連一句話也說錯不得。

柳永南道：「如此說來，夫人也不知道他的名姓？」

沈璧君道：「此人身世似有絕大的隱秘，是以不肯輕易將姓名示人。」

彭鵬飛沉吟著，突然道：「以我看，此人只怕是蕭十一郎！」

蕭十一郎！

柳永南蒼白的臉上更無一絲血色，失聲道：「蕭十一郎？怎見得他就是蕭十一郎？」

彭鵬飛嘆道：「蕭十一郎雖是個殺人不眨眼的惡徒，但武功之高，天下皆知，而且行蹤飄

忽，身世隱秘，很少有人看到過他的真面目。」

他眼角的肌肉不覺已在抽動著，嘎聲接道：「這幾點豈非都和方才那人一樣？」

柳永南連嘴唇都已失卻血色，只是不停的擦汗。

沈璧君卻搖了搖頭，緩緩道：「我知道他絕不是蕭十一郎。」

彭鵬飛道：「夫人何以見得？」

沈璧君道：「蕭十一郎橫行江湖，作惡多端，但我知道他……他絕不是個壞人。」

彭鵬飛道：「知人知面不知心，愈是大奸大惡之徒，別人愈是難以看出。」

沈璧君笑了笑，道：「蕭十一郎殺人不眨眼，他若是蕭十一郎，兩位豈非……」

她「話到嘴邊留半句」，說到這裡，就住了嘴。

但她言下之意，彭鵬飛與柳永南自然明白得很，兩人的臉都紅了，過了半晌，柳永南才勉

強笑了笑，道：「無論那人是否蕭十一郎，我們總該先將連夫人護送回莊才是。」

彭鵬飛道：「不錯，夫人請上轎。」

十二 要命的婚事

雖然是行走在崎嶇的山路上，但轎子仍然走得很快，抬轎的青衣婦人腳力並不在男子之下。

就快要回到家了。

只要一回到家，所有的災難和不幸就全都過去了，沈璧君本來應該很開心才對，但卻不知為了什麼，她此刻心裡竟有些悶悶的，彭鵬飛和柳永南跟在轎子旁，她也提不起精神來跟他們說話。

想起那眼睛大大的年輕人，她就會覺得有些慚愧：「我為什麼一直不肯承認他是我的朋友？難道我真的這麼高貴？他又有什麼地方不如人？我憑什麼要看不起他？」

她想起自己曾經說過，要想法子幫助他，但到了他最困難、最危險的時候，她卻退縮了。

有時他看來是那麼孤獨、那麼寂寞，也許就因為他受到的這種傷害太多了，使他覺得這世上沒有一個值得他信任的人。

「一個人為了保全自己的名譽和地位，就不惜犧牲別人和傷害別人，我豈非也正和大多數人一樣？」

沈璧君長長嘆了口氣，覺得自己並不如想像中那麼高貴。

她覺得自己實在對不起他。

山腳下，停著輛馬車。

趕車的頭戴竹笠，緊壓著眉際，彷彿不願被人看到他的面目。

沈璧君一行人，剛走下山腳，這趕車的就迎了上來，深深盯了沈璧君一眼，才躬身道：

「連夫人受驚了。」

這雖是句很普通的話，但卻不是一個車伕應該說出來的，而且沈璧君覺得他眼睛盯著自己時，眼神看來也有些不對。

她心裡雖有些奇怪，卻還是含笑道：「多謝你關心，這次要勞你的駕了。」

趕車的垂首道：「不敢。」

他轉過身之後，頭才抬起來，吩咐著抬轎的青衣婦人道：「快扶夫人上車，今天咱們還要趕好長的路呢。」

彭鵬飛沉吟著，道：「既然沒有備別的車馬，就請彭大俠和柳公子一齊上車吧。」

彭鵬飛瞟了柳永南一眼，吶吶道：「這……」

他還未說出第二個字，趕車的已搶著道：「有小人等護送夫人回莊已經足夠，用不著再勞動他們兩位了。」

彭鵬飛居然立刻應聲道：「是是是，在下也正想告辭。」

趕車的道：「這次勞動了兩位，我家公子日後一定不會忘了兩位的好處。」

一個趕車的，派頭居然好像比「萬勝金刀」還大。

沈璧君愈聽愈不對了，立刻問道：「你家公子是誰？」

趕車的似乎怔了怔，才慢慢的道：「我家公子……自然是連公子了。」

沈璧君皺眉道：「連公子？你是連家的人？」

趕車的沉默著，忽然回過頭，冷冷道：「有些話夫人還是不問的好，問多了反而自找煩惱。」

沈璧君道：「是。」

趕車的道：「你若是連家的人，我怎會沒有見過你？」

沈璧君雖然還是看不到他的面目，卻已看到他嘴角帶著的一絲獰笑，她心裡驟然升起一陣寒意，大聲道：「彭大俠，柳公子，這人究竟是誰？這究竟是怎麼回事？」

彭鵬飛乾咳兩聲，垂首道：「這……」

他沉下了臉，厲聲道：「你們還不快扶夫人上車，還在等什麼？」

青衣婦人立刻抓住了沈璧君的手臂，面上帶著假笑，道：「夫人還是請安心上車吧。」

這兩人不但腳力健，手力也大得很，沈璧君雙手俱被抓住，掙了一掙，竟未掙脫，怒道：「你們竟敢對我無禮？快放手，彭鵬飛，彭鵬飛，你既是連城璧的朋友，怎能眼看他們如此對待我！」

彭鵬飛低著頭，就像是已忽然變得又聾又啞。

沈璧君下半身已完全麻木，身子更虛弱不堪，空有一身武功，卻連半分也使不出來，竟被人拖拖拉拉的塞入了馬車。

趕車的冷笑著，道：「只要夫人見到我們公子，一切事情就都會明白的。」

沈璧君嘎聲道：「你家公子莫非就是那……那……」

想到那可怕的「孩子」，她全身都涼了，連聲音都在發抖。

趕車的不再理他，微一抱拳，道：「彭大俠、柳公子，兩位請便吧。」

他嘴裡說著話，人已轉身登車。

柳永南臉色一直有些發青，此刻突然一旋身，左手發出兩道烏光，擊向青衣婦人們的咽喉，右手抽出一柄匕首，閃電般刺向那車伕的後背。

他一連兩個動作，都是又快、又準、又狠。

那車伕絕未想到會有此一著，哪裡還閃避得開？柳永南的匕首已刺入了他的後心，直沒至柄。

青衣婦人們連一聲慘呼都未發出，人已倒了下去。

沈璧君又驚又喜，只見那車伕頭上的笠帽已經掉了下來，沈璧君還記得這張臉孔，正是那孩子的屬下之一。

現在這張臉已扭曲得完全變了形，雙睛怒凸，嘶聲道：「好，你……你好大的膽子……」

這句話說出，他身子向前一倒，倒在車軛上，後心鮮血急射而出，拉車的馬也被驚得長嘶一聲，人立而起，帶動馬車向前衝出，車輪自那車伕身上輾過，他一個人竟被輾成兩截。

柳永南已飛身而起，躲開了自車伕身上射出來的那股鮮血，落在馬背上，勒住了受驚狂奔的馬。

彭鵬飛似已被嚇呆了，此刻才回過神來，立刻跺腳道：「永南，你……你這禍可真的闖大了。」

柳永南道：「哦？」

彭鵬飛道：「我真不懂你這麼做是何居心？小公子的手段，你又不是不知道。」

柳永南道：「我知道。」

彭鵬飛道：「那麼你……你為什麼還要這樣做？」

柳永南慢慢的下了馬，眼睛望著沈璧君，緩緩道：「無論如何，我也不能將連夫人送到那班惡魔的手上。」

沈璧君的喘息直到此時才停下來，心裡真是說不出的感激，感激得幾乎連眼淚都快要流了下來，低低道：「多謝你，柳公子，我……我總算還沒有看錯你。」

彭鵬飛長長嘆息了一聲，道：「夫人的意思，自然是說看錯我了。」

沈璧君咬著牙，總算勉強忍住沒有說出惡毒的話。

彭鵬飛嘆道：「其實我又何嘗不想救你，但救了你又有什麼用呢？你我三人加起來也絕非小公子的敵手，遲早還是要落入他掌握中的！」

說到這裡，他忍不住機伶伶打了個寒噤，顯然對那小公子的手段之畏懼，已到了極點。

沈璧君道：「原來是他要你們來找我的。」

彭鵬飛恨恨道：「否則我們怎會知道夫人在那山神廟裡？」

沈璧君嘆了口氣，黯然道：「如此說來，他對你們的疑心並沒有錯，我反而錯怪他了。」

這次她說的「他」，自然是指蕭十一郎。

柳永南忽然冷笑了一聲，道：「那人也不是好東西，對夫人也絕不會存著什麼好心。」

彭鵬飛沉下了臉，道：「只有你存的是好心，是麼？」

柳永南道：「當然。」

彭鵬飛冷笑道：「只可惜你存的這番好心，我早已看透了！」

柳永南道：「哦？」

彭鵬飛厲聲道：「我雖然知道你素來好色如命，卻未想到你的色膽竟有這麼大，主意竟打到連夫人身上來了，但你也不想想，這樣的天鵝肉，就憑你也能吃得到嘴麼？」

沈璧君怒道：「這只是你以小人之心度君子之腹，柳公子絕不是這樣的人。」

彭鵬飛冷笑道：「你以為他是好人？告訴你，這些年來，每個月壞在他手上的黃花閨女，沒有十個，也有八個。只不過誰也不會想到無惡不作的採花盜，竟會是『芙蓉劍』柳三爺的大少爺而已。」

沈璧君呆住了。

彭鵬飛道：「就因為他有這些把柄被小公子捏在手上，所以才有乖乖的聽話……」

柳永南突然大喝一聲，狂吼道：「你呢？你又是什麼好東西，你若沒有把柄被小公子捏在手上，他也就不會找到你了！」

彭鵬飛也怒吼道：「我有什麼把柄？你說！」

柳永南道：「現在你固然是大財主了，但你的家財是哪裡來的？你以為我不知道？你明

裡雖是在開鏢局，其實卻比強盜還狠，誰託你保鏢，那真是倒了八輩子楣，卸任的張知府要你護送回鄉，你在半路上就把人家一家大小十八口殺得乾乾淨淨，你以為你做的這些事真沒人知道？」

彭鵬飛跳了起來，大吼道：「放你媽的屁，你這小畜牲……」

這兩人本來一個是相貌堂堂，威嚴沉著，一個是文質彬彬，溫柔有禮，此刻一下子就好像變成了兩條瘋狗。

看到這兩人你咬我，我咬你，沈璧君全身都涼了。

彭鵬飛道：「你這小雜種色膽包天，我可犯不上陪你送死！」

柳永南道：「你想怎樣？」

彭鵬飛道：「你若乖乖的隨我去見小公子，我也許還會替你說兩句好話，饒你不死！」

柳永南喝道：「你這是在做夢！」

他本想搶先出手，誰知彭鵬飛一拳已先打了過來。

彭鵬飛雖以金刀成名，一趟「大洪拳」竟也已練到八九成火候，此刻一拳擊出，但聞拳風虎虎，聲勢也頗為驚人。

柳永南身子一旋，滑開三步，掌緣反切彭鵬飛的肩胛。

他掌法也和劍法一樣，以輕靈流動見長，彭鵬飛的武功火候雖深些，但柔能剋剛，「芙蓉掌」正是「大洪拳」的剋星。

兩人這一交上手，倒也正是旗鼓相當，看樣子若沒有三五百招，是萬萬分不出勝負高下

的。

沈璧君咬著牙，慢慢的爬上車座，打開車廂前的小窗子，只見拉車的馬被拳風所驚，正輕嘶著在往道旁退。

車座上鋪著錦墩。

沈璧君拿起個錦墩，用盡全力從窗口拋出去，拋在馬屁股上。

健馬一聲驚嘶，再次狂奔而出！

一匹發了狂的馬，拉著無人駕馭的馬車狂奔，其危險的程度，和「盲人騎瞎馬，夜半臨深池」也已差不了許多。

沈璧君卻不在乎。

她寧可被撞死，也不願落在柳永南手上。

車子顛得很厲害，她麻木的腿開始感覺到一陣刺骨的疼痛。

她也不在乎。

她一直認為肉體上的痛苦比精神上的痛苦要容易忍受得多。

有人說：一個人在臨死之前，常常會想起許多奇奇怪怪的事，但人們卻永遠不知道自己在臨死前會想到些什麼。

沈璧君也永遠想不到自己在這種時候，第一個想起的不是她母親，也不是連城璧，而是那個眼睛大大的年輕人。

她若肯信任他，此刻又怎會在這馬車上？

然後，她才想起連城璧。

連城璧若沒有離開她，她又怎會有這些不幸的遭遇？她還是叫自己莫要怨他，但是她心裡卻不能不難受。

她不由自主要想：「我若嫁給一個平凡的男人，只要他是全心全意的對待我，將我放在其他任何事之上，那種日子是否會比現在過得快樂？」

於是她又不禁想起了眼睛大大的年輕人：「我若是嫁給了他，他會不會對我……」

她禁止自己再想下去。

她也不敢再想下去！

就在這時，她聽到天崩地裂般一聲大震。

車門也被撞開了，她的人從車座上彈了起來，恰巧從車門中彈了出去，落在外面的草地上。

這一下自然跌得很重，她四肢百骸都像是已被跌散了。

只見馬車正撞在一棵大樹上，車廂被撞得四分五裂，拉車的馬卻已奔出去很遠，車軛顯然已斷了，所以馬車才會撞到樹上去。

沈璧君若還在車廂中，至少也要被撞掉半條命。

她也不知道這是她的幸運，還是她的不幸，她甚至寧願被撞死。

因為這時她已經瞧見了柳永南。

柳永南就像是個呆子似的站在那裡，左面半邊臉已被打得又青又腫，全身不停的在發抖，像是害怕得要死。

應該害怕的本該是沈璧君，他怕什麼？

他的眼睛似乎也變得不靈了，過了很久，才看到沈璧君。

於是他就向沈璧君走了過來。

奇怪的是，他臉上連一點歡喜的樣子都沒有，而且走得也很慢，腳下就像是拖了根七八百斤重的鐵鍊子。

這人莫非忽然有了什麼毛病？

沈璧君掙扎著想爬起來，又跌倒，顫聲道：「站住！你若敢再往前走一步，我就死在這裡！」

柳永南居然很聽話，立刻就停住了腳。

沈璧君剛鬆了口氣，忽然聽到柳永南身後有個人笑道：「你放心，只管往前走就是，我敢擔保她絕不會死的，她若真的想死，也就不會活到現在了。」

這聲音又溫柔，又動聽。

但沈璧君一聽到這聲音，全身都涼了。

這聲音她並沒有聽到過多少次，但卻永遠也不會忘記！

難怪柳永南怕她怕得要死，原來「小公子」就跟在他身後，他身材雖不高大，但小公子卻實在太「小」，是以沈璧君一直沒有看到。

沈璧君的確不想死，她有很多理由不能死，可是現在她一聽到小公子的聲音，就只恨自己為什麼沒有早些死掉。

現在她想死也已來不及了。

人影一閃，小公子已到了她面前，笑嘻嘻的望著她，柔聲道：「好姑娘，你想死也死不了，還是好好的活著吧，你若覺得一個人太孤單，我就找個人來陪你。」

她身上披著件猩紅的斗篷，漆黑的頭髮上束著金冠，還有朵紅纓隨風搖動，襯著她那雪白粉嫩的一張臉，看來真是說不出的活潑可愛。

但沈璧君看到了她，卻像是看到毒蛇一樣，顫聲道：「我跟你有什麼冤仇？你為何連死都不讓我死！」

小公子笑道：「就因為我們一點冤仇都沒有，所以我才捨不得讓你死。」

她笑嘻嘻的向柳永南招了招手，道：「過來呀，站在那裡幹什麼？這麼大的人，難道還害臊麼？」

柳永南垂下了頭，一步一挨的走了過來。

小公子居然沒有殺他，但他卻寧願死了算了。

他實在猜不透小公子究竟在打什麼主意，他只知道小公子若是想折磨一個人，那人就不如還是趁早死了的好。

直等他走到沈璧君面前，小公子才搖著頭道：「看你多不小心，好好的一張臉竟被人打腫了。」

她掏出塊雪白的絲巾，輕輕的擦著柳永南臉上的瘀血，動作又溫柔，又體貼，就像是慈母在照顧著兒子似的。

柳永南似乎想笑一笑，但那表情卻比哭還難看。

擦完了臉，小公子又替他拍了拍衣服上的泥土，才笑道：「嗯，這樣才總算勉強可以見人了，但下次還是要小心些，寧可被人打屁股，也莫要被人打到臉，知道麼？」

柳永南只有點頭，看來就像是個被線牽著的木頭人似的。

小公子目光這才回到沈璧君身上，笑道：「這位柳家的大少爺，你認得嗎？」

沈璧君咬著牙，閉著眼睛，她也不知道小公子究竟在玩什麼花樣，只希望能找到個機會自殺。

小公子板起了臉，道：「張開眼睛來，聽我說話，我問一句，你就答一句，知道嗎？你若不聽話，我就只好剝光你的衣服……」

這句話還未說完，沈璧君的眼睛就張了開來。

小公子展顏笑道：「對了，這才是乖孩子。」

她拍了拍柳永南的肩頭，道：「這位柳家的大少爺，方才殺了四個人，連他的好朋友彭鵬飛都被他殺了，你知道他是為了什麼嗎？」

沈璧君搖了搖頭。

小公子瞪眼道：「搖頭不可以，要說話。」

沈璧君整個人都快爆炸了，但遇著小公子這種人，她又有什麼法子。她只有忍住眼淚，

道：「我……我不知道。」

小公子道：「不對不對，你明明知道的，他這樣做，全是為了你，是不是？」

沈璧君道：「是。」

她實在不願在這種人面前流淚，但眼淚還是忍不住流了下來。

小公子笑了笑，道：「他這樣對你，也可算是情深義重了，是不是？」

沈璧君道：「我……我……我不知道。」

小公子道：「你怎會不知道呢？我問你，連城璧會不會為了你將他的朋友殺死？」

沈璧君道：「不……不會。」

小公子道：「由此可見，他對你實在比連城璧還好，是不是？」

沈璧君再也忍不住了，嘶聲道：「你究竟是不是人？為什麼要如此折磨我？」

小公子嘆了口氣，喃喃道：「風已漸漸大了，若是脫光了衣服，一定會著涼的……」

沈璧君狠了狠心，暗中伸出舌頭，她聽說過一個人若是咬斷舌根，就必死無疑，她雖不願

死，現在卻已到了非死不可的時候。

可是她還沒有咬下去，小公子的手已捏住了她的下顎，另一隻手已開始在解她的衣帶，柔聲道：「一個人要活著固然很困難，但有時想死卻更不容易，是不是？」

沈璧君嘴被捏住，連話都已說不出來，只有點了點頭。

小公子道：「那麼，我問你的話，你現在願意回答了麼？」

沈璧君又點了點頭。

世上永遠沒有任何一個人能描敘出她此刻的心情，幾乎也從來沒有一個人忍受過她此刻的痛苦。

那簡直已不是「痛苦」兩個字所能形容。

小公子這才笑了笑，慢慢的放開了手，道：「我知道你是個很聰明的人，絕不會再做這種笨事的，是不是？」

沈璧君道：「是。」

小公子道：「人家若是對你很好，你是不是應該報答他？」

沈璧君道：「是。」

她整個人似已完全麻木。

小公子道：「那麼，你想你應該如何報答他呢？」

沈璧君目光茫然凝注著遠方，一字字道：「我一定會報答他的。」

小公子道：「女人想報答男人，通常只有一個法子，你也是女人，這法子你總該懂得。」

沈璧君目中一片空白，似已不再有思想，什麼都已看不到、聽不到，她的人似乎已只剩下一副軀殼。

小公子笑道：「我知道你一定懂的，很好……」

她又拍了拍柳永南的肩頭，道：「你既然對她這麼好，可願意娶她做老婆麼？」

柳永南一下子怔住了，也不知是驚是喜，吃吃道：「我……我……」

小公子笑道：「願意就願意，不願意就不願意，這有什麼好緊張的？」

柳永南擦了擦汗，道：「可是……沈姑娘……」

小公子道：「你怕她不願意？」

她笑了笑，搖著頭道：「你真是個呆子，她既已答應報答你了，又怎會不願意？何況，生米若是煮成熟飯，不願意也得願意了。」

柳永南的喉結上下滾動，臉已漲得通紅，一雙眼睛卻死盯在沈璧君臉上，似乎再也移不開。

小公子道：「常言道：打鐵趁熱。只要你點點頭，我就替你們作主，讓你們就在這裡成親。」

柳永南道：「這……這裡？」

小公子冷冷道：「這裡有什麼不好？這麼好的地方，不但可以做洞房，還可以做墳墓，就全看你的意思如何了。」

柳永南立刻不停的點起頭來，道：「我願意，只要公子作主，無論要我做什麼，我都願意。」

小公子笑道：「這就對了，我現在就去替你們準備洞房花燭，你要好好的看著新娘子，她只有一根舌頭，若被她自己咬斷了，等會兒你咬什麼？」

她指了指那已被拆得七零八落的馬車，又笑道：「那就是你們的洞房，你們進洞房的

她折了兩根樹枝插在地上，笑道：「這就是你們的龍鳳花燭。」

時候，我還可以在外面替你們把風，只望你們這對新人進了房，莫要把我這媒人拋過牆就好了。」

柳永南望了望那馬車，又瞧了瞧沈璧君，忽然跪了下來，道：「公子……我……我……」

小公子道：「你雖然對我不起，我反而替你作媒，找了這麼樣一個如花似玉的新娘子，你還有什麼不滿意的？」

柳永南道：「可是……以後……」

小公子笑道：「以後就是你們兩個人的事，難道還要我教你麼？」

柳永南道：「公子難道真的已饒了我？」

小公子道：「若不饒你，我何不一刀將你幸了，何必還要費這麼大的事？」

柳永南這才鬆了口氣，道：「多謝公子。」

小公子道：「只不過……有件事你卻得多加注意。」

柳永南道：「公子請吩咐。」

小公子悠然道：「你們兩位都是大大有名的人，這婚事不久想必就會傳遍江湖，若是被連城璧知道……他只怕就不會像我這麼樣好說話了。」

柳永南臉色立刻又變了，滿頭冷汗涔涔而落。

小公子道：「所以我勸你，成親之後，趕快找個地方躲起來，最好一輩子再也莫要見人，連城璧的朋友不少，耳目一向靈通得很。」

她笑了笑，又道：「還有，你還得小心你這位新娘子，千萬莫要讓她跑了，半夜睡著的時

候也得多加小心，否則她說不定會給你一刀。」

柳永南怔在那裡，再也說不出話來。

他這才明白小公子的心意，小公子折磨人的法子實在是絕透了，除了他之外，只怕誰也想不出這麼絕的主意。

柳永南想到以後這日子的難過，滿嘴都是苦水，卻吐不出來。

小公子背負著雙手，悠然道：「不過我還可以教你個法子。」

柳永南道：「公……公子請指教。」

小公子道：「你若對新娘子不放心，不妨先廢掉她的武功，再鎖上她的腿，若能不給她衣服穿，就更保險了。」

她笑嘻嘻接著道：「一個女人若是沒有衣服穿，哪裡也去不了的。」

柳永南只覺掌心發濕，全身發涼。

這小公子手段之狠，心腸之毒，實在是天下少見，名不虛傳，若有誰得罪了她，實是生不如死。

但她卻偏有法子能讓人來受活罪——沈璧君根本就無法死，柳永南卻是捨不得死。

她留著柳永南來折磨沈璧君，留著沈璧君卻是為了要柳永南再也過不了一天太平的日子。

小公子看到他們兩人的痛苦之態，忍不住大笑道：「春宵一刻值千金，兩位還是快入洞房吧。」

柳永南望著沈璧君那花一般的嬌豔，雖然明知這是個無底大洞，也只得硬著頭皮跳下去

了。

沈璧君眼睛還是空空洞洞的，凝注著遠方，柳永南的手已拉住她的手，準備抱起她，她竟似連一點感覺都沒有。

小公子抬頭仰望著已逐漸暗下來的天色，微笑著曼聲長吟道：「今宵良辰美景，花紅葉綠......」

柳成蔭，他日......」

她聲音突然停頓，笑容也凍結在臉上。

她已感覺出有個人已到了她身後。

這人就像是鬼魅般突然出現，直到了她身後，她才覺察。而誰都知道小公子絕不是個反應遲鈍的人。

她長長的吸了口氣，慢慢的吐了出來，輕輕問道：「蕭十一郎？」

只聽身後一人沉聲道：「好好的站著，不要動，也不要回頭。」

這正是蕭十一郎的聲音。

除了蕭十一郎外，還有誰的輕功如此可怕？

小公子眼珠子直轉，柔聲道：「你放心，我一向最聽話了，你叫我不動，我就不動。」

蕭十一郎叫道：「柳家的大少爺，你也過來吧！」

柳永南見到小公子竟對這人如此畏懼，本就覺得奇怪，再聽到「蕭十一郎」的名字，魂都嚇飛了。

色膽包天的人，對別的事膽子並不一定也同樣大的。

蕭十一郎道：「這位小公子，你認得嗎？」

柳永南道：「認……認得。」

蕭十一郎道：「其實你該叫她小姑娘才是。」

柳永南怔了怔，道：「小姑娘？」

蕭十一郎笑了笑，道：「你難道看不出她是個女的？」

柳永南眼睛又發直了。

蕭十一郎道：「你看她長得比那位連夫人怎樣？」

柳永南舔了舔嘴唇，道：「差……差不多。」

蕭十一郎又笑了，道：「好色的人，畢竟還是有眼光。」

他拍了拍小公子肩頭，道：「你看這位柳家的大少爺長得怎樣？」

小公子眼波流動，嫣然笑道：「年少英俊，又是名家之子，誰能嫁給他可真是福氣。」

蕭十一郎道：「你願意嫁給他嗎？」

小公子道：「我願意極了。」

蕭十一郎道：「既是如此，我就替你們作主，讓你們在這裡成親吧，反正洞房花燭，都是現成的。」

柳永南又怔住了。

他也不知自己是走了大運，還是倒了大楣，他好像一下子忽然變成了香寶貝，人人都搶著

要將如花似玉的美人兒嫁給他。

蕭十一郎道：「柳家的大少爺，你願意嗎？」

柳永南垂下頭，又忍不住偷偷瞟了小公子一眼，吃吃道：「我……我……」

蕭十一郎道：「你用不著害怕，這位新娘子雖兇些，但你只要先廢掉她的武功，再剝光她的衣服，她也兇不起來了。」

小公子搶著嬌笑道：「我若能嫁給柳公子，就算變成殘廢，心裡也是歡喜的。」

她忽然「嚶嚀」一聲，人已投入柳永南懷裡，用手勾住他的脖子，膩聲道：「好人，還不快抱我進洞房，我已等不及了。」

柳永南溫香滿懷，正覺得有點發暈。

突聽蕭十一郎輕叱道：「小心！」

叱聲中，柳永南只覺脖子被人用力一擰，不由自主跟著轉了個身，就變得背對著蕭十一郎，反而將小公子隔開了。

接著，他肚子上又被人重重打了一拳，整個人向蕭十一郎倒了過去。

小公子一拳擊出，人已凌空飛起，揮手發出了幾點寒星，向呆坐在那邊的沈璧君射了過去。

蕭十一郎這次雖然早已知道他又要玩花樣了，卻還是遲了一步。

他雖然及時震飛了擊向沈璧君的暗器，卻又追不上小公子了。

只聽小公子銀鈴般的笑聲遠遠傳來，道：「蕭十一郎，你用不著替我作媒，將來我想嫁人

的時候，一定要嫁給你，我早就看上你了。」

柳永南已倒了下去。

他的內腑已被小公子一拳震碎，顯然是活不成了。

沈璧君眼中還是一片空白，竟似已被駭得變成了個白癡。

蕭十一郎嘆了口氣，他實在不懂小公子這種人是怎麼生出來的，她心之黑、手之辣、應變之快，就連蕭十一郎也不能不佩服。

他方才一見她的面，就應該將她殺了的，奇怪的是，他雖然明知她毒如蛇蠍，卻又偏偏有些兒不忍心下得了辣手！

她看來是那麼美麗、那麼活潑、那麼天真，總教人無法相信她會是個殺人不眨眼的惡魔。

十三　秋燈

這屋裡只有一張床、一條凳、一張桌。

蕭十一郎在這屋子已耽了三天，幾乎沒有踏出門一步。

沈璧君也已暈迷了三天。

這三天中，她不斷掙扎、呼喊、哭泣……似乎正在和什麼無形的惡魔在搏鬥，有時全身冷得發抖，有時又燒得發燙。

現在她才總算漸漸安靜了下來。

蕭十一郎望著她，心裡真是說不出的同情，說不出的憐惜。

可是等她醒了的時候，他卻絕不會將這種情感流露出來。

她雖美麗，卻不驕傲，雖聰明，卻不狡黠，雖溫柔，卻又很堅強，無論受了多麼大的委屈，卻也絕不肯向人訴苦。

這正是蕭十一郎夢想中的女人。

他一生中都在等待著遇上這麼樣一個女人。

可是，等她醒了的時候，他還是會對她冷冰冰的不理不睬。

因為她已是別人的妻子。

就算她還不是別人的妻子，「金針沈家」的千金小姐，也絕不能和「大盜」蕭十一郎有任何牽連。

蕭十一郎很明白這道理，他一向很會控制自己的情感。

因為他必需如此。

「像我這樣的人，也許命中就注定了要孤獨一輩子吧！」

蕭十一郎輕輕的嘆息了一聲，點著了燈。

燈光溫柔地照上了沈璧君的臉，她的眼睛終於張了開來⋯⋯

沈璧君也看到了蕭十一郎。

這眼睛大大的年輕人就坐在她身旁，靜靜的望著她。

這難道又是個夢，這些天來，夢實在太多、也太可怕了。

她閉起眼睛，只希望現在這夢，莫要醒來，可是等她再張開眼睛的時候，那眼睛大大的年輕人還是靜靜的坐在那裡，望著她。

她嘴角終於露出了一絲微笑，目中充滿了無限感激，柔聲道：「這次又是你救了我。」

蕭十一郎道：「我自顧尚且不暇，哪裡還有救人的本事？」

沈璧君嘆了口氣，道：「你又何必再瞞我，我知道上次也是你從她手中將我救出來的。」

蕭十一郎道：「她？」

蕭十一郎道：「她是誰？」

沈璧君道：「你自然知道，就是那⋯⋯那可怕的小公子。」

蕭十一郎道：「大大小小的公子，我一個也不認得。」

沈璧君道：「但她卻一定認得你，而且還很怕你，所以她雖然知道我在那山神廟，自己也不敢去。」

蕭十一郎道：「她爲什麼要怕我？我這人難道很可怕嗎？」

沈璧君嘆道：「可怕的只是那些僞君子，我實在看錯人了，也錯怪了你。」

蕭十一郎冷冷道：「像你這種人，本就不該出來走江湖的。」

他站了起來，打開窗子，冷冷接著道：「你懂得的事太少，說的話卻太多。」

窗外靜得很。

周圍幾百里之內，只怕再也找不出生意比這裡更冷清的客棧了──嚴格說來，這地方根本還不夠資格稱爲「客棧」。

小院中連燈火都沒有。

幸好天上還有星，襯著窗外的夜色與星光，站在窗口的蕭十一郎就顯得更孤獨、更寂寞。

他嘴裡又在低低的哼著那首歌。

沈璧君望著他高大的背影，就好像一隻失了群的孤雁，在風雨中忽然看到一棵大樹似的，心裡覺得忽然安定了下來。

現在他無論說什麼話，她都不會生氣了。

過了很久，她才低低的問道：「你哼的是什麼歌？」

蕭十一郎沒有說話。

又過了很久，沈璧君忽然自己笑了，道：「你說奇不奇怪，有人居然認爲你是蕭十一

郎。」

蕭十一郎道：「哦？」

沈璧君道：「但我卻知道你絕不是蕭十一郎，因為你不像是個兇惡的人。」

蕭十一郎沒有回頭，淡淡道：「蕭十一郎是個很兇惡的人嗎？」

沈璧君道：「你難道從未聽說過他做的那些事？」

蕭十一郎沉默了半晌，道：「你對他做的事難道知道得很多？」

沈璧君恨恨道：「我只要知道一件就夠了，他做的事無論哪一件都該砍頭！」

蕭十一郎又沉默了很久，才緩緩道：「你也想砍他的頭？」

沈璧君道：「我若能遇見他，絕不會再讓他活下去害人！」

蕭十一郎冷笑了一聲，道：「你若遇見他，活不下去的只怕是你自己吧！」

沈璧君的臉紅了。

就在這時，突聽一陣腳步聲響，手提燈籠的店小二，領著青衣皂帽，家丁打扮的老人走了過來。

兩人走到小院中央就停住了腳，店小二往窗子這邊指了指，青衣老人打量著站在窗口的蕭十一郎，陪著笑道：「借問大哥，連家的少夫人可是住在這裡麼？」

一聽到這聲音，沈璧君的眼睛忽然亮了，高聲道：「是沈義嗎？我就在這裡，快進來。」

這青衣人正是沈家莊的老家丁沈義，他家世世代代在沈家為奴，沈璧君還未出生的時候，他就已經在沈家了。

他聽到沈璧君的聲音，再也不理會蕭十一郎，三腳兩步就奔了過來，推門而入，急忙拜倒在床前，黯然道：「老奴不知小姐在這裡受苦，迎接來遲，但望小姐恕罪。」

沈璧君又驚又喜，道：「你來了就好，太夫人呢？她老人家可知道？」

沈義道：「小姐遇難的消息，早已傳遍江湖，太夫人知道後，立刻令老奴等四處打聽，今日才偶然聽到這裡的店伙說，他們這裡有位女客人，病得很重，可是長得卻如同天仙一樣，老奴立刻就猜到他說的可能就是小姐了。」

他長長嘆了口氣，道：「好在蒼天有眼，總算讓老奴找到了小姐，太夫人若是知道，也必定歡喜得很……」

說著說著，他自己也似要歡喜得流下淚來。

沈璧君更是歡喜得連話都已說不出來。

沈璧君揉了揉眼睛，道：「小姐的傷勢不要緊吧？」

沈璧君點了點頭，道：「現在已好多了。」

沈義道：「既是如此，就請小姐快回去吧，也免得太夫人擔心。」

沈璧君眼睛望著那邊的蕭十一郎，遲疑著道：「現在……不會太晚了麼？」

沈璧君笑道：「秋天的日子短，其實此刻剛到戌時，何況老奴早已為小姐備好了車馬。」

沈璧君似乎這才發現屋子裡還有個人，陪著笑問道：「這位公子爺……」

沈璧君道：「這位就是我的救命恩人，你快去為我叩謝他的大恩。」

沈義立刻走過去，伏地拜倒，道：「多謝公子相救之德，沈家莊上上下下感同身受。」

蕭十一郎冷冷的望著他，道：「你是沈家莊的人？」

沈義笑道：「老奴侍候太夫人已有四十多年了，公子……」

他話還未說完，蕭十一郎突然一把將他從地上揪了起來，左右開弓，正正反反給了他十幾個耳光。

沈義滿嘴牙齒都被打落，連叫都叫不出。

沈壁君大驚道：「你這是幹什麼？他的確是我們家的人，你為何要如此對他？」

蕭十一郎也不理她，提著沈義就從窗口拋了出去，冷冷道：「回去告訴要你來的人，叫他要來就自己來，我等著他！」

沈義摀著嘴，含含糊糊的大叫道：「是太夫人要我來的，你憑什麼打人？」

蕭十一郎厲聲道：「你這種人殺了也不過分，何況打；你若還不快滾，我就真宰了你。」

沈義這才連滾帶爬的逃了出去，逃到院外又大罵起來。

沈壁君臉上陣青陣白，顯然也已氣極了，勉強忍耐道：「沈義在我們家工作了四十多年，始終忠心耿耿，你難道認為他也是別人派來害我的嗎？」

蕭十一郎沒有說話。

沈壁君道：「你救了我，我終生都感激，但你為什麼定要留我在這裡呢？」

蕭十一郎冷冷道：「我並沒有這個意思。」

他語聲雖冷淡，但目中卻已露出一種淒涼痛苦之色。

沈璧君道：「那麼，你這是什麼意思？」

她雖在極力控制著，不願失態，語氣還是難免變得尖刻起來。

蕭十一郎緊握起雙拳，道：「你難道認為我對你有惡意？」

沈璧君道：「你若對我沒有惡意，就請你現在送我回去。」

蕭十一郎沉默了很久，長長吐出口氣道：「現在還不行。」

他似乎還想說什麼，卻又忍住。

沈璧君咬著嘴唇，道：「你究竟要等到什麼時候才肯送我回去？」

蕭十一郎道：「也許再等三五天吧……」

他忽然推開門走了出去。

沈璧君大聲道：「等一等，話還沒有說完，你不能走。」

但蕭十一郎頭也不回，已走得很遠了。

沈璧君氣得手直抖。

她心裡本對蕭十一郎有些歉疚，自己覺得自己實在應該好好的補償他、報答他，絕不能再傷害他了。

但這人做的事卻太奇怪、太令人懷疑，最氣人的是，他心裡似乎隱藏著許多事，卻連一句也不肯說出來。

桌子上還有蕭十一郎喝剩下的大半壺酒。

沈璧君只覺滿心氣惱，無可宣洩，拿起酒壺，一口氣喝了下去。

沈璧君並不常喝酒。

像她這樣的淑女，就算喝酒，也是淺嚐即止，她生平喝的酒加起來只怕也沒有這一次喝的多。

此刻這大半壺酒喝下去，她只覺一股熱氣由喉頭湧下，肚子裡就好像有一團火在燃燒著。

但過不了多久，這團火忽然就由肚子裡移上頭頂。

沒有喝過酒的人，永遠不知道這種「移動」有多麼奇妙，她的頭腦，一下子就變得空空洞洞、暈暈迷迷的。

她的思想似乎忽然變得敏銳起來，其實卻什麼也沒有想。

她平時一直在儘量控制著自己，儘量約束著自己，不要失態，不要失禮，不要做錯事，不要說錯話，不要得罪人……

但現在所有的束縛像是一下子全都解開了。

平時她認為不重要的事，現在反而忽然變得非常重要起來。

她暈暈迷迷的躺了一會兒，就想起了蕭十一郎。

「這人做的事實在太奇怪，態度又曖昧，他為什麼要將沈義趕走？為什麼不肯送我回去？」

她愈想火氣愈大，簡直片刻也忍耐不得。

她愈想愈覺得自己非快些回去不可，愈快愈好。

「他不肯送我回去，我難道不能讓別人送我回去麼？」

她覺得自己這想法簡直正確極了，簡直連一時半刻都等不得，當下掙扎著從床上爬起來，用盡全身力氣，大呼道：「店家……店小二……快來，快來……」

她自己也想不到自己竟能發出這麼大的呼聲。

那店伙好像忽然間就在她面前出現了，正在問她：「姑娘有什麼吩咐？」

沈璧君道：「快去替我僱輛車，我要回去，快，快……」

店伙遲疑著，道：「現在只怕僱不到車子。」

沈璧君道：「你去替我想法子，隨你多少錢我都出。」

店伙還是在遲疑著，轉過身道：「客官，真的要僱車麼？」

沈璧君這才發覺蕭十一郎就在他身後，火氣一下子又衝了上來，大聲道：「我要回去是我的事，和他有什麼關係？你為何要問他？」

蕭十一郎搖了搖頭，道：「你喝醉了。」

沈璧君道：「誰說我喝醉了，我喝這麼點酒就會醉麼？」

她向那店伙揮了揮手，又道：「快去替我僱車，莫要理他，他自己才喝醉了。」

店伙望了望她，又望了望蕭十一郎。

蕭十一郎搖了搖頭。

沈璧君叫了起來，道：「你不肯送我回去，為什麼也不讓我自己回去？你是我的什麼人？憑什麼要管我的事？憑什麼要留住我？」

蕭十一郎嘆了口氣，道：「你真醉了，好好歇著吧，有什麼話明天再說好不好？」

沈璧君道：「不行，我現在就要走。」

蕭十一郎道：「你現在不能走。」

沈璧君大怒，道：「你憑什麼強迫我？你救過我，就想把我看成你的人了麼？你再也休想，我根本不要你救，你若不放我走，不如殺了我吧！」

她掙扎著，竟想向蕭十一郎撲過去。

只聽「噗通」一聲，她的人已從床上跌了下來。

蕭十一郎自然不得不去扶她，但他的手剛碰到她，沈璧君就又放聲大叫了起來，大叫道：

「救命呀，這人是強盜，快去叫官人來抓他……」

蕭十一郎臉都氣青了，正想放手，誰知沈璧君忽然重重一口咬在他手背上，血都被咬了出來。

沈璧君居然會咬人，這真是誰也想不到的事。

這一口雖然是咬在蕭十一郎手上，卻無異咬在他心上。

沈璧君喘息著道：「我本還以為你是個好人，原來你也和那些人一樣，救我也是有企圖的，原來你比他們還可惡！」

蕭十一郎慢慢的閉上眼睛，忽然轉身走了出去。

沈璧君只覺得自己這幾句話說得精采極了，居然能將這人罵走，平時她當然說不出這種話，但一喝了酒，「靈感」就來了，口才也來了。

她決定以後一定要常常喝酒。

她自然認為自己說的話一點也沒有錯，喝醉了的人總認為自己是天下最講理的人，無論做

什麼事都對極了，錯的一定是別人。

那店伙早已看得呆了，還站在那裡發愣。

沈璧君喘息了半晌，忽然對他笑了笑。

這一笑自然是表示她多麼清醒，多麼有理智。

店伙也莫名其妙的陪她笑了笑。

沈璧君道：「那人可真蠻不講理，是不是？」

店伙乾咳了兩聲，道：「是，是是是。」

沈璧君嘆了口氣，道：「我本不願和這種人爭吵的，但他實在太可惡了。」

店伙拚命點頭，道：「是是是。」

沈璧君慢慢的點了點頭，心裡覺得很安慰，因為別人還是站在她這邊的，這世上不講理的

人畢竟還不算太多。

店伙卻已在悄悄移動腳步，準備開溜了。

沈璧君忽然又道：「你知不知道大明湖旁邊有個沈家莊？」

店伙陪著笑道：「這周圍幾百里地的人，誰不知道沈家莊？」

沈璧君道：「你知道我是誰麼？」

店伙搖了搖頭，還是陪著笑道：「姑娘這還是第一次照顧小店的生意，下次再來小人就認

得了。」

喝醉了的人，是人人都害怕的；這店伙雖已早就想溜之大吉了，卻又不敢不敷衍著應付幾句。

沈璧君笑了，道：「告訴你，我就是沈家莊的沈姑娘，你若能在今天晚上送我回沈家莊，必定重重有賞。」

店伙忽然呆住了，不住偷偷的打量著沈璧君。

沈璧君道：「你不相信？」

店伙遲疑著，吶吶道：「姑娘若真是沈家莊的人，只怕是回不去的了。」

沈璧君道：「為什麼？」

店伙道：「沈家莊已被燒成了一片平地，莊子裡的人有的死，有的傷，有的走得不知去向，現在連一個留下來的都沒有了。」

沈璧君的心好像忽然要裂開來了，呆了半晌，大呼道：「我不信，你說的話我一個字也不相信。」

店伙陪笑道：「小人怎敢騙姑娘？」

沈璧君以手搥床，嘶聲道：「你和他串通好了來騙我的，你們都不是好人。」

店伙搖了搖頭，喃喃道：「姑娘若不相信，我也沒法子……」

沈璧君已伏在床上，痛哭了起來。

店伙想走，聽到她的哭聲，又不禁停下了腳。

女人的哭，本就能令男人心動，何況沈璧君又那麼美麗。

店伙忽然長長嘆了口氣，道：「好，姑娘若是定要到沈家莊去瞧瞧，小人就陪姑娘走一趟吧。」

蕭十一郎正獨自在喝著悶酒。

他也想喝醉算了，奇怪的是，他偏偏總是喝不醉。

這幾天來，他只覺得自己好像已變了一個人了。

變得很可笑。

他本來是個很豪爽、很風趣、很灑脫的人；但這幾天連他自己也覺得自己變得有些婆婆媽媽，彆彆扭扭。

「我為什麼不爽爽快快的告訴她，沈家莊已成一片瓦礫，我為什麼定要瞞住她，她受不受刺激，與我又有何關係？」

蕭十一郎冷笑著，又喝下一杯酒。

「我與她非親非故，為什麼要多管她的閒事，自討無趣？」

沈義一來，蕭十一郎就知道他一定也已被小公子收買了，沈家莊既已被焚，他怎麼還能接沈璧君「回去」呢？

蕭十一郎沒有解釋，是因為生怕沈璧君再也受不了這打擊！這幾天來，她所受的打擊的確已非人所能擔當得了的。

他怕沈璧君會發瘋。

「我如此對她，她至少也該稍微信任我些才是……她既然一點也不信任我，我又何必關心她？」

蕭十一郎覺得自己實在犯不著，他決心以後再也不管她的事，也免得被人冤枉，也免得嘔氣。

聽到外面的車馬聲，他知道店伙畢竟還是將沈璧君送走了。

他立刻又擔起心來……「小公子必定還在暗中窺伺，知道她一個人走，絕對放不過她的！」

蕭十一郎忍不住站了起來，卻又慢慢的坐了下去！

「我說過再也不管她的事，為何又替她擔心了？連她的丈夫都不關心她，我又何必多事？」

我算什麼東西？」

「只不過，她的確是醉了，說的話也許連她自己都不知道，醉人說的話，醒了時必定會後悔的，我也該原諒她才是。」

「我就算再救她一次，她也許還是認為我另有企圖，另有目的，等她知道我就是蕭十一郎時，我的好心更要全變為惡意了。」

「可是，救人救到底，我既已救了她兩次，為何不能再多救她一次？我怎能眼看著她落到小公子那種人的手上？」

蕭十一郎一杯杯的喝著悶酒，心裡充滿了矛盾。

他的心從來也沒有這麼亂過。

到最後，他才下了決心！

「無論她對我怎樣，我都不能不救她！」

他站起來，大步走了出去！

迎面一陣冷風吹過，他只覺得胸中一陣熱意上湧，忍不住引吭高歌起來，嘹亮的歌聲，震得四面的窗子都「格格」發響。

一扇扇窗子都打開了，露出了一張張既驚奇、又憤怒的臉，用惺忪的睡眼，瞪著蕭十一郎。

有的人甚至已在大罵！

「這人一定是個酒鬼，瘋子！」

蕭十一郎不但不在乎，反而覺得很可笑。

因為他知道自己既不是酒鬼，更不是瘋子。

「只要我胸中坦蕩，別人就算將我當瘋子又有何妨？只要我做得對，又何必去管別人心裡的想法？」

車馬走得很急。

破舊的馬車，走在崎嶇不平的石子路上，顛動得就像是艘暴風雨中的船。

沈璧君卻在車廂中睡著了。

她夢見那眼睛大大的年輕人正在對她哭，又對著她笑，笑得那麼可怕，她恨透了，恨不得一刀刺入他的胸膛。

等她一刀刺進去後，這人竟忽然變成了連城璧。

血，泉水般的血，不停的從連城璧身上流了出來，流得那麼多，將他自己的人都淹沒了，只露出一個頭，一雙眼睛。

這雙眼睛瞪著沈璧君，看來是那麼悲傷，那麼痛苦……

沈璧君也分不清這究竟是連城璧的眼睛，還是那年輕人的眼睛。

她怕極了，想叫又叫不出。

她的人似也漸漸要被血水淹沒。

血很冷，冷極了。

沈璧君全身都在發抖，不停的發抖……

她彷彿聽到有個人在說話，聲音本來很遙遠，然後漸漸近了，很近，就像是有個人在她耳旁大叫。

她忽然醒了過來。

馬車不知何時已停下。

車門已開了，風吹在她身上，冷得很，冷得正像是血。

她身子還在不停的發著抖。

那店伙正站在車門旁，帶著同情的神色望著她，大聲道：「姑娘醒醒，沈家莊已到了。」

沈璧君茫然望著他，彷彿還不能了解他這句話的意思，她只覺得自己的頭似乎灌滿了鉛，

沉重得連抬都抬不起來。

「沈家莊已到了……家已到了……」

她簡直不敢相信是真的。

那店伙囁嚅著，道：「這裡就是沈家莊，姑娘是不是要下車……」

沈璧君笑了，大聲道：「我當然要下車，既已到家了，為什麼不下車……」

一說起這「家」字，她簡直連片刻都等不及了，立刻掙扎著往車門外移動，幾乎重重一跤跌在地上。

那店伙趕緊扶住了她，嘆道：「其實……姑娘還是莫要下車的好。」

沈璧君笑道：「為什麼？難道想將我連車子一齊抬進去……」

她聲音突然凍結，笑聲也凍結。

她整個人忽然僵木。

十四 雷電雙神

淡淡的迷霧，籠罩著大明湖。

大明湖的秋色永遠是那麼美，無論是在白天，還是在晚上，尤其是有霧的時候，美得就像是孩子們夢中的圖畫。

沈璧君的妝樓就在湖畔，只要一推開窗子，滿湖秋色就已入懷，甚至當她還是個孩子的時候，她也懂得領略這總是帶著些蕭瑟淒涼的湖上秋色，這是她無論在什麼地方都忘不了的。

所以她出嫁之後，還是常常回到這裡來。

她每次回來，快到家的時候，都會忍不住從車窗中探出頭去，只要一望見那小小的妝樓，她心裡就會泛起一陣溫馨之感。

但現在，妝樓已沒有了。

妝樓旁那一片整齊的屋脊也沒有了。

什麼都沒有了！

古老的，巨大的，美麗的，彷彿永遠不會毀滅的沈家莊，現在竟已真的變成了一片瓦礫！

那兩片用橡木做成的，今年剛新漆的大門，已變成了兩塊焦木，似乎還在冒著一縷縷殘煙。

沈璧君覺得自己忽然變得就像這煙、這霧，輕飄飄的，全沒有依靠，彷彿隨時都可能在風中消失。

這是誰放的火？

莊子裡的人呢？難道已全遭了毒手？這是誰下的毒手？

沈璧君沒有哭號，甚至連眼淚都沒有。

她似已完全麻木。

然後，她眼前漸漸泛起了一張蒼老而慈祥的臉，那滿頭蒼蒼白髮，那帶著三分威嚴，和七分慈愛的笑容……

「難道連她老人家都已不在了麼？」

沈璧君忽然向前面衝了出去。

她已忘了她受傷的腳，忘了疼痛，也不知從哪裡來的力氣，那店伙想拉住她，卻沒有拉住。

她的人已衝過去，倒在瓦礫中。

直到她身子觸及這些冰冷的瓦礫，她才真的接受了這殘酷而可怕的事實。

那店伙走過去，站在她身旁，滿懷同情，卻又不知該如何安慰她，過了很久，才囁嚅著道：「事已如此，我看姑娘不如還是先回到小店去吧，無論怎麼樣，先和那位相公商量商量也好。」

她終於放聲痛哭了起來。

他嘆了口氣，接著又道：「其實，那位相公並不是個壞人，他不肯送姑娘回來，也許就是怕姑娘見到這情況傷心。」

這些話他不說還好，說了沈璧君哭得更傷心。

不想起那眼睛大大的年輕人，她已經夠痛苦了，一想起他，她恨不得將自己的心拋在地上，用力踩成粉碎。

「連這店伙都相信他，都能了解他的苦心，而我……我受了他那麼多好處，反而不信任他，反而要罵他。」

她只希望自己永遠沒有說過那些惡毒的話。

現在蕭十一郎若來了，她也許會倒在他懷中，向他懺悔，求他原諒。

但現在蕭十一郎當然不會來。

現在來的人不是蕭十一郎。

黑暗中，忽然有人咳嗽了幾聲。

那店伙只覺一陣寒意自背脊昇起，忍不住機伶伶打了個寒噤。

這幾聲咳嗽就在他背後發出來的，但他卻絕未聽到有人走過來的腳步聲，咳嗽的人，彷彿忽然間就從迷霧中出現了。

夜深霧重，怎會有人到這種地方來？

他忍不住想回頭去瞧瞧，卻又實在不敢，他生怕一回頭，瞧見的是個已被燒得焦頭爛額的火窟新鬼。

只聽沈璧君道：「兩位是什麼人？」

她哭聲不知何時已停止，而且已站了起來，一雙發亮的眼睛正瞬也不瞬的瞪著那店伙的背後。

他再也想不到這位嬌滴滴的美人兒竟有這麼大的膽子。此刻非但全無懼色，而且神色平靜，誰也看不出她方才痛哭過一場。

卻不知沈璧君本極自恃，從不願在旁人面前流淚，方才她痛哭失聲，一來固然是因為悲痛逾恆，再來也是因為根本未將這店伙當做個人——店伙、車伕、丫頭……雖也都是人，卻常常會被別人忽略他們的存在，所以他們往往會在無心中聽到許多別人聽不到的秘密。

聰明人要打聽秘密，首先就會找到他們。

在他們說來，「秘密」這兩個字的意思就是「外快」。

只聽那人又低低咳嗽了兩聲，才緩緩道：「瞧姑娘在此憑弔，莫非是和『金針沈家』有什麼關係？」

這人說話輕言細語，平心靜氣，顯見得是個涵養極好的人。

沈璧君遲疑著，終於點了點頭，道：「不錯，我姓沈。」

那人道：「姑娘和沈太君是怎麼樣個稱呼？」

沈璧君道：「她老人家是我……」

說到這裡，她忽然停住了嘴。

經過這幾天的事後，她多少已經懂得些江湖中人心之險惡，也學會了「逢人只說三分話，

話到嘴邊留幾句」。

這兩人來歷不明，行蹤詭異，她又重傷未癒，武功十成中剩下的還不到兩成，怎能不多加小心。

那人等了半晌，沒有聽到下文，才緩緩接著道：「姑娘莫非就是連夫人？」

沈璧君沉吟著，道：「我方才已請教過兩位的名姓，兩位爲何不肯說呢？」

她自覺這句話說得已十分機敏得體，卻不知這麼樣一問，就已無異承認了自己的身分。

那人笑了笑，道：「果然是連夫人，請恕在下等失禮。」

這句話未說完，那店伙已看到兩人從他身後走了出來。

這兩人一高一矮，一壯一瘦。

高的一人身體雄壯，面如鍋底，手裡倒提著柄比他身子還長三尺的大鐵槍，槍頭紅纓閃動，看來當真是威風凜凜。

矮的一個人瘦小枯乾，面色蠟黃，不病時也帶著三分病容，用的是一雙極少見的外門兵刃，連沈璧君都叫不出名字。

這兩人衣著本極講究，但此刻衣服已起了縐，而且沾著點點泥污水漬，像是已有好幾天未曾脫下來過了。

兩人一走出來，就向沈璧君躬身一揖，禮數甚是恭敬。

沈璧君也立刻斂衽還禮，但眼睛卻盯在他們身上，道：「兩位是……」

矮小的一人搶先道：「在下雷滿堂，是太湖來的。」

他未開口時，任何人都以為方才說話的人一定是他，誰知他一開口竟是聲如洪鐘，彷彿將別人全都當做聾子。

高大的一人接著道：「在下姓龍名光，草字一閃，夫人多指教。」

這人身材雖然魁偉，面貌雖然粗暴，說起話來反而溫文爾雅，完全和他們的人是兩回事。

那店伙看得眼睛發直，只覺「人不可貌相」這句話說得實在是對極了。

沈璧君展顏道：「原來是雷大俠和龍二俠……」

原來這雷滿堂和龍一閃情逾骨肉，一向焦不離孟，孟不離焦，江湖人稱他倆「雷電雙神」。

「太湖雷神」雷滿堂善使一雙「雷公鑿」，招式精奇，無論水裡陸上，都可運轉如意，而且天生神力驚人，可說有萬夫不擋之勇。

龍光號稱「一閃」，自然是輕功高絕。

兩人雄據太湖，俠名遠播，雷滿堂雖然性如烈火，但急公仗義，在江湖中更是一等一的好漢。

沈璧君雖未見過他們，卻也久已耳聞，如今聽到這兩人的名字，心神稍定，面上也不覺露出了笑容。

但這笑容一閃即隱，那彭鵬飛和柳永南豈不是也有俠義之名，但做的事卻連禽獸都不如。

想到這裡，她哪裡還笑得出來？

龍一閃躬身道：「在下等賤名何足掛齒，『俠』之一字，更是萬萬擔當不起。」

沈璧君勉強笑了笑，道：「兩位遠從太湖而來，卻不知有何要務？」

龍一閃嘆了一口氣，道：「在下等本是專程趕來給太夫人拜壽的，卻不料……竟來遲了一步。」

「來遲了一步」這五個字聽在沈璧君耳裡，當真宛如半空中打下個霹靂，震散了她的魂魄。

她本來想問問他們，沈太夫人是否也遇難？

可是她又怎敢問出口來？

雷滿堂道：「我倆是兩天前來的。」

這句話好像並沒有說完，他卻已停住了嘴，只因他自己也知道自己說話的聲音太大，不必要的話，他一向很少說。

沈璧君強忍住悲痛，問道：「兩天前……那時這裡莫非已……」

龍一閃黯然點頭道：「我兄弟來的時候，此間已起火，而且死傷滿地，只恨我兄弟來遲一步，縱然用盡全力，也未能將這場火撲滅。」

他垂首望著自己衣服上的水痕污跡，顯見得就是在救火時沾染的，而且已有兩日不眠不休，是以連衣服都未曾更換。

那「死傷滿地」四個字，實在令沈璧君聽得又是憤怒，又是心酸，但既然有「傷者」，就必定還有活口。

她心裡仍然存著萬一的希望，搶著問道：「卻不知受傷的是哪些人？」

龍一閃道：「當時『魯東四義』恰巧都在府上作客，大俠、三俠已不幸遇難，二俠和四俠也已身負重傷。」

「魯東四義」也姓沈，本是金針沈家的遠親，每年沈太君的壽辰，這兄弟四人必備重禮，準時而來，這一次不知為什麼也來遲了，竟趕上了這一場大難，武功最強的大俠沈天松竟遭了毒手。

這兄弟四人，沈璧君非但認得，而且很熟。

她咬了咬櫻唇，再追問道：「除了沈二俠和沈四俠外，還有誰負了傷？」

龍一閃緩緩搖了搖頭，嘆道：「除了他兩位外，就再也沒有別人了。」

他說的雖然好像是「再也沒有別人負傷」，其實意思卻顯然是說：「再也沒有別人活著。」

沈璧君再也忍不住了，嗄聲道：「我那祖……祖……」

話未說完，一跤跌在地上。

龍一閃道：「沈天菊與沈天竹就在那邊船上，夫人何妨也到那邊去歇著，再從長計議。」

沈璧君眼睛瞧著遠方，湖岸邊，果然可以隱約望見一艘船影。

沈璧君望著自己的腿，長長嘆息了一聲。

龍一閃道：「夫人自己是否還能行走？」

沈璧君緩緩點了點頭。

雷滿堂忽然道：「在下今年已近六十，夫人若不嫌冒昧，就由在下攙扶夫人前去如何？」

沈璧君忽然道：「且慢。」

她聲音雖弱，但卻自有一種威嚴。

雷滿堂不由自主停住了腳，瞪著眼睛，像是覺得很奇怪。

沈璧君咬著嘴唇，慢慢道：「沈二俠和沈四俠真的在那船上？」

雷滿堂蠟黃的臉，一下子漲得通紅，怒道：「夫人莫非信不過我兄弟？」

沈璧君吶吶道：「我……我只是……」

她自己的臉也有些紅了，對別人不信任，實在是件很無禮的事，若非連遭慘變，她是死也不肯做出這種事來的。

龍一閃淡淡的一笑，道：「夫人身遭慘變，小心謹慎些，也本是應該的，何況，夫人從來就不認得我兄弟。」

他這幾句話說得雖客氣，話中卻已有刺。

沈璧君紅著臉，嘆道：「我……我絕不是這意思，只是……不知道沈二俠和沈四俠的傷重不重？是否可以說話？」

雷滿堂沉著臉，道：「既然還未死，怎會不能開口說話？」

龍一閃嘆道：「沈四俠兩天來一直未曾合過眼，也一直未曾閉過嘴，他嘴裡一直翻來覆去的唸著一個人的名字。」

沈璧君忍不住問道：「誰的名字？」

龍一閃道：「自然是那兇手的名字。」

沈璧君全身都顫抖起來，一字字問道：

「兇……手……是……誰？」

兇手是誰？

這四個字說得雖然那麼輕，那麼慢，但語聲中卻充滿了怨毒之意，那店伙聽得不由自主機

伶伶打了個寒噤。

雷滿堂冷冷道：「夫人既不信任我兄弟，在下縱然說出那兇手是誰，夫人也未必相信，不

如還是自己去看看的好。」

龍一閃笑了笑，接著道：「此間四下無人，夫人到了船上，也許還可放心些。」

他的人看來雖粗魯，說話卻極厲害。

這句話的意思正是在說：「這裡四下無人，我們若對你有什麼惡意，在這裡也是一樣，根

本不必等到那船上去。」

沈璧君就算再不懂事，這句話她總懂的，莫說她現在已對這二人沒有懷疑之心，就算有，

也無法再拒絕這番好心。

她嘆了口氣，望著自己的腳，吶吶道：「可是……可是我又怎敢勞動兩位呢？」

雷滿堂「哼」了一聲，將雷公鑿往腰帶上一插，忽然轉身走到那馬車前，只見他雙手輕輕

一扳，已將整個車廂都拆開了。

拉車的馬驚嘶一聲，就要向前奔出。

雷滿堂一隻手抓起塊木板，一隻手挽住了車輪，那匹馬空自踢腿掙扎，卻再也奔不出半

步。

那店伙瞧得吐出了舌頭，哪裡還能縮得回去？他做夢也想不到這矮小枯瘦，其貌不揚的小矮子，竟有如此驚人的神力！

沈璧君也瞧得暗暗吃驚，只見雷滿堂已提著那塊木板走過來，往她面前一放，板著臉道：

「夫人就以這木板為轎，讓我兄弟抬去如何？」

這人如此神力，此刻只怕用一根手指就可將沈璧君打倒，但他卻還是忍住了氣，為沈璧君設想得如此周到。

沈璧君此刻非但再無絲毫懷疑之意，反而覺得方才實在對他們太無禮，心裡真是說不出的不好意思。

她覺得這世上好人畢竟還是很多的。

船並不大，本是遊湖用的。

船艙中的佈置自然也很乾淨，左右兩邊，都有張很舒服的軟榻，此刻軟榻上各躺著一個人。

左面的一人臉色灰白，正閉著眼不住呻吟，身上蓋著床絲被，沈璧君也看不出他傷在哪裡。

但這人正是「魯東四義」中的二義士沈天竹，卻是再無疑問的。

右面的一人，臉上更無絲毫血色，一雙眼睛空空洞洞的瞪著艙頂，嘴裡翻來覆去的說著七

個字：「蕭十一郎，你好狠……蕭十一郎，你好狠……」

語聲中充滿了怨毒，也充滿了驚懼之意。

沈璧君坐在那裡，一遍遍的聽著，那溫柔而美麗的面容，竟忽然變得說不出的令人可怕。

她咬著牙，一字字緩緩道：「蕭十一郎，我絕不會放過你的，我絕不會放過你的……」

這聲音和沈天菊的囈語，互相呼應，聽來更是令人毛骨悚然。

雷滿堂恨恨道：「蕭十一郎竟敢做出這種傷天害理的事，正是人人得而誅之，莫說夫人不會放過他，咱們也絕不容他逍遙法外！」

他說話的聲音響亮，但沈璧君卻似連一個字都未聽到。

她目光茫然直視著遠方，嘴裡不住在反反覆覆的說著那句話：「蕭十一郎，我絕不會放過你的！」

龍一閃忽然向雷滿堂打了個眼色，身形一閃，人已到了船艙外，此人身材雖高大，但輕功之高，的確不愧「一閃」兩字。

過了半晌，就聽到湖岸上傳來一聲慘呼。

慘呼聲竟似那店伙發出來的，呼聲尖銳而短促，顯然他剛叫出來，就已被人扼住了咽喉。

雷滿堂皺了皺眉，緩緩站了起來，推開船艙。

但見人影一閃，龍一閃已掠上船頭。

雷滿堂輕叱道：「跟著你來的是什麼人？」

龍一閃道：「哪有什麼人？你莫非眼花了嗎？」

他嘴裡雖這麼說，但還是忍不住回頭瞧了一眼。

他一回頭，就瞧見了一雙發亮的眼睛！

龍一閃輕功之高，已是江湖中一等一的身手，但這人跟在他身後，他竟連一點影子都不知道。

這雙眼睛就在他身後，距離他還不及三尺，正冷冷盯著他。

雷滿堂面上也變了顏色，一撮腰，已將一雙擊打人身穴道的精鋼雷公鑿抄在手裡，大聲喝道：「你是誰？幹什麼來的？」

這一聲大喝更是聲如霹靂，震得桌上茶盞裡的茶水都潑了出來。

沈璧君也不禁被這喝聲所動，緩緩轉過了目光。

只見龍一閃一步步退入了船艙，面上充滿了驚駭之意，右手雖已抄住了腰帶上軟劍的劍柄，卻始終未敢拔出來。

一個人就像是影子般貼住了他，他退一步，這人就跟著進一步，一雙利刃般銳利的眼睛，始終冷冷的盯著他的臉。

只見這人年紀並不大，卻已有了鬍子，腰帶上斜插柄短刀，手裡還捧著一個人的屍體。

雷滿堂怒道：「老二，你還不出手？」

龍一閃牙齒打戰，一柄劍竟還是不敢拔出來。

這人手裡捧著個死人，還能像影子般緊跟在他身後，令他全不覺察，輕功之高，實已到了

駭人聽聞的地步。

別人身在局外，也還罷了，只有龍一閃自己才能體會這人輕功的可怕，此刻掌心早已被冷汗濕透，哪裡還能拔得出劍來？

雷滿堂踩了踩腳，欺身而上。

突聽沈璧君大聲道：「且慢，這人是我的朋友……」

她本也想不到，跟著龍一閃進來的，竟是那眼睛大大的人，此刻驟然見到他，當真好像見到了親人一樣。

雷滿堂怔了怔，身形終於還是停住。

龍一閃又後退了幾步，「噗」地，坐到椅上。

蕭十一郎再也不瞧他一眼，緩緩走過來，將手裡捧著的屍身放下，一雙眼睛竟似再也捨不得離開沈璧君的臉。

沈璧君又驚又喜，忍不住站了起來，道：「你……你怎會來的？」

她身子剛站起，又要跌倒。

蕭十一郎扶住了她，淒然一笑，道：「我也不知道我怎會來的。」

這句話說得雖冷冷淡淡，但其中的真意，沈璧君自然知道。

「我雖然冤枉了他，雖然罵了他，但他對我還是放心不下……」

沈璧君不敢再想下去。

雖然不敢再想下去，心裡還是忍不住泛起了一陣溫馨之意，方才已變得那麼可怕的一張

臉，此刻又變得溫柔起來。

在柔和的燈光映照下，她臉上帶著薄薄的一層紅暈，看來更是說不出的動人，說不出的美麗。

雷滿堂和龍一閃面面相覷，似已都看得呆了。

這小子究竟是什麼人？

連夫人素來貞淑端莊，怎會對他如此親密？

沈璧君終於垂下了頭，過了半晌，她忽又發出一聲驚呼，道：「是他！……是誰殺了他？」

她這才發現蕭十一郎捧進來的屍體，竟是陪她來的店伙。

這人只不過是個善良而平凡的小人物，絕不會牽涉到江湖仇殺中，是誰殺了他？為什麼要殺他？

蕭十一郎沒有說話，只是緩緩轉過了目光。

沈璧君隨著他的目光瞧過去，就見到了龍一閃蒼白的臉。

沈璧君失聲道：「你殺了他？為什麼？」

龍一閃乾咳了兩聲，道：「這位兄台既是夫人的朋友，在下也不便說什麼了。只不過，殺他的人，絕不是我。」

沈璧君果然不由自主瞧了蕭十一郎一眼，道：「究竟是誰殺了他？」

他武功雖不見得高明，說話卻真厲害得很。

雷滿堂厲聲道：「我二弟既然說沒有殺他，就是沒有殺他，『雷電雙神』雖不是什麼了不得的人物，卻從來不說假話。」

龍一閃淡淡道：「我二弟既不是說謊的人，江湖中人人都知道，大哥又何必再說！」

雷滿堂道：「我二弟既未殺他，殺他的人是誰，夫人還不明白麼？」

沈璧君眼睛盯著蕭十一郎，道：「難道是你殺了他？為什麼？」

蕭十一郎臉色蒼白，緩緩道：「你認為我會殺他？你認為我會說謊？」

沈璧君道：「你……我……我不知道。」

蕭十一郎蒼白的臉上忽然露出一絲淒涼的微笑，道：「你當然不知道，你根本不認得我，為何要信任我？我只不過是個……」

突聽一人嘶聲叫道：「我認得你……我認得你……」

沈天菊忽然掙扎著坐了起來，眼睛裡充滿驚怖欲絕之色，就彷彿忽然見到了個吃人的魔鬼一樣。

雷滿堂動容道：「你認得他？他是誰？」

沈天菊顫抖著伸出手，指著蕭十一郎，道：「他就是兇手！他就是蕭十一郎！」

原來這眼睛大大的青年就是蕭十一郎，就是殺人的兇手！沈璧君彷彿被人抽了一鞭子，瞪著眼，道：「你……你真的是蕭十一郎？」

蕭十一郎長長嘆了口氣，道：「不錯，我就是蕭十一郎！」

沈璧君連指尖都已冰冷，顫聲道：「你……你……你就是殺人的兇手？」

蕭十一郎沉默了很久，緩緩道：「我當然也殺過人，可是我並沒有……」

他話未說完，沈天菊就叫了起來，嘶聲道：「我身上這一刀就是被他砍的，沈太夫人也死在他手上，他身上這把刀，就是殺人的兇器！」

沈璧君突然狂吼一聲，拔出了蕭十一郎腰帶上的刀，一刀刺了過去！

一刀刺向蕭十一郎的胸膛！

蕭十一郎也不知是不能閃避，還是不願閃避，竟只是動也不動的站在那裡，眼看著刀鋒刺入。

刀鋒冰冷。

他幾乎能感覺到冰冷的刀鋒刺入他的皮肉，擦過他的脅骨——

這一刀就像是刺進了他的心！

他還是動也不動的站在那裡，整個人似已全都麻木。

沈璧君也呆住了。

她也想不到自己這一刀，竟真的能刺傷蕭十一郎。

她看過蕭十一郎的武功，她知道只要他手指一彈，這柄刀就得脫手飛出，她知道自己縱然不受傷，也休想傷得了他一根毫髮！

但他為什麼不招架，為什麼不閃避？

蕭十一郎還是靜靜的站著，靜靜的望著她。

他目中並沒有憤怒之意，卻充滿了悲傷，充滿了痛苦。

沈璧君從未想到一個人竟會有如此悲痛的目光。

她一刀傷了「大盜」蕭十一郎，心裡本該快慰才是，但也不知為了什麼，她心裡竟也充滿了痛苦。

她竟不知道自己是否殺錯了人！

刀，還留在蕭十一郎胸膛上。

沈天菊狂笑著道：「好，蕭十一郎，想不到你也有今天……快，快，再給他一刀，我要看著他死在你手上。」

沈璧君的手在發抖。

沈天菊狂呼道：「他就是殺死太夫人的兇手，你還等什麼？」

沈璧君咬了咬牙，拔出了刀。

鮮血，箭一般射在她身上。

蕭十一郎全身的肌肉似已全都抽搐，但還是動也不動。

他目光中不僅充滿了悲痛，也充滿了絕望。

他為什麼不招架？為什麼不閃避？

他難道情願死在她手上？

沈璧君的手在顫抖，淚已流下，這第二刀竟是無論如何再也刺不出去！

雷滿堂大喝一聲道：「夫人不願出手，我來殺他也是一樣！」

喝聲中，他已衝了過來，雷公鑿直打蕭十一郎胸脅。

這一招之威，果然有雷霆之勢！

蕭十一郎眼睛還是凝注著沈璧君，根本連瞧都未瞧他一眼，反手一掌向他臉上摑了過去。

這一掌也看不出有何奇妙之處，但不知怎的，雷滿堂竟偏偏閃避不開，他的雷公鑿明明是先擊出的，但還未沾著方衣袂，自己臉上已著了一掌。

只聽「啪」的一聲，接著「砰」的一響。

雷滿堂的人竟被打得飛了起來，「砰」的撞破窗戶飛出，又過了半晌，才聽到「噗通」一聲，顯見已落入湖水中。

龍一閃臉色發青，竟嚇呆了。

沈天菊張開了嘴，卻再也喊不出來。

蕭十一郎的厲害，固然是人人都知道的，但誰也想不到他隨隨便便一巴掌，就能將名滿武林的「太湖雷神」打飛出去。

沈璧君的心更亂。

「他現在身受重傷，一掌之威猶令人連招架都無法招架，方才他好好的時候，為什麼躲不開我那一刀呢？」

「他若真是兇手，為什麼不殺了我？」

想到這裡，沈璧君全身都沁出了冷汗。

一直躺在床上暈迷不醒的沈天竹，此刻忽然魚一般從床上溜了下來，行動之輕捷，哪裡像是受過一點傷的樣子。

只見他目中兇光閃動，恨恨的瞪著蕭十一郎。

沈璧君一眼瞧見了他，駭極大呼道：「小心……」

她已發覺這件事不對了，卻還是遲了一步。

「小心」這兩字剛剛出口，沈天菊已自被中抽出了一把軟劍，身子凌空躍出，一劍向蕭十一郎頭頂劈下。

龍一閃左手抄起了倚在角落裡的長槍，右手拔出了腰上的軟劍，槍中夾劍，正是龍一閃獨門傳授的成名絕技。

他手裡兩種兵器一長一短，一剛一柔，本來簡直無法配合，只見他左手槍尖一抖，紅纓閃動，直到蕭十一郎脅下，右手軟劍直舞，護住了自己胸腹，原來他兩種兵刃一攻一守，先立於不敗之地。

一個人用的兵器，往往和他的性格有關，龍一閃人雖高大魁偉，膽子卻最小，又最怕死。

他所以苦練輕功，就為的是要跑得快些，用的兵器招式也以保護自己為先，左手槍長一丈四尺，一槍刺出，他的人還遠在一丈開外，就先以右手將自己防護得風雨不透，連一點險都不冒。

那邊沈天竹滑到地上，就勢一滾，揚手發出了七八點寒星，帶著尖銳的風聲直打蕭十一郎後背。

蕭十一郎前胸血流如注，沈璧君手裡的刀尖距離他不及半尺，左面有龍一閃的長槍，右面有沈天菊的銅刀，後面又有沈天竹的暗器。

一霎眼間，他前後左右的退路都已被封死，但他還是動也不動的站在那裡，癡癡的望著沈璧君。

沈璧君忽然反手一刀，向沈天菊的刀上迎了過去。

她自己也不知道自己為何要替「大盜」蕭十一郎擋這一刀。

但她身子畢竟太虛弱，一刀揮出，人已跌倒。

就在這剎那間，蕭十一郎絕望的眼睛忽然露出一線光亮——

沈璧君的人剛跌在地上，就聽到「格嚓」一聲，「噗」的一聲，三聲凄厲的慘呼，沈天竹、沈天菊、龍一閃三個都已非死即傷！

原來就在這剎那間，蕭十一郎右手突然閃電般伸出，抓住了沈天菊的手腕，「格嚓」一聲，他手腕已被生生折斷。

龍一閃長槍眼見已刺入蕭十一郎脅下，槍尖突然被抓住，他只覺一股不可抗拒的力量湧來，身子不由自主向前衝出。

蕭十一郎反手一帶長槍，已將龍一閃帶到背後，竟將龍一閃當做了活盾牌，沈天竹發出的七點寒星，全都打在他背上。

沈天竹大駭之下，無暇再變招，只聽「噗」的一聲，蕭十一郎一抬手，就已將龍一閃的長

槍刺入了他的下腹。

三聲慘呼過後，龍一閃和沈天竹都已沒命了，只有沈天菊左手捧著右腕，倒在地上呻吟。

蕭十一郎甚至連腳步都未移動過。

但他畢竟也是個人，沈璧君那一刀雖無力，雖未刺中他的要害，但刀鋒入肉，已達半尺。

沒有人的血肉之軀能挨這樣一刀。

方才他憑著胸中一口冤氣，還能支持不倒，此刻眼見對頭都已倒下，他哪裡還能支持得住？

他似乎想伸手去扶沈璧君，但自己的人已先倒在桌上。

就在這時，只聽一人大笑道：「好功夫，果然好功夫，若能再接我一鑿，我也服了你！」

這竟似雷滿堂的聲音。

笑聲中，只聽「呼」的一聲，雷滿堂果然又從窗外飛了進來，全身濕淋淋的，手裡兩隻雷公鑿沒頭沒腦的向蕭十一郎擊下！

沈璧君驚呼一聲，將掌中刀向蕭十一郎拋了過去。

蕭十一郎接過了刀，用盡全身力氣，反手一刀刺出。

雷滿堂竟似在情急拚命，居然不避不閃，「哧」的一聲，那柄刀已刺入了他前胸，直沒至柄。

誰知他竟連一點反應都沒有，甚至連慘呼聲都未發出，還是張牙舞爪的撲向蕭十一郎。

這人難道是殺不死的麼？

蕭十一郎大駭之下，肩頭一處大穴已被雷公鑿掃過，他只覺身子一麻，已自桌上滑到地下。

就算他是鐵打的金剛，也站不起來了。

只見雷滿堂站在他面前，竟然格格笑道：「你要我的命，我也要你的命，我去見閻王，好歹也得要你陪著。」

他飄飄盪盪的站在那裡，似乎連腳尖都未沾地，全身濕透，一柄刀正插在他心口，一張臉都已扭曲。

船艙中的燈已被打翻了三盞，只剩下角落裡一盞孤燈，燈光閃爍，照著他猙獰扭曲的臉。

這哪裡是個人，正像是個陰魂不散的厲鬼。

蕭十一郎縱然還能沉得住氣，沈璧君卻簡直已快嚇瘋了。

雷滿堂陰森森道：「蕭十一郎，你為何還不死，我正在等著你……你快死呀！」

他的臉已僵硬，眼珠子死魚般凸出，嘴唇也未動，語聲也不知從哪裡發出的。

蕭十一郎忽然笑了笑，道：「你用不著等我，我死不了的。」

雷滿堂忽然銀鈴般嬌笑了起來。

笑聲清脆而嬌媚。

厲鬼般的雷滿堂，竟忽然發出了這樣的笑聲，更令人聽得毛骨悚然。

蕭十一郎只是長長嘆了口氣，苦笑道：「又是你，果然又是你！」

這句話未說完，雷滿堂忽然仆地倒下。

他身子一倒下，沈璧君才發現他身後還有個人。

銀鈴般的嬌笑，正是這人發出來的。

只見她錦衣金冠，一張又白又嫩的臉，似乎能吹彈得破，臉上帶著說不出有多麼動人的甜笑，她不是小公子是誰！

見到了這人，沈璧君真比看到鬼還害怕。

原來雷滿堂早已奄奄一息，被小公子拎著飛了進來，正像是個被人提著繩子操縱的傀儡。

只聽小公子銀鈴般嬌笑道：「不錯，又是我，我陰魂不散，纏定你了。」

她盈盈走過來，輕輕摸了摸蕭十一郎的臉，嬌笑著道：「我一天不見你，就想得要命，叫我不見你，那怎麼行？叫我躲開你，除非殺了我……唉，殺了我也不行，我死也纏定了你這個人。」

她聲音又清脆，又嬌媚，說起話來簡直比唱的還好聽。

沈璧君失聲道：「你……難道你也是個女人？」

小公子笑道：「你現在才知道麼？我若是男人，又怎捨得對你那麼狠心？只有女人才會對女人狠得下心來，這道理你都不明白？」

沈璧君怔住了。

小公子嘆了口氣，搖著頭道：「這沈姑娘雖長得不錯，其實卻半點也不解風情，有哪點能比得上我，蕭郎呀蕭郎，你為什麼偏偏要喜歡她，不喜歡我呢？」

蕭十一郎笑了笑，道：「我……」

他一個字還未說出，只覺胸脅間一陣劇痛，滿頭冷汗涔涔而落，第二個字竟再也無法說出口來。

小公子道：「哎呀，原來你受了傷，是誰刺傷了你，是這麼狠心？」

沈璧君心裡也不知從哪裡來的一股怒氣，忍不住大聲道：「是我刺傷了他，你殺了我吧。」

小公子眨著眼道：「是你，不會吧？他對你這麼好，你卻要殺他？……我看你並不像這麼沒良心的女人呀。」

沈璧君咬著牙：「若是再有機會，我還是要殺他的。」

小公子道：「為什麼？」

沈璧君眼睛已紅了，顫聲道：「我和他仇深似海，我……」

小公子道：「他和你有仇？誰說的？」

沈璧君道：「魯東四義、雷電雙神，他們都是人證。」

小公子又嘆了口氣，道：「他救了你好幾次命，你卻不信任他，反而要去相信那些人的話。」

沈璧君道：「可是……可是他自己也親口告訴過我，他就是蕭十一郎。」

小公子嘆道：「不錯，他的確是蕭十一郎，但放火燒了你家屋子，殺了你祖母的人，卻不是蕭十一郎呀。」

沈璧君又怔住了，顫聲道：「不是他是誰？」

小公子笑了笑，道：「當然是我，除了我還有誰做得出那些事？」

沈璧君全身都顫抖了起來。

小公子道：「魯東四義、雷電雙神，都是被我收買了，故意來騙你的。我以為他們一定騙不過你，因為蕭十一郎對你那麼好，你怎會相信他們這些混帳王八蛋的話？誰知你看來雖還不太笨，其實卻偏偏是個不知死活的呆子！」

這些話每個字都像是一根針，一針針刺入了沈璧君的心。

她本來雖已覺得這些事有些不對了，卻還是不肯承認自己殺錯了人，她實在沒有這種勇氣。

但現在，這話親口從小公子嘴裡說出來，那是絕不會假了，她就算不敢承認，也不能不承認。

「原來我又冤枉了他？」

「原來我又冤枉了他……原來我又冤枉了他……我明明已發誓要相信他的，到頭來為什麼又冤枉了他？」

想到蕭十一郎眼中方才流露出的那種痛苦與絕望之色，想到他對她的種種恩情，種種好處……

沈璧君只恨不得半空中忽然打下個霹靂，將她打成粉碎。

小公子道：「你現在又想死了，是不是？但你就算死了，又怎能補償他對你的好處？若不是他，你早已不知死過多少次了。」

沈璧君早已忍不住淚流滿面，嗄聲道：「你既然要殺我，現在為什麼不動手？」

小公子道：「我本來的確是想殺你的，現在卻改變了主意。」

沈璧君道：「為……為什麼？」

小公子道：「因為我還要你多看看他，多想想你自己做的事……」

蕭十一郎忽然道：「但我卻不想再看她了，這種不知好歹的人，我看著就生氣，你若真的喜歡我，就趕快將她趕走，趕得愈遠愈好。」

他勉強說完了這幾句話，已疼得汗如雨下。

沈璧君聽了更是心如刀割。她當然很明白蕭十一郎的意思是想叫小公子趕快放自己離開：

「我雖然這樣對他，他還是要想盡法子來救我，我雖然害了他，冤枉了他，甚至幾乎將他殺死，他卻一點也不怨我。」

她實在想不到，「大盜」蕭十一郎竟是這麼樣的一個人。

小公子當然也不會不明白蕭十一郎的意思，柔聲道：「為了你，我本來也想放她走的，只可惜我沒這麼大的膽子。」

蕭十一郎道：「為什麼？」

小公子道：「你知道，她是我師父想要的人，我就算不能將她活生生的帶回去，至少也得將她的屍體帶回去才能交差。」

蕭十一郎道：「你難道還想回去？」

小公子道：「我本來也想跟你一齊逃走的，逃得遠遠的，找個地方躲起來，恩恩愛愛的過

一輩子，可是……」

她嘆了口氣，接著道：「我實在不敢不回去，你也不知道我那師父有多厲害，我就算躲到天涯海角，他也一定會找著我的。」

蕭十一郎勉強支持道：「你師父是誰？他真有這麼大的本事？」

小公子嘆道：「他本事之大，說出來你也不會相信。」

蕭十一郎笑道：「我本事也不小呀。」

小公子道：「以你的武功，也許能擋得住他二三十招，但他在四十招之內，一定可以要你的命！」

蕭十一郎苦笑道：「你未免也將我看得太不中用了吧！」

小公子道：「普天之下，沒有哪一個人能擋得住他二十招的，你若真能在二十招內不落敗，已經算很不錯的了。」

蕭十一郎道：「我不信。」

小公子笑道：「不管你信不信，我也不會告訴你他的名字，你愈想知道，我愈不告訴你……我愈不告訴你，你就愈想知道，就只好每天纏著我打聽，你愈纏得我緊，我愈高興。」

蕭十一郎沉默了半晌，閉上眼睛，不說話了。

他每說一句話，胸脅間的創口就疼得似將裂開，但他卻一直勉強忍耐著，為的就是想打聽她師父的名字。

這小公子機智百出，毒如蛇蠍，趙無極、飛鷹子、魯東四義、雷電雙神，這些人無一不

是武林一等一的高手，但對她卻唯命是從，服服貼貼，算得是蕭十一郎平生所見最厲害的人物了。

徒弟已如此，師父更可想而知。

蕭十一郎表面雖很平靜，心裡卻是說不出有多麼著急。

在他眼中，世上本沒有「難」字，但現在，他卻實在想不出有任何法子能將沈璧君救出去。

十五　蕭十一郎的家

將近黃昏。

西方只淡淡的染著一抹紅霞，陽光還是黃金色的。

金黃色的陽光，照在山谷裡的菊花上。

千千萬萬朵菊花，有黃的，有白的，有淺色的，甚至還有黑色的墨菊，在這秋日的夕陽下，世上還有什麼花能開得比菊花更艷麗？

秋天本來就是屬於菊花的。

沈璧君這一生中從來也沒有瞧見過這麼多菊花，這麼美麗的菊花，到了這裡，她才知道以前見過的菊花，簡直就不能算是菊花。

四面的山峰擋住了北方的寒氣，雖然已近深秋，但山谷中的風吹在人身上，仍然是那麼溫柔。

天地間充滿了醉人的香氣。

綠草如茵的山坡上，鋪著條出自波斯名手的氈子，氈子上擺滿了各式各樣的鮮果，還有一大盤已蒸得比胭脂還紅的螃蟹。

沈璧君身上穿著比風還柔軟的絲袍。倚在三四個織錦墊子上，面對著漫天夕陽，無邊美

景，嘴裡啜著杯已被泉水凍得涼沁心肺的甜酒，全身都被風吹得懶洋洋的，但是她的心，卻亂得可怕。

她愈來愈不懂得小公子這個人了。

這些日子，小公子給她吃的是山珍海味，給她喝的是葡萄美酒，給她穿的是最華麗、最舒服的衣裳，用最平穩的車，最快的馬，載她到景色最美麗的地方，讓她享受盡人世間最奢侈的生活。

但是她的心裡，卻只有恐懼，她簡直無法猜透這人對她是何居心，她愈來愈覺得這人可怕。

尤其令她擔心的，是蕭十一郎。

她每次見到他的時候，他看來都彷彿很快樂，但她卻看得出他那雙發亮的眼睛已漸漸黯淡，那種野獸般的活力也在慢慢消失。

他究竟在受著怎麼樣的折磨？

他的傷勢是否已痊癒？

沈璧君有時也在埋怨自己，為什麼現在想到蕭十一郎的時候愈來愈多，想到連城璧的時候反而少了？

她只有替自己解釋！

「這只不過是因為我對他有內疚，我害了他，他對我的好處，我這一生中只怕永遠也無法報答。」

蕭十一郎終於出現了。

他從山坡下的菊花叢中，慢慢的走了出來，漆黑的頭髮披散著，只束著根布帶，身上披著件寬大的、猩紅色的長袍，當胸繡著條栩栩如生的墨龍，衣袂被風吹動，這條龍就彷彿在張牙舞爪，要破雲飛出。

他兩頰雖已消瘦，鬍子也更長了，但遠遠望去，他看來仍是那麼魁偉，那麼高貴，就像是位上古時君臨天下的帝王。

小公子倚在他身旁，扶著他，顯得更嬌小，更美麗。

有時甚至連沈璧君都會覺得，她的女性嬌柔，和蕭十一郎的男性粗獷，正是天生的一對。

「可惜她只不過是看來像個女人而已，其實卻是條毒蛇，是條野狼，無論誰遇見她，都要被她連皮帶骨一齊吞下去！」

沈璧君咬著牙，心裡充滿了怨恨。

但等她看到蕭十一郎正在對她微笑時，她的怨恨竟忽然消失了，這是為了什麼？她自己也不知道。

小公子也笑了，嬌笑著道：「你瞧你，我叫你快點換衣服，你偏不肯，偏要纏著我，害得人家在這裡等我們，多不好意思。」

這些話就像是一根根針，在刺著沈璧君。

蕭十一郎真的在纏她？

他難道真的已被她迷住了，已拜倒在她裙下？

「但這也許只不過是她在故意氣我的，我為什麼要上她的當？何況，他又不是我的什麼人，我根本就沒有理由生氣的。」

沈璧君垂下頭，盡力使自己看來平靜些。

他們已在她對面坐下。

小公子又在嬌笑著道：「你看這裡的菊花美不美？有人說，花是屬於女人的，因為花有女性的嫵媚，但菊花卻不同。」

她用一根銀鎚，敲開了一隻蟹殼，用銀勺挑出了蟹肉，溫柔的送入蕭十一郎嘴裡，才接著道：「只有菊花是男性化的，它的清高如同詩人隱士，它不在春天和百花爭艷，表示它的不同流俗，它不畏秋風，正象徵著它的倔強……」

她又倒了杯酒，餵蕭十一郎喝了，柔聲道：「我帶你到這裡來，就因為知道你一定是喜歡菊花的，因為你的脾氣也正如菊花一樣。」

蕭十一郎淡淡道：「我唯一喜歡菊花的地方，就是將它一瓣瓣剝下來，和生魚片、生雞片一齊放在水裡煮，然後再配著竹葉青吃下去。」

他笑了笑，接著道：「別人賞花用眼睛，但我卻寧可用嘴。」

小公子笑道：「你這人真殺風景。」

她吃吃的笑著，倒在蕭十一郎懷裡，又道：「但我喜歡你的地方，也就在這裡，你無論做什麼都和別人完全不同的，世上也許會有第二個李白，第二個項羽，但絕不會有第二個蕭十一

郎，像你這樣的男人，若還有女孩子不喜歡你，那女孩子一定是個白癡。」

她忽然轉過臉，笑瞇瞇的瞧著沈璧君，道：「連夫人，你說我的話對不對？」

沈璧君冷冷道：「我已經不是女孩子了，對男人更沒有研究，我不知道。」

小公子非但一點也不生氣，反而笑得更甜了，道：「一個女人若是不懂得男人，男人又怎麼會喜歡她呢？我本來正在奇怪，連公子有這麼樣一個美麗的夫人，怎會捨得一個人走呢？現在我才明白，原來是因爲……」

她這話雖然沒有說完，但意思卻已很明白。

沈璧君雖然不想生氣，卻也不禁氣得臉色發白。

小公子倒了杯酒，笑道：「這酒倒不錯，是西涼國來的葡萄酒，連夫人爲何不嚐嚐？連夫人總不至於連酒都不喝吧，否則這輩子豈非完全白活了。」

沈璧君閉著嘴，閉得很緊。

她生怕自己一開口就會說出難聽的話來。

小公子道：「連夫人莫非生我的氣了？我想不會吧。」

她眼波流動瞟著蕭十一郎，接著道：「我若坐在連公子身上，連夫人生氣還有些道理，但是他……連夫人總不會爲他生我的氣，吃我的醋吧？」

沈璧君氣得指尖都已飛冷，忍不住抬起頭——

她本連瞧都不敢瞧蕭十一郎的，但這一抬起頭，目光就不由自主瞧到蕭十一郎的臉上。

她這才發現蕭十一郎不但臉色蒼白得可怕，目中也充滿了痛苦之色，甚至連眼角的肌肉都

在不停的抽搐著。

他顯然正在忍受著極大的痛苦。

蕭十一郎本不是個會將痛苦輕易流露出來的人。

沈璧君立刻就忘了小公子尖刻的譏諷，顫聲問道：「你的傷，是不是……」

蕭十一郎笑了，大聲道：「什麼？那點傷我早已忘了。」

沈璧君遲疑著，突然衝了過去。

她的腳還是疼得很——有時雖然麻木得全無知覺，但有時卻又往往會在夢中將她疼醒。

她全身的力氣，都似已從這腳上的傷口中流了出去，每次她想自己站起來，都會立刻跌倒。

但現在，她什麼都忘了。

她衝過去，一把拉開了蕭十一郎的衣襟。

她立刻忍不住驚呼出聲來。

很少有人會聽到如此驚懼，如此淒厲，如此悲哀的呼聲——

蕭十一郎的胸膛，幾乎已完全潰爛了，傷口四周的肉，已爛成了死黑色，還散發著一陣陣惡臭，令人作嘔。

現在沈璧君才知道他身上為什麼總是穿著寬大的袍子，為什麼總是帶著種很濃烈的香氣。

原來他就是為了要掩隱這傷勢，這臭氣。

就算心腸再硬的人，看到他的傷勢，也絕不忍再看第二眼的。

沈璧君的心都碎了。

沈璧君雖然不懂得醫道，卻也知道這情況是多麼嚴重，這種痛苦只要是血肉之軀就無法忍

受。

但蕭十一郎每次見到她的時候，卻還是談笑自若。

他難道真是鐵打的人麼？

又有誰能想像他笑的時候是在忍受著多麼可怕的痛苦？

他這樣做是為了誰？為了什麼？

沈璧君再也忍不住，伏倒在他身上放聲痛哭起來。

小公子搖著頭道：「好好的怎麼哭了？這麼大的人，都快生孩子了，動不動就哭，也不怕

人家瞧見笑話麼？」

沈璧君用力咬著嘴唇，嘴唇已咬得出血，瞪著小公子顫聲道：「你……你好狠的心！」

小公子又笑了，道：「我好狠的心？你難道忘了是誰傷了他的？是你狠心？還是我狠

心？」

沈璧君全身都顫抖起來，道：「你眼看他的傷口在潰爛，為什麼不為他醫治？……」

小公子嘆道：「他處處為你著想，為了救你，連自己性命都不要了，但他對我呢？」一瞧見

我，就恨不得要我的命。」

她嘆了口氣，道：「他對我只要有對你一半那麼好，我就算自己挨一千刀、一萬刀，也捨

不得傷他一根毫髮，可是現在，殺他的人卻是你，你還有臉要我為他醫治？我真不懂這句話你是怎麼好意思說出口來的？」

沈璧君嘶聲道：「你不肯救他也罷，為什麼還要他喝酒？要他吃這些海味魚蝦？」

小公子道：「那又有什麼不好？我就是因為對他好，知道他喜歡喝酒，就去找最好的酒來，知道他好吃，就為他準備最新鮮的海味，就算是世上最體貼的妻子，對她的丈夫也不過如此了，是不是？」

沈璧君道：「但你明明知道酒和魚蝦都是發的，受傷的人最沾不得這些東西，否則傷口一定會潰爛，你明明是在害他！」

小公子淡淡道：「我只知道我並沒有傷他，只知道給他吃最好吃的東西、喝最好的酒，別的事，我什麼都不知道。」

沈璧君牙齒打戰，連話都說不出了。

蕭十一郎一直在凝注著她，那雙久已失卻神采的眼睛，也不知為了什麼突又明亮了起來。

直到這時，他才笑了，柔聲道：「一個人活著，只要活得開心，少活幾天又有何妨？長命的人難道就比短命的快活？有的人活得愈久愈痛苦，這種人豈非生不如死？只要能快快樂樂的活一天，豈非也比在痛苦中活一百年有意義得多。」

小公子拍手笑道：「不錯，這才是男子漢大丈夫的氣概！蕭十一郎果然不愧為蕭十一郎！蕭十一郎若為了一點傷口，就連酒都不敢喝了，那他就不是蕭十一郎了！」

她輕撫著蕭十一郎的臉，柔聲道：「只要你活著一天，我就會好好的對你，盡力想法子令

你快樂，無論你要什麼，無論你想到哪裡去，我都答應你。」

蕭十一郎微笑著道：「你真的對我這麼好？」

小公子道：「當然是真的，只要瞧見你快樂，我也就開心了。」

她遙遙注著西方的晚霞，柔聲接著道：「我只希望你能多活些日子，能多活幾天也好……」

晚霞絢麗。

但這也只不過是說：黑暗已經不遠了。

沈璧君望著夕陽下的無邊美景，又不禁淚落如雨。

蕭十一郎神思也似飛到了遠方，緩緩道：「我既不是詩人，也不是名士，只不過是個在荒野中長大的野孩子，在我眼中看來，世上最美麗的地方，就是那無邊無際的曠野，寸草不生的荒山，就連那漫山遍野的沼氣毒瘴，也比世上所有的花朵都可愛得多。」

小公子失笑道：「你真是個與眾不同的人，連想法也和別人完全不同。」

蕭十一郎笑道：「就因為我是個怪人，所以你才會喜歡我，是麼？」

小公子伏在他膝上，柔聲道：「一點也不錯，所以我無論什麼事都依你，你若真想到那種地方去，我們現在就走。」

蕭十一郎長長吐出口氣，道：「只要我能再回到那裡，就算立刻死了，也沒什麼關係！」

小公子道：「好，我答應你，我一定讓你活著回到那裡，然後……」

蕭十一郎打斷了她的話，悠悠道：「然後再讓我死在那裡，是麼？」

窮山，惡谷。

山谷間瀰漫著殺人的瘴氣。

謊言必定動聽，毒如蛇蠍的女人必是人間絕色，致命的毒藥往往甜如蜜，殺人的桃花瘴，

也正是奇幻絢麗、令人目眩神迷。

但忠言必逆耳，良藥也是苦口的。

這是什麼道理？

沈璧君想不通這道理。

難道這就是「造化弄人」？還是上天有意在試探人類的良知？

若說天道是最公平的，為什麼往往令好人都坎坷終生、受盡折磨，壞人卻往往能享盡榮華富貴？

若說，「善惡到頭終有報」，為什麼小公子這種人能逍遙自在的活下去，蕭十一郎反得死？

後面是寸草不生的削壁，前面是深不可測的絕壑。

蕭十一郎嘴裡又在低低哼著那首歌，在這種時候、這種地方聽來，曲調顯得更淒涼、更悲壯、也更寂寞。

但他的神色卻是平靜的，就彷彿流浪天涯的遊子，終於又回到了家鄉。

小公子一直在凝視著他，忍不住問道：「你真是在這地方長大的麼？」

蕭十一郎道：「嗯。」

小公子嘆了口氣，道：「一個人要在這種地方活下去，可真不容易。」

蕭十一郎嘴角忽然露出一絲淒涼的微笑，悠悠道：「活著本就比死困難得多。」

小公子眼波流動道：「但千古艱難唯一死，有時也不如你想像中那麼容易。」

蕭十一郎道：「只有那些不想死的人，才會覺得死很苦。」

小公子眨著眼，笑道：「你難道真想死？我倒不信。」

蕭十一郎淡淡道：「老實說，我根本沒有仔細去想過，根本就不知道自己是想死？還是想活？」

小公子笑了笑，道：「你還想再往上面走麼？看來這裡已好像是路的盡頭，再也走不上去了。」

蕭十一郎不說話了。

小公子緩緩道：「但死既然是那麼方便的事，你若真想死，又怎會活到現在？」

蕭十一郎沉默了很久，喃喃道：「不錯，這裡明明已到了盡頭，我為什麼還要想往上走？

……為什麼還要想往上走……」

他忽然向小公子笑了笑，道：「我想一個人在這裡站一會兒，想想小時候的事。」

小公子道：「你站不站得穩？」

蕭十一郎道：「你為何不讓我試試？」

小公子眼珠子轉了轉，終於放開了扶著他的手，笑道：「小心些呀！莫要掉下去，連屍首

都找不著，活著的蕭十一郎我雖然見過了，但死了的蕭十一郎是什麼樣子，我也想瞧瞧的。」

蕭十一郎笑道：「死人雖比活人聽話，但卻一定沒有活人好看，你若瞧見，只怕會變得討厭我了，我何必讓你討厭呢？」

他又回頭向沈璧君笑了笑，忽然躍身向那深不可測的絕壑中跳了下去……

沈璧君全身都涼透了。

蕭十一郎果然是存心來這裡死的！

「是我害了他！是我害了他……」

這聲音就像是霹靂，一聲聲在她耳邊響著。

「他死了，我卻還有臉活著……我怎麼對得起他？我又能活多久，還有誰會來救我……」

想到小公子的手段，沈璧君再也不想別的，用盡全身氣力，推開了扶著她的人，也縱身跳入了那萬丈絕壑中。

難道連城璧就不會為她悲傷？

她也不想想自己死了後，連城璧會怎麼樣？

奇怪的是，在她臨死的時候，竟沒有想到連城璧。

小公子站在削壁邊，垂首望著那瀰漫在絕壑中的沼氣和毒瘴，面上連一點表情都沒有。

也不知過了多久，她突然拾起一塊很大的石頭，拋了下去。

又過了很久，才聽到下面傳上來「噗通」一響。

小公子面上這才露出了一絲微笑。

她笑得仍然是那麼天真，那麼可愛，就像是個小孩子⋯⋯

死，有時的確也並不是件很容易的事。

沈璧君居然還是沒有死。

她跳下來的時候，很快就暈了過去，並沒有覺得痛苦。

她醒來時才痛苦。

絕壑下，是一片無邊無際的沼澤，沒有樹木、沒有花草、沒有生命；有的只是濕泥、臭水

和迷霧般的沼氣。

沈璧君整個人都已被浸入泥水中。

但她卻沒有沉下去，因為這沼澤簡直就像是一大盆漿糊，也正因為這緣故，所以她從那麼

高的地方跳下來也沒有摔死。

最奇怪的是，她整個人泡在這種濕泥臭水中，非但一點也不難受，反而覺得很舒服，就連

足踝上的傷口都似已不疼了。

這沼澤中的泥水竟似有種神奇的力量，能減輕人的痛苦。

沈璧君驚異著，忽然想起了蕭十一郎對她說的故事！

「我曾經看到過一匹狼，被山貓咬得重傷之後，竟躍入一個沼澤中去，那時我還以為牠是

在找自己的墳墓，誰知牠在那沼澤中躺了兩天，反而活了，原來牠早已知道有許多種藥草腐爛

在那沼澤裡，能治好牠的傷勢；牠早已知道該如何照顧自己。

沈璧君的心跳了起來。

她耳旁似又響起了蕭十一郎那低沉的語聲，在慢慢的告訴她：「其實人也和野獸一樣，若

沒有別人照顧，就只好自己照顧自己了……」

難道這沼澤就是那匹狼逃來治傷的地方？

這沼澤既能治好那匹狼的傷，是否也能治好蕭十一郎的傷？

原來他並不是想到這裡來死的！

雖然這裡是上不著天，下不著地的窮山絕壑，雖然四面都瞧不到一樣有生命之物，雖然她

的人還浸在又髒又臭的泥水中，雖然她還不知道自己是否能活下去，雖然她就算能活下去，也

未必能走出這絕壑，但沈璧君這一生中從來也沒有如此開心、如此興奮過。

因為她知道蕭十一郎必定也還沒有死！

她本來幾乎已忍不住要大聲呼喚起來，但一想小公子可能還在上面聽著，就只有閉住了

嘴。

她只有在心裡呼喚：「蕭十一郎，蕭十一郎，你在哪裡？」

只要還能看到蕭十一郎，所有的犧牲都值得，所有的痛苦也都可忍受了。

她掙扎著，划動手腳，想將頭抬高些。

她確信蕭十一郎必定也在附近，她希望能看到他。

只要能看到他，她就不會再覺得寂寞，絕望，無助……

誰知她不動還好些，這一動她身子反而更向下沉陷。

泥沼濃而黏，表面有種張力，所以她雖然從那麼高的地方跌下來，也並沒有完全陷入泥沼中。

現在她一掙扎，泥沼中就彷彿有種可怕的力量在將她往下拖，她掙扎得愈厲害，陷落得愈快。

忽然間，她全身都已陷入泥沼中，呼吸也立刻困難起來，濃而黏的泥水就像是一雙魔手，已扼住了她的咽喉。

她只要再往下陷落一兩寸，口鼻就也要陷入泥沼中。

現在她就算還想呼喊，也喊不出聲音了。

她不知道自己還能支持多久，只知道那最多也只不過是片刻間的事了。

她本已決心想死的，現在卻全心全意的希望能再多活片刻。

若能再多活片刻，說不定就能再見蕭十一郎一面。

「但見不見又有什麼關係呢？只要我知道並沒有害死他，只要他還能好好的活下去，我就算立刻死，也死得心安了。我能平平靜靜問心無愧的死在這裡，上天已算對我不薄，我還求什麼？」

到現在，她才想起連城璧。

但她知道連城璧一定會照顧自己的，無論有沒有她，連城璧都會同樣活下去，而且活得很

光榮，活得很好。

她當然也想到了腹中的孩子。

大多數女人都會將孩子看得比自己還重要，這是母性，也正是女性的榮光，人類的生命也正因為這緣故才能永遠延續。

但孩子若還沒有出世，就完全不同了。

女人對自己還沒有生出來的孩子，絕不會有很深的感情、很大的愛心。

因為這時她的母性還未完全被引發。

這是人性。

母性是完美的，至高無上的，完全不自私、不計利害、不顧一切、也絕不要求任何代價。

但人性卻是有弱點的。

沈璧君閉上了眼睛……

一個人若真能安安心心、平平靜靜的死，有時的確比活著還幸運，這世界上，真能死而無憾的人並不多。

沈璧君也並不是不想活了，只不過她知道已沒法子再活下去。

這是絕地，她已陷入絕境，已完全絕望。

但就在這時，她忽然聽到了一個很熟悉的聲音。

是蕭十一郎的聲音：「不要動，千萬不能動。」

這聲音竟似就在她的耳畔。

沈璧君狂喜著，忍不住想扭過頭去瞧他一眼。

但蕭十一郎已接著道：「也千萬不要轉頭來看我，盡量將自己放鬆，全身都放鬆，就好像你現在正躺在一張最舒服的床上，躺在你母親的懷裡，完全無憂無慮，什麼都不要去想，絕沒有任何人能傷害你。」

他說得很慢，每個字都說得很慢，聲音中彷彿有種奇異的力量，能令人完全安定下來，完全信任他。

沈璧君輕輕嘆了口氣，道：「我能說話麼？」

蕭十一郎道：「要說得很輕、很慢，我能聽得到的。」

這聲音更近了。

沈璧君道：「我可以不動，也可以放鬆自己，但卻沒有法子不想。」

蕭十一郎道：「想什麼？」

沈璧君道：「我在想，假如我們動一動就會陷下去，豈非要永遠被困死在這裡？你難道也想不出法子脫身？」

蕭十一郎道：「自然是有法子的。」

沈璧君柔聲道：「只要你有法子能脫身，我就安心了，我無論怎麼樣都沒關係。」

她這句話還未說完，就瞧見了蕭十一郎那雙發亮的眼睛。

這本是雙倔強而冷酷的眼睛，有時雖然也會帶著些調皮的神色，帶著些譏誚的笑意，卻從

來沒有露出過任何一種情感。

現在這雙眼睛裡卻充滿了喜悅、欣慰、感激……

沈璧君的臉紅了。

她說那句話的時候，並沒有瞧蕭十一郎，所以她才情不自禁吐露了真情。若是已瞧見他，

她只怕就不會有這種勇氣。

但現在蕭十一郎卻距離她這麼近。

她幾乎已能感覺到蕭十一郎的呼吸。

蕭十一郎也避開了她的目光，道：「你本來看不到我的，現在卻看到了，是不是？」

沈璧君道：「嗯。」

蕭十一郎道：「我一直都沒有動過，否則早已沉下去了，我既沒有動，又怎會移動到這裡

來了呢？」

沈璧君自然不知道原因。

蕭十一郎道：「這泥沼看來雖是死的，其實卻一直在流動著，只不過流動得很慢、很慢，

所以我們才感覺不出。」

他接著道：「就因為我完全沒有動，所以才會隨著泥沼的流動漂了過來，若是一掙扎，就

只會往下陷落，所以你才一直停留在這裡。」

沈璧君沒有說話。

但她的心裡卻在暗自慶幸：「若是我也沒有掙扎，也隨著泥沼在往前流動，我現在怎會看

到你？」

蕭十一郎道：「前面不遠，就是陸地，只要我們能忍耐到那裡，就得救了……那也用不著多久，我相信你一定能做到的，是不是？」

他目光不由自主轉了過來，凝注著沈璧君的眼睛。

沈璧君也不由自主凝注著他的眼睛。

她還是沒有說話，但她的眼睛卻彷彿在說：「為了你，我一定能做到的。」

從眼睛裡說出的話，也正是自心底發出的聲音，這種聲音眼睛既瞧不見，耳朵更無法聽到。

能聽到這種聲音的人並不多。

這種聲音也是用「心」來聽的。

蕭十一郎卻聽到了。

過了很久很久，沈璧君才輕輕嘆了口氣，道：「我現在才知道我錯了。」

蕭十一郎道：「什麼事錯了？」

沈璧君道：「我本來以為天道不公，常常會故意作踐世人，現在才知道，老天畢竟是有眼睛的。」

蕭十一郎緩緩道：「不錯，所以一個人無論做什麼事時，都不能忘記天上有雙眼睛隨時隨地都在瞧著你。」

放在心上。

沒有聲音，沒有動靜，沒有生命，天地間一切彷彿都是死的。

泥沼也是死的，誰也感覺不出它在流動。

「它真能將我們帶到陸地上去麼？」

沈璧君並沒有問，也不著急。

她的心很平靜，此時，此刻，此情，此境，她彷彿就已滿足；是死？是活？她似已完全不

放在心上。

她只怕蕭十一郎這雙發亮的眼睛看透她的心。

她只怕蕭十一郎感覺出她的心愈跳愈快，呼吸愈來愈急促。

她一定要找些話來說。

但說什麼呢？

蕭十一郎忽然道：「你可知道這次是誰救了我們？」

沈璧君道：「自然是……是你。」

她忽然發覺蕭十一郎的呼吸也很急促。

她的心更慌了。

蕭十一郎道：「不是我。」

沈璧君道：「不是你？是誰？」

蕭十一郎道：「是狼。」

只有在這一瞬間，他目光彷彿是瞧著很遠的地方，緩緩接著道：「我第一次到這裡來，就

是狼帶我來的。」

沈璧君道：「我聽你說過那故事。」

蕭十一郎道：「是狼告訴我，這泥沼中有種神奇的力量可以治癒人的傷勢，是狼教我學會如何求生，如何忍耐。」

沈璧君輕嘆道：「要學會這兩個字，只怕很不容易。」

蕭十一郎道：「但一個人若要活下去，就得忍耐……忍受孤獨，忍受寂寞，忍受輕視，忍受痛苦，只有從忍耐中才能尋得快樂。」

沈璧君沉默了很久，柔聲道：「你好像從狼那裡學會了很多事？」

蕭十一郎道：「不錯，所以我有時非但覺得狼比人懂得的多，也比人更值得尊敬。」

沈璧君道：「尊敬？」

蕭十一郎道：「狼是世上最孤獨的動物，為了求生，有時雖然會結伴去尋找食物，但吃飽之後，就立刻又分散了。」

沈璧君道：「你難道就因為牠們喜歡孤獨，才尊敬牠們？」

蕭十一郎道：「就因為牠們比人能忍受孤獨，所以牠們也比人忠實。」

沈璧君道：「忠實？」

蕭十一郎道：「只有狼才是世上最忠實的配偶，一夫一妻，活著時從不分離，公狼若死了，母狼寧可孤獨至死，也不會另尋伴侶，母狼若死了，公狼也絕不會另結新歡。」

蕭十一郎道：「『忠實』兩字來形容狼，她實在聞所未聞。

用「忠實」兩字來形容狼，她實在聞所未聞。

他目中又露出了那種尖銳的譏誚之意，道：「但人呢？世上有幾個忠於自己妻子的丈夫？拋棄髮妻的比比皆是，有了三妻四妾，認爲自己了不起，女人固然好些，但也好不了多少，偶爾出現一個能爲丈夫守節的寡婦，就要大肆宣揚，卻不知每條母狼都有資格立個貞節牌坊的。」

沈璧君不說話了。

蕭十一郎又道：「世上最親密的，莫過於夫妻，若對自己的配偶都不忠實，對別人更不必說了，你說狼是不是比人忠實得多？」

沈璧君又沉默了很久，忽然道：「但狼有時會吃狼的。」

蕭十一郎道：「人呢？人難道就不吃人麼？」

他冷冷接著道：「何況，狼只有在飢餓難耐，萬不得已時，才會吃自己的同類，但人吃得很飽時，也會自相殘殺。」

沈璧君道：「你對狼的確知道得很多，但對人卻知道得太少了。」

蕭十一郎嘆了口氣，道：「哦？」

沈璧君道：「人也有忠實的，也有可愛的，而且善良的人永遠比惡人多，只要你去接近他們，就會發現每個人都有他可愛的一面，並非像你想像中那麼可惡。」

蕭十一郎也不說話了。

其實，他自己也不知道自己爲何要說這些話。

難道他也和沈璧君一樣，生怕被人看破他的心事，所以故意找些話來說？

難道他想用這些話警戒自己？

沈璧君道：「你為什麼只喜歡說狼？為什麼不說說你自己？」

蕭十一郎道：「我？我有什麼好說的！」

沈璧君道：「譬如說，你為什麼會叫蕭十一郎？難道你還有十個哥哥姐姐？」

蕭十一郎道：「嗯。」

沈璧君道：「這麼說，你豈非一點也不孤獨？」

蕭十一郎道：「嗯。」

沈璧君道：「你的兄弟姐妹們呢？都在哪裡？」

蕭十一郎道：「死了，全都死了！」

他目中忽又充滿了悲憤惡毒之意，無論誰瞧見他這種眼色，都可想像出他必有一段悲慘的往事。

沈璧君只覺心裡一陣刺痛——

在這一剎那間，她忽然覺得蕭十一郎還是個孩子，一個無依無靠、孤苦伶仃的孩子，需要人愛護，需要人照顧……

她也不知道自己怎麼會有這種感覺。

泥沼果然是在流動著的。

前面果然是陸地。

但沈璧君卻絕未夢想到這地方竟是如此美麗。

千百年前，這裡想必也是一片沼澤，土質自然特別肥沃。

再加上群山合抱，地勢又極低，是以寒風不至，四季常春，就像是上天特意要在這苦難的世界中留下一片樂土。

在別地方早已凋零枯萎了的草木，這裡卻正欣欣向榮，在別地方難以生長的奇花異草，這裡卻滿目皆是。

就連那一道自半山流下來的泉水，都比別地方分外清冽甜美。

沈璧君本來是最愛乾淨的，但現在她卻忘記了滿身的泥污，一踏上這塊土地，就似已變得癡了。

足足有大半刻的功夫，她就癡癡的站在那裡，動也不動，也不知過了多久，她才長長吐出口氣，道：「我真想不到世上還有這種地方，只怕也唯有你這種人才能找得到。」

蕭十一郎道：「我也找不到，是……」

沈璧君笑了，打斷了他的話，嫣然笑道：「是狼找到的，我知道……」

她忽又發現在泉水旁的一片不知名的花樹叢中，還有間小小的木屋，一叢淺紫色的花，從屋頂上長了出來。

她彷彿覺得有些失望，輕嘆著道：「原來這裡還有人家。」

蕭十一郎凝注著她，緩緩道：「除了你和我之外，這裡只怕不會再有別的人了……你也許就是踏上這塊土地的第二個人。」

沈璧君的臉似又有些發紅，輕輕的問道：「你沒有帶別的人來過？」

蕭十一郎搖了搖頭。

沈璧君道：「但那間屋子……」

蕭十一郎道：「那屋子是我蓋的，假如每個人都一定要有個家，那屋子也許就可算是我的家。」

他淡淡的笑了笑，又道：「自從我第一眼看到這個地方，我就愛上它了，以後每當我覺得疲倦、覺得厭煩時，我就會到這裡來靜靜的耽上一兩個月，每次我離開這裡的時候，都會覺得自己像是已換了個人似的。」

沈璧君道：「既然如此，你為什麼不在這裡多住些時候？為什麼不永遠住下去？」

蕭十一郎沒有說話。

沈璧君的眼睛裡發著光，又道：「這裡有花果，有清泉，還有如此肥沃的土地，一個人到了這裡，就什麼事都再也用不著憂慮了，你為什麼不在這裡快快樂樂的過一生，為什麼還要到外面去惹那些煩惱？」

蕭十一郎沉默了很久，才笑了笑，道：「這也許只因為我是個天生的賤骨頭。」

他笑得是那麼淒涼，那麼寂寞。

沈璧君忽然明白了！

無論多深的痛苦和煩惱，都比不上「寂寞」那麼難以忍受。

這裡縱然有最美麗的花朵，最鮮甜的果子，最清冽的泉水，卻也填不滿一個人心裡的空虛

和寂寞。

蕭十一郎緩緩道：「所以我總覺得有很多地方都不如狼，牠們能做到的事，我無論如何也做不到。」

沈璧君柔聲道：「這只因為你根本就不是狼，是人……一條狼若勉強要做人的事，也一定會被牠的同伴看成呆子，是麼？」

蕭十一郎又沉默了很久，喃喃道：「不錯，人是人，狼是狼，狼不該學人，人為什麼要去學狼呢？」

他忽然笑了，道：「我已有很久沒到這裡來，那屋子裡的灰塵一定已經有三寸厚，我先去打掃打掃，你……你能走動了麼？」

沈璧君嫣然道：「看來老天無論對人和對狼都同樣公平，我在那泥沼裡泡了半天，現在傷勢也覺得好多了。」

蕭十一郎笑道：「好，你若喜歡，不妨到那邊泉水下去沖洗沖洗，我就在屋子裡等你。」

「我就在屋子裡等你。」

這自然只不過是很普通的一句話，蕭十一郎說這句話的時候，永遠也不會想到這句話對沈璧君的意義有多麼重大。

沈璧君這一生中，幾乎有大半時間是在等待中度過的。

小的時候，她就常常坐在門口的石階上，等待她終年遊俠在外的父母回來，常常一等就是

好幾天，好幾個月。等著看她父親嚴蕭中帶著慈愛的笑容，等著她母親溫柔的擁抱，親切的愛撫……

直到有一天，她知道她的父母永遠再也不會回來了。

那天她沒有等到她的父母，卻等到了兩口棺材。

然後，她漸漸長大，但每天還是在等待中度過的。

早上，她很早就醒來，卻要躺在床上等照顧她的奶媽叫她起來，帶她去見她的祖母請安。

請過安之後，她就要等到午飯時才能見到祖母了，然後再等著晚飯，每天只有晚飯後那一兩個時辰，才是她最快樂的時候。

那時她的祖母會讓她坐在腳下的小凳子上，說一些奇奇怪怪的故事給她聽，告訴她一些沈家無敵金針的秘訣，有時還會剝一個枇杷，幾瓣橘子餵到她嘴裡，甚至還會讓她摸摸她那日漸稀疏的白髮，滿是皺紋的臉。

只可惜那段時候永遠那麼短，她又得等到明天。

她長得愈大，就覺得等待的時候愈多，但那時她等的已和小時不同，也不再那麼盼望晚飯的那段短暫的快樂。

她等的究竟是什麼呢？連她自己也不知道。

也許她也和世上所有別的女孩子一樣，是在等待著她心目中的如意郎君，騎著白馬來接她上花轎。

她比別的女孩子運氣都好，她終於等到了。

連城璧實在是個理想的丈夫，既溫柔，又英俊，而且文武雙全，年少多金，在江湖中的聲

望地位更很少有人能比得上。

無論誰做了他的妻子，不但應該覺得滿足，而且應該覺得榮耀。

沈璧君本也很知足了。

但她還是在等，常常倚著窗子，等待她那位名滿天下的丈夫回來，常常一等就是好幾天，

好幾個月……

在等待的時候，她心裡總是充滿了恐懼，生怕等回來的不是她那溫柔多情的丈夫，而是一

口棺材。

冷冰冰的棺材！

對於「等」的滋味，世上只怕很少有人能比她懂得更多，了解得更深。

她了解得愈深，就愈怕等。

怎奈她這一生中卻偏偏總是在等別人，從來也沒有人等她。

直到現在，現在終於有人在等她了。

她知道無論她要在這裡停留多久，無論她在這裡做什麼，只要她回到那邊的屋子裡，就一

定有人在等著她。

雖然那只不過是間很簡陋的小木屋，雖然那人並不是她的什麼人，但就這分感覺，已使她

心裡充滿了安全和溫暖之意。

因為她知道自己並不是孤獨的，並不是寂寞的。

泉水雖然很冷，但她身上卻是暖和的。

她很少有如此幸福的感覺。

除了一張木床外，屋子裡幾乎什麼都沒有，顯得說不出的冷清，說不出的空虛，每次蕭十一郎回到這裡來，開始時也許會覺得很寧靜。

但到了後來，他的心反而更亂了。

他當然還可以再做些桌椅和零星的用具，使這屋子看來不像這麼冷清，但他卻並沒有這麼樣做。

因為他知道，屋子裡的空虛雖可以用這些東西填滿，但他心裡的空虛，卻是他自己永遠無法填滿的。

直到現在——

這屋子雖然還是和以前同樣的冷清，但他的心，卻已不再空虛寂寞，竟彷彿真的回到家了。

這是他第一次將這地方當做「家」！

他這才知道「回家」的感覺，竟是如此甜蜜，如此幸福。

他雖然也在等著，但心裡卻很寧靜。

因為他知道他等的人很快就會回來，一定會回來……

屋子裡只要有個溫柔體貼的女人，無論這屋子是多麼簡陋都沒關係了，世上只有女人才能

使一間屋子變成一個「家」。

世上也只有女人才能令男人感覺到家的溫暖。

所以這世上不能沒有女人。

大多數男人都有種「病」──懶病。

能治好男人這種病的，也只有女人。

也不知為了什麼，蕭十一郎忽然變得勤快起來了。

木屋裡開始有了桌子、椅子、床上也有了柔軟的草墊，甚至連窗戶上都掛起了竹簾子。

雖然蕭十一郎並不住在這屋子裡，每天晚上，他還是睡在外面的石巖上，但他卻還是認為

這屋子就是他的家，所以他一定要將這家弄得漂漂亮亮、舒舒服服的。

因為這是他第一次有了個家。

現在，桌上已有了杯、盤、碗、盞，除了那四時不斷的鮮果外，有時甚至還會有一味煎

魚，一盤烤得很好的兔肉，一杯用草莓、或是葡萄釀成的酒，雖然沒有鹽，但他們還是吃得津

津有味。

吃飯的時候已有了花瓶，瓶中已有了鮮花。

蕭十一郎有雙很巧的手。

普普通通一塊木頭，到了他手裡，很快就會變成一隻很漂亮的花瓶、一個很漂亮的酒杯。

泉水中的魚、草叢中的兔，只要他願意，立刻就會變成他們的晚餐，沈璧君用細草編成的

桌布，使得他們的晚餐看來更豐富。

他們的傷，也好得很快。

這固然是因為泥沼中有種神奇的力量，但情感的力量卻更神奇、更偉大；世上所有的奇

蹟，都是這種力量造成的。

有一天早上，蕭十一郎張開眼睛的時候，看到沈璧君正將一張細草編成的「被」輕輕蓋在

他身上。

看到他張開眼睛，她的臉就紅了，垂下頭道：「晚上的露水很重，還是涼得很⋯⋯」

蕭十一郎瞧著她，似已忘了說話。

沈璧君頭垂得更低，道：「你為什麼不再蓋間屋子？否則你在外面受著風露，我卻住在你

的屋子裡，又怎能安心？」

於是蕭十一郎就更忙了。

原來的那間小木屋旁又搭起了屋架⋯⋯

人，其實並不如自己想像中那麼聰明，往往會被眼前的幸福所陶醉，忘了去想這種幸福是

否能長久。

十六　柔腸寸斷

有一天，蕭十一郎去汲水的時候，忽然發現沈璧君一個人坐在泉水旁，垂頭瞧著自己的肚子。

她像是完全沒有發覺蕭十一郎已走到她身旁。

蕭十一郎忍不住問道：「你在想什麼？」

沈璧君似乎吃了一驚，臉上立刻發生了一種很奇怪的變化，過了很久才勉強笑了笑，道：

「沒有，我什麼都沒有想。」

蕭十一郎沒有再問下去。

他方才問出了那句話，已在後悔了。

因為他知道女人在說：「什麼都沒有想。」的時候，其實心裡必定在想著很多事，很多她不願被別人知道的事。

這些事卻又偏偏是別人一定會猜得出來的。

蕭十一郎當然知道沈璧君在想什麼。

第二天，沈璧君就發現那間已快搭成的屋子又拆平了。

那幾罐還沒有釀成的酒也空了。

蕭十一郎坐在樹下，面上還帶著酒意，似乎一夜都未睡過。

沈璧君的心忽然跳得快了起來。

她已隱隱感覺到有什麼不幸的事將要發生。

囁嚅著問道：「你……你為什麼要將屋子拆了？」

蕭十一郎面上一點表情也沒有，甚至瞧也沒有瞧她一眼，只是淡淡的道……「既然已沒有人住了，為什麼不拆？」

沈璧君道：「怎……怎麼會沒有人住？你……」

蕭十一郎道：「我已要走了。」

沈璧君全身都似已忽然涼透，嘎聲道：「走？為什麼要走？這裡不是你的家麼？」

蕭十一郎道：「我早已告訴過你，我沒有家，而且是個天生的賤骨頭，在這裡耽不上兩個月，就想出去惹惹麻煩了。」

沈璧君的心像是有針在刺著，忍不住道：「你說的這是真話？」

蕭十一郎道：「我為什麼要說謊？這種日子我本來就過不慣的。」

沈璧君道：「這種日子有什麼不好？」

蕭十一郎冷冷道：「你認為好的，我未必也認為好，你和我根本就不同，我天生就是個喜歡惹麻煩找刺激的人。」

沈璧君眼圈兒已濕了，道：「可是我……」

蕭十一郎道：「你也該走了，該走的人，遲早總是要走的。」

沈璧君雖然在勉強忍耐著，但眼淚還是忍不住流了下來。

她忽然明白了蕭十一郎的意思。

「他並不是真的想走，只不過知道我要走了。」

「我本來就沒法子永遠耽在這裡。」

「該走的人，遲早總是要走的。」

「我就算想想逃避，又能逃避到幾時？」

沈璧君咬了咬牙，道：「我們什麼時候走？」

蕭十一郎道：「現在就走。」

沈璧君道：「好。」

她忽然扭轉頭，奔回木屋，木屋中立刻就傳出了她的哭聲

蕭十一郎面上還是一點表情也沒有。

風吹在他身上，還是暖洋洋的。

但外面的湖水卻已結冰了……

出了這山谷，沈璧君才知道現在已經是冬天。

冬天來得實在太快了！

道路上已積滿冰雪，行人也很稀少。

蕭十一郎將山谷中出產的桃子和梨，拿到城裡的大戶人家去賣了幾兩銀子——在冬天，這

種水果的價值自然特別昂貴，他要的價錢雖不太高，卻已足夠用來做他們這一路上的花費了。

於是他就僱了輛騾車，給沈璧君坐。

他自己卻始終跨在車轅外。

沈璧君這才知道：原來「大盜」蕭十一郎所花的每一文錢，都是正正當當、清清白白，用自己努力換來的。

他縱然出手搶劫過，爲的卻是別的人、別的事。

沈璧君這才知道「大盜」蕭十一郎原來是這麼樣一個人。

若非她親眼瞧見，簡直不信世上會有這種人存在。

她對蕭十一郎的了解雖然愈來愈深，距離卻似愈來愈遠。

在那山谷中，他們本是那麼接近，接近得甚至可以聽到對方的心聲。

他一出了山谷，他們的距離立刻就遠了。

「難道我們真的本來就是生活在兩個世界中的人？」

雪，下得很大，已下了好幾天。

山下的小客棧中，除了他們，就再也沒有別的客人。

沈璧君又在「等」了。

現在她等的是什麼？

是離別！只有離別……

忽然間，一輛馬車停在門外，蕭十一郎一下了馬車就衝進來，臉色雖然很蒼白，神情卻很興奮。

看到蕭十一郎回來，沈璧君心裡竟不由自主泛起一陣溫暖之意。連忙就迎了出去，嫣然道：「想不到今天你也會坐車回來。」

對大多數男人說來，世上也許很少有比他所喜愛的女孩子的笑容更可愛、更能令他愉快的事了。

平常沈璧君在笑的時候，蕭十一郎的目光幾乎從來也捨不得離開她的臉。這也許只因為他知道他能看到她笑容的機會已不多了。

但今天，他卻連瞧都沒有瞧她一眼，只是淡淡道：「這輛車是替你叫來的。」

沈璧君怔了怔，道：「替我……叫來的……」

女人的確要比男人敏感得多，看到蕭十一郎的神情，她立刻就發現不對了，臉上的笑容已漸漸凝結。

蕭十一郎道：「不錯，是替你叫來的，因為這附近的路你都不熟悉。」

沈璧君的身子在往後縮，似乎突然感覺到一陣刺骨的寒意。她想說話，但嘴唇卻在不停的顫抖。

因為她知道，蕭十一郎每天出去，都是為了打探連城璧的消息。

過了很久，她才鼓起勇氣，道：「你……是不是已找到他了？」

蕭十一郎道：「是。」

他的回答很簡短，簡短得像是針，簡短得可怕。

沈璧君臉上的表情也正像是被針刺了一下。

她一向是個很有教養的女人，她知道，一個女人聽到自己丈夫的消息時，無論如何都應該覺得高興才對。

但也不知為了什麼，她竟無法使自己作出驚喜高興的樣子。

又過了很久，她才輕輕問道：「他在哪裡？」

蕭十一郎道：「門口那車伕知道地方，他會帶你去的。」

沈璧君面上終於露出了笑容，道：「謝謝你。」

她當然知道這三個字是從自己嘴裡說出來的，但聲音聽來卻那麼生疏，那麼遙遠，就彷彿是在聽一個陌生人說話。

她當然也知道她自己在笑，但她的臉卻又是如此麻木，這笑容簡直就像是在別人的臉上。

蕭十一郎道：「不必客氣，這本是我應該做的事。」

他的聲音很冷淡，表情也很冷淡。

但他的心呢？

沈璧君道：「你是不是叫車子在外面等著？」

蕭十一郎道：「是！好在現在時候還早，你還可以趕一大段路，而且……你反正也沒有什麼行李要收拾。」

他面上忽然露出一種很奇怪的笑容，接著又道：「而且我知道你一定很急著要走的。」

……

沈璧君慢慢的點著頭，道：「是，我已經有很久沒有見過他了。」

蕭十一郎道：「好，你快走吧！以後我們說不定還有見面的機會。」

兩個人話都說得很輕、很慢，像是用了很大的力氣才能說出來。

這難道真是他們心裡想說的話，世上又有幾人能有勇氣說出來。

老天既然要叫他遇著她，為何又要令他們不能不彼此隱瞞，彼此欺騙，甚至要彼此傷害

蕭十一郎忽然轉過身，道：「你還有一段路要走，我不再耽誤你了，再見吧。」

沈璧君道：「不錯，我還有很長的一段要走，你……你是不是也要走了？」

蕭十一郎淡淡道：「是，一個人只要活著，就得不停的走。」

沈璧君忽然咬了咬嘴唇，大聲道：「我還想做一件事，不知道你答不答應？」

蕭十一郎雖然停下了腳步，卻沒有回頭，道：「什麼事？」

沈璧君道：「我……我想請你喝酒。」

她像是已鼓足了勇氣，接著又道：「是我請你，不是你請我，不說別的，只說你天天都在

請我，讓我回請一次也是應該的。」

蕭十一郎道：「可是你……」

沈璧君笑了笑，道：「我雖然囊空如洗，但這東西至少還可以換幾罈酒，是不是？」

她拔下了頭上的金釵。

這金釵雖非十分貴重，卻是她最珍惜之物，因為這是她婚後第一天，連城璧親手插在她頭

上的。

她永遠也沒有想到自己會用這金釵來換幾罈酒。

但現在她卻絕沒有絲毫吝惜，只要能再和蕭十一郎喝一次酒，最後的一次，無論要什麼代價，都是值得的。

蕭十一郎爲她犧牲了這麼多，她覺得自己至少也該爲他犧牲一次。

她知道自己這一生是無論如何也無法報答他了。

蕭十一郎終於轉過身，瞧見了她手裡的金釵。

他似乎有許多話要說，但到最後，卻只是淡淡的笑了笑，道：「你知道，只要有酒喝，我從來也沒法子拒絕的。」

醉了，醉得真快，一個人若是真想喝醉，他一定會醉得很快。

因爲他縱然不醉，也可以裝醉。最妙的是，一個人若是一心想裝醉，那麼到後來往往會連他自己也分不清究竟是裝醉？還是真醉了？

蕭十一郎又在哼著那首歌。酒醉了的人往往不能說話，卻能唱歌。因爲唱歌實在比說話容易得多。

沈璧君又靜靜的聽了很久，她還很清醒，因爲她不敢醉，她知道自己一醉就再也無法控制自己，她生怕自己會做出一些很可怕的事。

不敢死的人，常常反而死得快些。

但不敢醉的人，卻絕不會醉，因為他心裡已有了這種感覺，酒喝到某一程度時，就再也喝不下去，喝下去也會吐出來。

一個人的心若不接受某件事，胃也不會接受的。

歌聲仍是那麼蒼涼、那麼蕭索。

沈璧君的眼眶漸漸濕了，忍不住問道：「這首歌我已聽過許多次，卻始終不知道這首歌究竟是什麼意思？」

歌聲忽然停頓，蕭十一郎的目光忽然自遙遠朦朧的遠方收了回來，凝注著沈璧君的臉，道：「你真想知道？」

沈璧君道：「真的。」

蕭十一郎道：「你聽不懂，只因這本是首關外蒙人唱的牧歌，但你若聽懂了這首歌的意思，恐怕以後就永遠再也不想聽了。」

沈璧君道：「為什麼？」

蕭十一郎面上又露出了那種尖刻的譏誚之意，道：「因為這首歌的意思，絕不會被你們這種人所能了解，所能欣賞的。」

沈璧君垂下了頭，道：「也許……也許我和別的人有些不同呢？」

蕭十一郎眼睛盯著她，良久良久，忽然大聲道：「好，我說，你聽……」

他摸索著，找著了酒，一飲而盡，緩緩接著道：「這首歌的意思是說，世人只知道可憐

羊，同情羊，絕少會有人知道狼的痛苦、狼的寂寞，世人只看到狼在吃羊時的殘忍，卻看不到牠忍受著孤獨和飢餓，在冰天雪地中流浪的情況，羊餓了該吃草，狼餓了呢？難道就該餓死嗎？」

他語聲中充滿了悲憤之意，聲音也愈說愈大！

「我問你，你若在寒風刺骨的冰雪荒原上流浪了很多天，滴水未沾，粒米未進，你若看到了一條羊，你會不會吃牠？」

沈璧君垂著頭，始終未曾抬起。

蕭十一郎又喝了杯酒，忽然以筷擊杯，放聲高歌：

「暮春三月，羊歡草長，天寒地凍，問誰飼狼？

人心憐羊，狼心獨愴，天心難惻，世情如霜……」

歌聲高亢，唱到這裡，突然嘶裂。

沈璧君目中已流下淚來。

蕭十一郎已伏在桌上，揮手道：「我醉欲眠君且去！你走吧……快走吧，既然遲早都要走，不如早些走，免得別人趕你……」

沈璧君的心從來也沒有這麼亂過。

她知道這一次是必定可以回去了，回到她熟悉的世界，一切事又將回復安定、正常、平靜。

這一次她回去了，以後絕不會有任何人、任何事再來擾亂她。

這本是她所企求的，她本該覺得高興。

但現在……

她拭乾了淚痕，暗問自己：「蕭十一郎若是拉著我，要我不走，我會不會為他留下呢？」

「我會不會為他而放棄那種安定正常的生活，放棄榮譽和地位，放棄那些關心我的人，放棄一切？」

她不敢再想下去。

她知道自己並不是個堅強的人，她不敢試探自己。

她甚至不敢再想蕭十一郎對她的種種恩情，不敢再想他那雙明亮的眼睛，眼睛裡的情意。

現在，她只想連城璧。

她決心要做連城璧忠實的妻子，因為……

現在車馬已停下，她已回到她自己的世界。

這是人的世界，不是狼的。

院子裡很靜，靜得甚至可以聽到落葉的聲音。

因為現在夜已很深，這裡又是家很高貴的客棧，住的都是很高貴的客人，都知道自重自愛，絕不會去打擾別人。

連城璧就住在這院子裡。

店棧中的伙計以詫異的眼色帶著她到這裡來，她只揮了揮手，這伙計就走了，連一句多餘

的話都沒有問。

在這種地方做事的人，第一件要學會的事，就是要分清什麼是該問的，什麼是不該問的。

西面的廂房，燈還亮著。

沈璧君悄悄的走過院子，走上石階。

石階只有四五級，但她卻似乎永遠也走不上去。

也不知爲了什麼，她心裡竟似有種說不出的畏懼之意，竟沒有勇氣去推開門，沒有勇氣面對自己的丈夫。

她所畏懼的是什麼？

她是不是怕連城璧問她：「這些日子你在哪裡？」

房子裡的燈光雖很明亮，但說話的聲音卻很低，直到這時，才突然有人提高了聲音問道：

「外面是哪一位？」

聲音雖提高了，卻仍是那麼矜持，那麼溫文有禮。

沈璧君知道這就是連城璧，世上很少有人能像他這樣約束自己。

在這一刹那間，連城璧的種種好處突又回到她心頭。她忽然發現自己原來也是在懷念他的。

在這一刹那間，她恨不得衝進屋裡去，投入他懷裡。

但她卻並沒有這麼樣做。

她知道連城璧不喜歡感情衝動的人。

她慢慢的走上石階，門已開了，站在門口的，正是連城璧。

這兩個月來，他一直在苦苦尋找他的妻子，一直在擔心、焦急、思念，現在，他的妻子竟忽然奇蹟般出現在門外。

但甚至就在這一剎那間，他也沒有露出興奮、驚喜之態，甚至沒有去拉一拉他妻子的手。

他只是凝注她，溫柔的笑了笑，柔聲道：「你回來了？」

沈璧君也只是輕輕點了點頭，柔聲道：「是，我回來了。」

就這麼樣兩句話，沒有別的。

沈璧君一顆亂糟糟的心，卻突然平靜了下來。

她本已習慣於這種淡漠而恬靜的感情，現在，她才發現所有的一切都並沒有改變。

她不願說的事，連城璧還是永遠不會問的。

在他的世界中，人與人之間，無論是父子、是兄弟、是夫妻，都應該適當的保持著一段距離。

這段距離雖令人覺得寂寞，卻也保護了人的安全、尊嚴，和平靜……

屋子裡除了連城璧外，還有趙無極、海靈子、屠嘯天，南七北六十三省七十二家鏢局的總鏢頭，江湖中人稱「穩如泰山」的司徒中平，和武林「六君子」中的「見色不亂真君子」屬剛。

這五人都是名滿天下的俠客，也都是連城璧的朋友，自然全都認得沈璧君，五個人雖也沒

有說什麼，心裡卻都不免奇怪！

「自己的妻子失蹤了兩個月，做丈夫的居然會不問她這些日子到哪裡去了？做了些什麼事？做妻子的居然也不說。」

他們都覺得這對夫妻實在怪得少見。

桌子上還擺著酒和菜，這卻令沈璧君覺得奇怪了。

連城璧不但最能約束自己，對自己的身體也一向很保重，沈璧君很少看到他喝酒；就算喝，也是淺嚐輒止，喝酒到半夜這種事，沈璧君和他成親以後，簡直還未看到過一次。

她當然也不會問。

但連城璧自己卻在解釋了，他微笑著道：「你沒有回來之前，我們本來在商量著一件事。」

趙無極接著笑道：「嫂夫人總該知道，男人們都是饞嘴，無論商量什麼事的時候，都少不了要吃點什麼，酒更是萬萬不可少的。」

沈璧君點了點頭，嫣然道：「我知道。」

趙無極目光閃動，道：「嫂夫人知道我們在商量的是什麼事？」

沈璧君搖了搖頭，嫣然道：「我怎會知道！」

她很小的時候就懂得，一個女人若想做人人稱讚的好妻子，那麼在自己的丈夫朋友面前，面上就永遠得帶著微笑。

有時，她甚至笑得兩頰都痠了。

趙無極道：「十幾天以前，這裡發生了一件大事，我請連公子他們三位到這裡來，爲的就是這個。」

沈璧君道：「哦？不知道是什麼事呢？」

她本不想問的，但有時「不問」也不禮貌；因爲「不問」就表示對丈夫朋友的事漠不關心。

雖然她對趙無極這人的印象一向不太好，因爲她總覺得這人的人緣太好，也太會說話了。

會說話的人，難免話多；話多的人，她一向不欣賞。

趙無極道：「這地方有位孟三爺，不知道嫂夫人可曾聽說過？」

沈璧君微笑道：「我認得的人很少。」

趙無極道：「這位孟三爺仗義疏財，不下古之孟嘗，誰知十多天以前，孟家莊竟被人洗劫一空，家裡大大小小一百多口人，不分男女，全都被人殺得乾乾淨淨！」

沈璧君皺眉道：「不知道這是誰下的毒手？」

趙無極道：「自然是『大盜』蕭十一郎！」

沈璧君的心驟然跳了起來，失聲道：「你是說蕭十一郎？」

趙無極道：「不錯！除了蕭十一郎外，還有誰的心這麼黑？手這麼辣？」

沈璧君勉強控制著自己，道：「孟家莊既已沒有活口，又怎知下手的人必定是他？」

趙無極道：「蕭十一郎不但心黑手辣，而且目中無人，每次做案後，都故意留下自己的姓名……」

沈璧君只覺一陣熱血上湧，再也控制不住了，大聲道：「不可能！下這毒手的絕不可能是蕭十一郎！你們都冤枉了他，他絕不是你們想像中那樣的人！」

趙無極臉色變了變，勉強笑道：「嫂夫人心地善良，難免會將壞人也當做好人。」

厲剛的眼睛就像是一把刀，盯著沈璧君，忽然道：「但嫂夫人又怎知下這毒手的絕不是他呢？」

沈璧君身子顫抖著，幾乎忍不住要衝出去，逃得遠遠的，再也不要聽到這些話，見到這些人。

但她知道她絕不能走，她一定要挺起胸來說話，她欠蕭十一郎的已太多，現在正是她還債的時候。

她咬著嘴唇，一字字道：「我知道他絕不可能在這裡殺人，因為這兩個月來，我從未離開過他！」

這句話說出，每個人都怔住了。

沈璧君用不著看，也知道他們面上是什麼表情：用不著猜，也知道他們心裡在想著什麼！

但她並不後悔，也不在乎。

她既已說出這句話，就已準備承當一切後果。

也不知過了多久，連城璧才緩緩道：「這件事只怕是我們誤會了，我相信內人說的話絕不會假。」

他聲音仍是那麼平靜，那麼溫柔。

屠嘯天慢慢地點著頭，喃喃道：「一定是誤會了，一定……」

趙無極也在不停的點頭，忽然長身而起，笑道：「嫂夫人旅途勞頓，在下等先告辭，明日再為嫂夫人接風。」

海靈子一句話也沒有說，一揖到地，第一個走了出去。

只有司徒中平還是安坐不動。

此人果然不愧是「穩如泰山」，等趙無極、屠嘯天、海靈子三個人都走了出去，他才沉聲道：「厲兄且慢走一步。」

厲剛的嘴雖仍閉著，腳步已停下。

司徒中平緩緩說道：「這件事若不是蕭十一郎做的，別的事也可能都不是他做的，這次我們冤枉了他，別的事也可能冤枉了他。」

這句話聽在沈璧君耳裡，心裡真是說不出的感激。

她知道司徒中平的出身只不過是鏢局中的一個趟子手，能爬上今日的地位，並不容易。

是以他平日一向小心翼翼，很少開口，唯恐多言賈禍，惹禍上身，以他的身分地位，也實在是不能說錯一句話的。

這句話居然從他嘴裡說出來，那份量自然和別人說的不同，厲剛雖然未必聽得入耳，卻也只有聽著。

司徒中平道：「你我既然自命為俠義之輩，做的事就不能違背了這『俠義』二字，寧可放

過一千個惡徒，也絕不能冤枉了一個好人。」

他嘆了口氣，接著道：「常言道：千夫所指，無疾而終。一個人若是受了冤枉無法辯白，那滋味實在比死還要難受。」

沈璧君靜靜的聽著，只覺這一生中從來也未曾聽過如此令她佩服，令她感動的話。

司徒中平雖是個很平凡的人，面目甚至有些呆板，頭頂已微微發禿，就彷彿是個已歷盡中年的悲歡，對人生再也沒有奢望，只是等著入土的小人物。

但此刻在沈璧君眼中，此人卻似已變得說不出的崇高偉大，她幾乎忍不住想要在他那禿頂上親一下。

司徒中平又道：「蕭十一郎若真的不是傳說中的那種惡徒，我們非但不能冤枉他，還得想法子替他辯白，洗刷他的污名，讓他可以好好的做人。」

他目光忽然轉到沈璧君身上，緩緩接著道：「但人心難測，一個人究竟是善是惡，也許並不是短短三兩個月中就可以看得出的。」

沈璧君斷然道：「但我卻可以保證，他絕不是個壞人。」

她垂下頭，慢慢的接著道：「這兩個月來，我對他了解得很多，尤其是他三番兩次的救我，對我還是一無所求，一聽到你們的消息，就立刻將我送到這裡來……」

說到這裡，她語聲似已哽咽，連話都說不下去了。

司徒中平道：「既然如此，嫂夫人也該設法洗刷他的污名才是。」

沈璧君咬著嘴唇，黯然道：「他對我的恩情，我本來以為永遠也無法報答，只要能洗清他

的污名，讓他能重新做人，無論什麼事我都願意做的。」

司徒中平沉吟著，道：「不知嫂夫人是什麼時候跟他分手的？」

沈璧君道：「就在今天戌時以後。」

司徒中平道：「那麼，他想必還在附近？」

沈璧君道：「嗯。」

司徒中平又沉吟了半晌，道：「依我之見，嫂夫人最好能將他請到這裡來，讓我們看看他究竟是個怎麼樣的人，對他多了解一些。」

他笑了笑，又道：「蕭十一郎的大名，我們已聽得多了，但他的人，至今卻還沒有人見過。」

「……」

沈璧君展顏道：「你們若是看見他，就一定可以看出他是怎麼樣的一個人了，只不過——」

她忽又皺起眉道：「今天卻不行。」

司徒中平道：「為什麼？」

沈璧君道：「今天……他已經醉了，連話都已說不清楚。」

司徒中平笑道：「他常醉麼？」

沈璧君也笑了，道：「常醉。」

司徒中平微笑道：「常喝醉的人，酒量一定不錯，而且一定是個直心腸的人，幾時若有機會，我倒想跟他喝幾杯。」

沈璧君嫣然道：「總鏢頭有河海之量，天下皆知，無論喝了多少，還是『穩如泰山』，只不過，我看他也未必會輸給你。」

司徒中平笑道：「哦？他今天喝了多少？」

沈璧君道：「大概最少也有十來斤。」

司徒中平悠然道：「能喝十來斤的，已可算是好酒量了，但還得看他是在什麼地方喝的酒？喝的是什麼酒？」

他笑了笑，接著道：「一個人酒量的強弱，和天時、地利、人和，都有關係。」

沈璧君道：「喝酒的地方並不好，就在城外山腳下的一家小客棧，喝的也不是什麼好酒，只不過是普通的燒刀子。」

司徒中平笑道：「如此說來，他酒量果然不錯，我倒更想見見他了，只不過……」

他緩緩站起，道：「今日天時已晚，好在這事也不急，等嫂夫人安歇過了，再去請他來也不遲……此刻在下若還不走，就當真是不知趣了。」

他微微一笑，抱拳一揖，又道：「方才那番話，又引動了我的酒興，不知厲兄可有興趣陪我再喝兩杯去？」

厲剛道：「好！」

他自始至終，只說了這麼樣一個字。

十七　君子的心

人已散了，燭也將殘。

閃動的燭光，照著連城璧英俊、溫和、平靜的臉，使他這張臉看來似乎也有些激動變化。

但等他挾斷了燭蕊，燭火穩定下來，他的臉也立刻又恢復平靜。

也許太靜了。

沈璧君拿起杯酒，又放下，忽然笑了笑，道：「我今天喝了酒。」

連城璧微笑著，道：「我也喝了一點，夜已漸寒，喝點酒就可以暖和些。」

沈璧君沉默了半晌，道：「你……你有沒有喝醉過？」

連城璧笑道：「只有酒量好的人，才會喝醉，我想醉也不容易。」

沈璧君嘆了口氣，幽幽道：「不錯，一醉解千愁，只可惜不是每個人都有福氣能喝醉的。」

沈璧君也沉默了半晌，才笑道：「但你若想喝，我還可以陪你喝兩杯。」

沈璧君嫣然一笑，道：「我知道，無論我要做什麼，你總是盡量想法子來陪我的。」

連城璧慢慢的倒了杯酒，放到她面前，忽然嘆息了一聲，道：「只可惜我陪你的時候太少，否則也不會發生這些事了。」

沈璧君又沉默了下來，良久良久，忽然問道：「你可知道這兩個月來，究竟發生了些什麼事？」

連城璧道：「我……我知道了一切，卻不太清楚。」

沈璧君道：「你為什麼不問？」

連城璧道：「你已說了很多。」

沈璧君咬著嘴唇，道：「但你為什麼不問我是怎麼會遇見蕭十一郎的？為什麼不問我怎麼會天天見到他？」

為什麼？她忽然變得很激動，連城璧卻只是溫柔地凝注著她。

他還是什麼都沒有說，只說了一句：「因為我信任你。」

這句話雖然只有短短六個字，但卻包括了一切。

沈璧君整個人都似已癡了。

無限的溫柔，無限的情意，在這一剎那間，忽然一齊湧上她心頭，她的心幾乎無法容納下這麼多。

她很快的喝完了杯中的酒，忽然伏在桌上，痛哭了起來。

連城璧若是追問她，甚至責罵她，她心裡反會覺得好受些。

因為她實在並沒有做任何對不起他的事。

但他對她卻還是如此溫柔，如此信任，處處關心她，處處為她著想，生怕對她有絲毫傷害。

她心裡反而覺得有種說不出的歉疚。

因為這兩個月來，她並沒有像他想她那樣想他。

她本來只覺得對蕭十一郎有些虧欠，現在她才發現虧欠連城璧的也很多，也是她這一生永遠報答不完的。

這種感覺就像是一把刀，將她的心分割成兩半。

她簡直不知道該怎麼樣做。

連城璧凝注著她，似也癡了。

這是他的妻子第一次在他面前真情流露，失聲痛哭。

他竟不知道該如何安慰她，因為他根本不知道她心裡有什麼痛苦，他忽然發覺他與他妻子的心的距離竟是如此遙遠。

也不知過了多久，他才慢慢的站了起來，慢慢的伸出手，溫柔地輕撫著他妻子的柔髮。

他的手剛伸過去，又縮回，靜靜的木立半晌，柔聲道：「你累了，需要休息，有什麼話，等明天再說吧，明天……明天想必是個晴朗的好日子。」

沈璧君似已哭累了，伏在桌上，似已睡著。

但她哪裡能睡得著？

她聽到她的丈夫輕輕走出去，輕輕的關起門，她也感覺到他的手輕輕摸了摸她的頭髮，一舉一動都是那麼溫柔，那麼體貼。

但她心裡卻只希望她的丈夫能對她粗暴一次，用力拉住她的頭髮，將她拉起來，抱入懷裡。

她心裡雖有些失望，卻又說不出的感激。

因為她知道他以前是如此溫柔，現在是如此溫柔，將來還是會同樣的溫柔。絕不會傷害她，勉強她。

現在，已痛哭過一場，她心裡忽然覺得好受得多。

「以前的事，都已過去了。」

「只要能將蕭十一郎的冤名洗清，讓他能抬起頭來重新做人，我就總算已對他有了些回報。」

「從今以後，我要全心全意做連城璧忠實的妻子，我要盡我所有的力量，使他快樂。」

她已決心要這麼做。

一個人已下了決心，總會覺得平靜些的。

但也不知為了什麼，她眼淚卻又流下了面頰……

夜涼如水。

石階也涼得很。

連城璧坐在石階上，只覺一陣陣涼意傳上來，涼入他的身體，涼入他的背脊，涼入他的心。

他心裡卻似有股火焰在燃燒。

「她怎麼會遇見蕭十一郎的？」

「她為什麼要和蕭十一郎天天在一起？」

「這兩個月來，他們究竟在做什麼？為什麼她直到今天才回來？」

這些問題，就像是一條毒蛇，在啃噬著他的心。

他若將這些話問出來，問個清楚，反倒好些。

但他卻是個有禮的君子，別人不說的話，他絕不追問。

「可是，我雖不問她，她自己也該告訴我的。」

「她為什麼不說？她究竟還隱瞞著些什麼？」

他盡力要使自己心裡坦然，信任他的妻子。

可是他不能。

他的心永遠也不能像他表面看來那麼平靜。

看到他妻子提到「蕭十一郎」這名字時的表情，看到她的痛苦悲傷，他忽然覺得蕭十一郎和他妻子之間的距離，也許遠比他接近得多。

他第一次覺得他對他的妻子完全不了解。

這完全是因為他自己沒有機會去了解她，還是因為她根本沒有給他機會讓他了解她？

秋已深了，連梧桐的葉子都在凋落。

他忽然發現趙無極、屠嘯天、海靈子和厲剛從東面廂房中走出來，四個人都已除去了長

衫，只穿著緊身的衣服。

他們看到連城璧一個人坐在石階上，似乎也覺得有些意外，四個人遲疑著，對望了一眼，終於走了過來。

趙無極走在最前面，勉強在笑著，道：「連公子還沒有睡？」

他們本來是兄弟相稱的，現在趙無極卻忽然喚他「公子」了，一個人只有在對另一人存有戒心時，才會忽然變得特別客氣。

連城璧卻只是淡淡笑了笑，道：「你們也沒有睡。」

趙無極笑得更勉強，道：「我們……我們還有點事，想到外面去走走。」

連城璧慢慢的點了點頭，道：「我知道。」

趙無極目光閃動，道：「連公子已知道我們要去做什麼？」

連城璧默然半晌，緩緩道：「我不知道。」

趙無極終於真的笑了，道：「有些事連公子的確還是不知道的好。」

外面隱隱有馬嘶之聲傳來。

原來他們早已令人備好了馬。

海靈子忽然道：「連公子也想和我們一起去麼？」

連城璧又沉默了半晌，緩緩道：「有些事，還是不要我去的好。」

於是四個人都走了。

這四人都是武林中的絕頂高手，行動之間，自然不會發出任何聲音，但馬卻不同，奔馬的

蹄聲，很遠都可聽得見。

所以他們出門後又牽著馬走了很久，才上馬急馳。

這四人的行蹤爲何如此匆忙？如此詭秘？

東面廂房中的燈還亮著。

連城璧又靜靜的坐了很久，似乎在等他面上的激動之色平靜，然後，他才慢慢的走了過去。

門是開著的，司徒中平正在屋子裡洗手。

他洗了一遍又一遍，洗得那麼仔細，就好像他手上沾著了永遠也洗不乾淨的血腥。

也許他要洗的不是手，而是心。

連城璧站在門外，靜靜的瞧著他。

司徒中平並沒有回頭，忽然道：「你看見他們出去了？」

連城璧道：「嗯。」

司徒中平道：「你當然知道他們出去做什麼？」

連城璧閉著嘴，像是拒絕回答這句話。

司徒中平嘆了口氣，道：「你想必也知道，無論蕭十一郎是個怎麼樣的人，他們都絕不會放過他的，蕭十一郎不死，他們只怕連睡都睡不著。」

連城璧忽然笑了笑，道：「你呢？」

司徒中平道：「我？」

連城璧淡淡道：「若不是你探出了蕭十一郎的行蹤，他們怎麼找得到？」

司徒中平洗手的動作突然停了下來，停頓在半空中，過了很久，才從架子上取下塊布巾，慢慢的擦著手，道：「但我並沒有對他們說什麼。」

連城璧道：「你當然已用不著再說什麼。因為你要探問時，已特地將厲剛留了下來，那已足夠了。你當然知道厲剛與蕭十一郎之間的仇恨。」

司徒中平道：「我也沒有和他們一齊去。」

連城璧道：「身為七十二家鏢局的總鏢頭，行事自然要特別謹慎，不能輕舉妄動。」

司徒中平道：「但殺死蕭十一郎，乃是為江湖除害，非但不是什麼見不得人的事，而且光采得很。」

連城璧道：「這也許是因為你不願得罪璧君，也許是生怕日後有人發現蕭十一郎真是含冤而死，所以寧可置身事外，也不願去分享這分光采。」

他笑了笑，淡淡接著道：「司徒總鏢頭這『穩如泰山』四字，當真是名不無虛。」

司徒中平忽然轉過身，目中帶著種奇特的笑意，盯著連城璧道：「你呢？」

連城璧道：「我？」

司徒中平道：「你明知我方才是故意在探聽蕭十一郎的行蹤，明知他們要去做什麼，但你卻並沒有阻止之意，如今為何要來怪我？」

連城璧不說話了。

司徒中平悠然笑道：「你雖未隨他們同去，也只不過是因為知道蕭十一郎已醉了，他們必可得手，其實你心裡又何嘗不想將蕭十一郎置於死地！而且你的理由比我們都充足得多……」

說到這裡，他臉色突然改變。

連城璧也不由自主的轉過頭，隨著他目光瞧了過去。

他立刻發現沈璧君不知何時已站在院子裡。

沈璧君全身都在顫抖著，眼淚如斷線珍珠般不停的往下流落。

連城璧長長吸了口氣，柔聲道：「你本該已睡了的……」

他一步步走過去。

連城璧柔聲接著道：沈璧君一步步往後退。

沈璧君忽然叫了起來，嘶聲道：「不要走近我！」

她流著淚，咬著牙，接著道：「我如今才知道，原來你們是這樣的英雄，這樣的君子……」

她並沒有說完這句，就扭轉身，頭也不回的衝了出去！

醉了，真的醉了。

真的醉了時，既不痛苦，也不愉快，既無過去，也無將來，甚至連現在都沒有，因為腦子裡已成了一片空白。

真的醉了時，既不會想到別人，也不會想到自己，甚至連自己所做的事，也像是別人做

的，和自己全無絲毫關係。

一個人真的醉了時，所做出的事，一定是他平時想做，卻又不敢去做的。

他做這件事，一定是爲了一個人，這人一定是他刻骨銘心，永難忘懷的人，就算他腦子裡

已成了一片空白，就算他已醉死，這人還是在他心底，還是在他骨髓裡，已與他的靈魂糾纏成

一體。

他會不顧一切的去做這件事，但他自己卻不知道自己在做什麼，因爲他的心已被那人捏在

手裡。

只有真正醉過的人，才能了解這種感覺。

蕭十一郎忽然跳了起來，衝到櫃台邊，一把揪住掌櫃的衣襟，道：「拿來！」

掌櫃的逃也逃不了，掙也掙不脫，臉已嚇白，顫聲道：「拿……拿什麼？」

蕭十一郎道：「金釵……那金釵……」

清醒的人，對喝醉了的人總是有點害怕的。

蕭十一郎一把搶過了金釵，跟蹌著走了幾步，忽然一跤跌在地上，居然並沒有站起來。

他就坐在那裡，手裡捧著那金釵，癡癡的瞧著。

他也許根本不知道自己在瞧著的是什麼？想著的又是什麼？

他只是在反反覆覆的喚著沈璧君的名字。

因爲沈璧君這人並不在他腦子裡，而在他骨髓裡，血液裡，在他心底，已與他靈魂糾纏在

一齊。

他又何必再去想呢？

那掌櫃的也明白了，心裡也在暗暗嘆息：「這一男一女本來很相配，又很相愛，為什麼偏要分手？」

蕭十一郎癡癡的瞧著、反覆的低喚……忽然伏在地上，放聲痛哭起來。哭得就像是個孩子。

連那掌櫃的心都酸了。

「那位姑娘若是瞧見他這模樣，不知道還能不能忍心離開他？」

掌櫃的心裡暗暗慶幸，自己這一生中還沒有為情如此顛倒，如此痛苦，現在又幸而過了為情顛倒的年紀。

他卻不知沒有經歷過這種情感的人，人生中總難免有片空白，這片空白正是所有其他的任何事都填不滿的。

「道是不相思，相思令人老，幾番細思量，還是相思好……」

門外已隱隱傳來馬蹄聲、腳步奔騰聲。

忽然間，「砰、砰、砰」，三聲大震。

三面的窗子都被踢碎，三個人一躍而入，一人站在門口，手持一柄青森森的長劍，臉色都比劍還青、還冷，正是海南第一高手海靈子！

蕭十一郎還似全無感覺，還是坐在那裡，癡癡的瞧著手裡的金釵，低低的呼喚著沈璧君的

名字。

他真的醉了。

從左面窗中躍入的趙無極，眼睛裡發著光，笑道：「想不到殺人如草的『大盜』蕭十一郎，居然還是個多情種子。」

厲剛冷笑道：「難怪沈璧君要為他辯白，原來兩人已……哼！」

沈璧君，有人在說沈璧君。

蕭十一郎忽然抬起頭，瞪著厲剛。

其實他也許什麼也沒有瞧見，但眼神看來卻那麼可怕。

厲剛竟不由自主後退了一步。

海靈子厲聲道：「莫等他清醒了，快出手！」

喝聲中，他掌中的劍已化為閃電，向蕭十一郎咽喉刺出。

蕭十一郎也許並不知道這一劍就可要他的命，但二十年從未放下的武功，也已溶入了他的靈魂。

他隨手一揮。

只聽「叮」的一聲，他手裡的金釵，竟不偏不倚迎著了海靈子的劍鋒！

這名揚天下的海南第一劍客，竟被他小小的一根金釵震得退出了兩步，連掌中的劍都幾乎把握不住。

趙無極臉色變了變。

他自從接掌「先天無極」的門戶以後，武功雖未精進，氣派卻大了不少，無論走到哪裡，從來也沒有人看見他帶過兵刃。

但此時他卻從腰畔抽出了一柄精鋼軟劍，斜斜劃了個圓弧，不但身法靈動，氣度更是從容瀟灑。

「先天無極」門的武功，講究的本是：「以靜制動，以逸待勞，以守為攻，以快打慢。」

他劍方出手，只聽急風一響，一柄旱煙筒已搶在他前面，向蕭十一郎脊椎下的「滄海」穴打了過去。

屠嘯天的人看來雖然土頭土腦，甚至已有些老態龍鍾，但出手卻當真是又狠、又準、又快！

趙無極自恃身分，故作從容，出手一向好整以暇，不求急進，但瞧見屠嘯天這一招攻出，他手腕突也一震，精鋼軟劍夾帶著銳風，斜斜劃向蕭十一郎右頸後的大血管，只要這一劍得手，蕭十一郎必將血流如注，至死無救。

那邊海靈子還未等喘過氣來，就又揮劍撲上。

海南劍法本以辛捷狠辣見長，海南門下的劍客不出手則已，一出手必定是立刻要取人性命的殺手！

蕭十一郎自出道以來，從未敗過，無論誰能殺了他，都是件了不起的事，無名的人必將立刻成名，有名的人名聲必將更響，是以這三人都在爭先出手，像是生怕被人搶去了這分光采。

只聽又是「叮」的一響，火星四濺。

海靈子的劍竟迎上了趙無極的劍鋒。

蕭十一郎的人卻已自劍鋒下滾了出去。

雙劍相擊，海靈子和趙無極的臉上都不禁有些發紅，隨手抖出了個劍花，正待轉身追擊。

但聽「蓬」的一聲，蕭十一郎的身子突然飛了起來，「砰」的，撞上了櫃台，鼻下嘴角都

已沁出了鮮血。

他實在醉得太厲害，竟未看到一直站在角落裡的厲剛。

趙無極、海靈子、屠嘯天，三個人搶著出手，誰知反而被厲剛撿了便宜，搶了頭功。

海靈子板著臉，冷笑道：「厲兄的三十六路大捭碑手，果然名不虛傳，以後若有機會，我

少不得要領教領教。」

厲剛的臉上根本從來也瞧不見笑容，冷冷道：「機會必定有的，在下隨時候教。」

就在這時，又聽得「叮」的一響。

原來這兩人說話的時候，屠嘯天見機會難得，怎肯錯過？掌中的旱煙袋已向蕭十一郎頭頂

的「百會」穴擊下。

誰知趙無極的劍也跟了過來，也不知是有意，是無意，劍鋒劃過煙斗，屠嘯天這一招就打

歪了。

但他的煙管乃精鋼所鑄，份量極是沉重。

趙無極的劍也被他震得斜斜飛了上去，兩人目光相遇，雖然都想勉強笑一笑，但那神情卻

比哭還難看得多。

厲剛冷笑了一聲，道：「此人中了我一掌，不勞各位出手，他也是活不成的了。」

屠嘯天勉強笑道：「我曾聽人說過，若要證明一個人是否真的死了，只有一個法子，就是先割下他的頭來瞧瞧。」

趙無極也勉強笑道：「不錯，這句話我也曾聽過，而且從未忘記。」

厲剛冷笑道：「這倒簡單得很，此刻就算是三尺童子，也能割下他的頭顱……」

海靈子突也冷笑了一聲，道：「只怕未必吧！」

厲剛怒道：「未必？」

他目光一轉，臉色也變了。

蕭十一郎正在瞧著他們發笑。

這雙眼睛雖還是朦朦朧朧，佈滿血絲，雖然還帶著七分醉意，但不知何時已睜得很大。

一個人若快死了，眼睛絕不是這樣子。

趙無極眼珠子一轉，淡淡道：「姓蕭的朋友，你中了厲剛厲大俠的『大摔碑手』，本該趕快閉上眼睛去死才對，為何還睜著眼睛在這裡發笑？」

蕭十一郎突然大笑起來，笑得連氣都透不出。

厲剛縱然深沉，此刻臉也不禁紅了，怒喝道：「你笑什麼？」

蕭十一郎笑道：「你的『大摔碑手』真像他說的那麼厲害麼？」

他不等厲剛回答，突然站了起來，挺著自己的胸膛，大笑道：「來、來、來，我不妨再讓

你在這裡打兩巴掌試試。」

厲剛臉色已由紅轉青，鐵青著臉，一字字道：「這是你自取其辱，怨不得我！」

他肩不動，腰不撐，腳下向前踏出了一步，掌尖前探，堪堪觸及蕭十一郎的胸膛，掌心才突然向外一吐。

這正是內家「小天星」的掌力。

蕭十一郎竟不避不閃，硬碰硬接了他這一掌。

只聽「蓬」的一聲，如擊敗革。

但這一次蕭十一郎竟還是穩穩的站著，動也不動，簡直就像是個釘子般釘在地上了。

厲剛臉色發白，再也說不出話來。

他的確已將「大摔碑手」練到九成火候，縱不能真的擊石如粉，但一掌擊出，只要是血肉之軀，實在不可能挨得住的。

誰知蕭十一郎這人竟像是鐵打的。

他一掌拍上蕭十一郎的胸膛，就覺得有一股潛力反激而出，若不是他下盤拿得穩，只怕已被這一股反激之力震倒。

趙無極、海靈子面面相覷，雖然有些幸災樂禍，但究竟是同仇敵愾，心裡也是驚駭多於歡喜。

只見蕭十一郎笑嘻嘻的瞧著厲剛，過了半晌，忽然問道：「你練的這真是『大摔碑手』麼？」

厲剛道：「哼。」

蕭十一郎笑道：「以我看這絕不會是大摔碑手，而是另一門功夫。」

趙無極瞟了厲剛一眼，故意問道：「卻不知是哪一門功夫？」

蕭十一郎目光四轉，笑道：「這門功夫我恰巧也學過，我練給你們瞧瞧。」

他吃東西並不太挑嘴，只要是用豆子做的東西，無論是豆腐、豆乾、油豆腐、乾絲，他都很喜歡吃。

但酒一喝多，無論什麼都吃不下了，所以方才他雖然要了盤紅燒豆腐，卻留下了一大半，還放在那邊桌上。

此刻他竟搖搖擺擺的走了過去，伸出手將盤子裡的豆腐撈了幾塊出來，重重往地上一摔。

豆腐自然立刻被摔得稀爛。

蕭十一郎居然一本正經的板著臉，道：「這門功夫叫『摔豆腐手』，和『大摔碑手』是同路的功夫，只不過是師娘教出來的。」

別人本來還不知道他究竟在幹什麼，聽了這話，才知道蕭十一郎不但武功高明，臭人的本事更是高人一等。

海靈子第一個大笑起來。

此時此刻，他本來是笑不出的，他平生也根本從未這麼樣大笑過，但想到厲剛面上的表情，他笑不出也要笑，而且笑得特別響。

別人一笑，蕭十一郎也笑了，笑得彎下了腰。

其實他也笑不出的。

二十年來，死在厲剛「大捭碑手」下的人已不知有多少，蕭十一郎挨了他兩掌，受的內傷實已很重。

但喝醉了的人，往往不計利害、不知輕重，明明不能說的話一醉就說了出來，明明不能做的事也照樣做了。

因為酒一下肚，明明只有五尺高的人，就會忽然覺得自己有八尺高，明明手無縛雞之力的人，也會覺得自己是個大力士。

所以喝醉了的人常常喜歡找人打架，無論打不打得過，也先打了再說，就算最聰明的人，一喝醉也會變成呆子。

蕭十一郎若在清醒時，當然絕不會以自己的血肉之軀去接厲剛的這一掌，只可惜蕭十一郎喝醉了時，也和別的人全沒兩樣。

屠嘯天雖也在笑，但蕭十一郎的一舉一動他都很注意。

薑畢竟是老的辣。

屠嘯天比別人多活了二三十年，這二三十年並不是白活的，面上雖在笑著，眼睛裡卻全無絲毫笑意，突然道：「這門功夫我倒也學過的。」

蕭十一郎大笑道：「哦？你是不是也想來試試？」

屠嘯天道：「正有此意。」

這四字說出，掌中的旱煙管也已擊出。

只覺他手腕震動，一個煙斗似乎變成了三個，分打蕭十一郎前胸玄機、乳根、將台，三處大穴。

屠嘯天號稱海內打穴第一名家，就這一著「三潭印月」，一招打三穴，放眼天下，實已很少有人能比得上。

蕭十一郎的身子根本沒有動，右手如抓蒼蠅，向外一抓，這枝旱煙管就莫名其妙的到了他手裡。

屠嘯天的臉一下子就變得比紙還白。

蕭十一郎大笑道：「我只喝酒，不抽煙，這玩意兒我沒用。」

他雙手一拗，似乎想將這煙管拗斷，卻不知煙管竟是精鋼所鑄，他一拗未斷，忽然大喝一聲，只聽得「叮」的一聲，煙斗雖被他拗得繃了出去，打在牆上，但他嘴裡也噴出了一口鮮血，全都噴在屠嘯天的身上。

屠嘯天本似已嚇呆了，被鮮血一激，突然轉身，一個肘拳擊上了蕭十一郎的胸膛。

這一次蕭十一郎再也挨不住了，身子也被撞得飛出，但見劍光一閃，趙無極的劍已閃電般刺入了他脅下。

尋不著車馬。

沈璧君力已將竭，一口氣已幾乎喘不過來。

但她就算力竭而死，也不會停下腳的。

「我絕不能讓蕭十一郎因我而死，我無論如何也要救他。」

她心裡只有這一個念頭，別的事她已全不管了。

夜很靜。

她認準了方向，全力飛掠，前面有牆，她就掠過牆，前面有屋，她就掠過屋，也不管是誰家的牆院，誰家的屋子。

這種事她以前本不敢做的，但現在她已不在乎。

只要能救得了蕭十一郎，無論要她做什麼她都不在乎。

一片烏雲掩來，掩去了星光月色。

沈璧君忽然發覺自己竟迷失了方向！

蕭十一郎倒在牆角下，喘息著。

他眼雖是睜著的，似已張不開，但目光卻很清澈。

他的酒終於醒了。

酒不醒反而好些，酒一醒，他忽然覺得全身都痛苦得彷彿要裂開——酒，已化為冷汗流出。

屠嘯天仰面大笑道：「現在只怕真連三尺童子都能割下他的腦袋了。」

趙無極微笑道：「既是如此，就讓在下來動手吧！」

屠嘯天忽然頓住笑聲，道：「且慢。」

趙無極皺了皺眉，道：「還等什麼？」

屠嘯天笑道：「是我殺了他，怎敢勞動掌門人去割他的腦袋。」

趙無極仰天大笑了幾聲，道：「想不到屠兄近來也學會用劍了。」

屠嘯天怔了怔，冷冷道：「我已老朽，已無心再去學劍，好在這管旱煙，也未必就比劍不中用？」

趙無極悠然笑道：「這人致命的傷口，明明是劍傷，無論誰都可看得出來，屠兄的若不是劍，這劍傷是哪裡來的呢？」

屠嘯天臉色變了變，冷笑道：「若非老夫那一拳，這一劍只怕再也休想沾著他的衣裳。」

厲剛突也冷笑了一聲，道：「若非他早已受了內傷，閣下的頭顱，只怕也已和這煙斗一樣了。」

海靈子冷冷道：「人家站在那裡不動，他居然還有臉出手，這樣的君子，倒也少見得很！」

厲剛怒道：「你有何資格說話？你可曾沾著他的毫髮？」

海靈子厲聲道：「至少我並未乘人之危，撿人便宜。」

突聽蕭十一郎長長嘆了口氣，喃喃道：「看樣子，我這腦袋必定值錢得很，否則這些人怎會你搶我奪，就像狗搶骨頭似的？」

四個人臉上陣青陣白，誰也說不出話來。

蕭十一郎道：「我正頭疼得要命，有人能將它割下來，我正求之不得，你們有膽子的，就

他忽然向屠嘯天笑了笑，道：「但你現在真有把握能割下我的腦袋麼？……你為何不來試試？」

屠嘯天臉色發白，竟不由自主後退了半步。

蕭十一郎目光移到趙無極身上，道：「你呢？你方才搶著動手的，現在為何不來了？」

趙無極的手緊握著劍柄，掌心已沁出了冷汗。

蕭十一郎喘息著，道：「海南劍派門下，素來心黑而無膽，想必是不敢出手的了。」

海靈子氣得發抖，但掌中的劍還是不敢刺出。

百足之蟲，死而不僵，獅虎垂危，猶有餘威。

蕭十一郎道：「至於你……」

他目光忽然刀一般盯在厲剛臉上，冷笑道：「你這『見色不亂』的真君子，我早已看透你了，你現在只要敢再往前走一步，我就要你立刻死在我腳下！」

厲剛鐵青著臉，滿頭冷汗涔涔而落，但兩隻腳卻生像已被釘在地上，再也無法向前移動半步！

蕭十一郎忽又大笑起來。

趙無極忍不住問道：「你笑什麼？」

蕭十一郎道：「我笑的是你們這四個無膽的匹夫！」

他大笑著接道：「其實我這頭顱早已等著你們來割了，你四人無論誰來下手，我都已無力

反抗，只可笑你們竟無一人有此膽量！

四個人面上陣紅陣白，竟被罵得抬不起頭來！

蕭十一郎道：「我這頭顱雖已等人來取，但憑你們這四人，還不配！」

他忽然抽出了腰畔的刀，仰面長笑道：「蕭十一郎呀蕭十一郎呀，想不到你這顆大好的頭顱，竟無人敢來一割，到頭來還得要你自己動手！」

趙無極忽然喝道：「且慢！」

蕭十一郎喘息著，大笑道：「你現在再想來割，已來不及了。日後江湖中人總有一日會知道，蕭十一郎只不過是死在自己手上的！你們這四位大英雄、大俠客，竟只能在旁邊瞧著。」

趙無極淡淡道：「我們本就不是什麼英雄豪傑，若非早已知道你已爛醉如泥，也許根本就不敢到這裡來。」

蕭十一郎道：「這話倒不錯。」

趙無極笑了笑，道：「但我們怎會知道你在這裡？又怎會知道你醉了呢？」

蕭十一郎臉色突然變了，厲聲道：「你怎會知道的？」

趙無極悠然道：「這是誰告訴我們的，你難道還想不出？」

他冷笑著接道：「連夫人早已將你恨之入骨，要我們來將你亂刀分屍，所以才先灌醉你，只可笑你還捧著她的金釵，自我陶醉，你豈非比我們還要可笑得多？」

蕭十一郎忽然狂吼一聲，撲了上去！

他傷口上的血本已凝結，這一用力，傷口就又繃裂，鮮血一股股標了出來。

但這一刀之威，仍是勢不可當。

趙無極揮劍迎了上去，「叮」的一聲，他虎口已被震裂，掌中劍竟也把持不住！

他整個人都被這一刀震麻了，兩腿一軟，跌了下去。

蕭十一郎的第二刀已又砍下。

趙無極心膽皆喪，再也顧不得什麼身分氣派，就地一滾，滾出了七八尺，「砰」的撞在櫃台角上，額角立刻被撞出了個大洞。

蕭十一郎已又追了過來。

趙無極魂都嚇飛了，只見他刀已揚起，突然「噹」的落在地上，他身子搖了搖，也隨著倒下。

請續看《蕭十一郎》下冊

蕭十一郎（上）

作者：古龍
發行人：陳曉林
出版所：風雲時代出版股份有限公司
地址：10576台北市民生東路五段178號7樓之3
電話：(02) 2756-0949　　傳真：(02) 2765-3799
封面原圖：明人出警圖（原圖為國立故宮博物館典藏）
封面影像處理：風雲編輯小組
執行主編：劉宇青
業務總監：張瑋鳳
出版日期：古龍珍藏限量紀念版2024年7月
ISBN：978-626-7464-20-5

風雲書網：http://www.eastbooks.com.tw
官方部落格：http://eastbooks.pixnet.net/blog
Facebook：http://www.facebook.com/h7560949
E-mail：h7560949@ms15.hinet.net
劃撥帳號：12043291
戶名：風雲時代出版股份有限公司

風雲發行所：33373桃園市龜山區公西村2鄰復興街304巷96號
電話：(03) 318-1378　　傳真：(03) 318-1378
法律顧問：永然法律事務所 李永然律師
　　　　　北辰著作權事務所 蕭雄淋律師

行政院新聞局局版台業字第3595號 營利事業統一編號22759935
© 2024 by Storm & Stress Publishing Co.Printed in Taiwan
◎如有缺頁或裝訂錯誤，請退回本社更換

定價：340元　　凡版權所有　翻印必究

國家圖書館出版品預行編目資料

蕭十一郎／古龍 著. -- 三版.--
臺北市：風雲時代出版股份有限公司，2024.06
冊；公分.（蕭十一郎系列）古龍珍藏限量紀念版
　　ISBN 978-626-7464-20-5（上冊；平裝）
　　ISBN 978-626-7464-21-2（下冊；平裝）

857.9　　　　　　　　　　　　　113006099